Monique X

La plume de l'ours

DU MÊME AUTEUR

Marguerite Yourcenar : une écriture en mal de mère, Imago, 2004

Carole Allamand

La plume de l'ours

roman

Stock

LA FORÊT

Collection dirigée
par Brigitte Giraud

Couverture Atelier Didier Thimonier
Illustration de bande : © Phil Schermeister/Corbis

ISBN 978-2-234-07333-3

Pour Chris

Vie et œuvre de Camille Duval (1901-1974)

10 avril 1901 : Naissance à Genève (Suisse) de Camille Félix Duval, fils de Joseph Charles Duval, bimbelotier, et d'Anna Maria, née Tschoumy.

1918 : Élève au collège Calvin, Camille Duval se lie d'amitié avec Jorge Luis Borges. Adolescent mélancolique, il décide de ne pas reprendre la fabrique de jouets familiale et opte pour la littérature.

1923 : *Calligrammes musicaux* (avec la pianiste Selma Schreiber).

1924 : Licence ès lettres à l'université de Genève. Étudiant brillant, Camille Duval est encouragé à poursuivre des recherches sur la tragédie.

1933 : Thèse de doctorat, « Les images dans l'œuvre de Corneille », sous la direction du Pr Auguste Pictet. En août, mariage avec la fille de ce dernier, Germaine, née en 1912. Sortie, en décembre, d'un recueil de nouvelles, *Carouge*.

1934 : Poste de privat-docent à l'université de Genève. Première dépression grave et hospitalisation à la clinique de La Métairie, à Nyon (Suisse).

1935 : *La Vie de Gilles Deprez* (roman).
1936 : Août. Naissance d'une fille, Sylvie Laure.
1940 : Camille Duval, réformé pour des raisons de santé, échappe à la mobilisation générale. *Dans les étoiles* (roman) sort en septembre.
1942 : *Micheline* (roman), adapté au cinéma en 1962 par André Hunebelle.
1945 : Mort soudaine de Germaine Duval-Pictet. Hospitalisation de Camille Duval à Cery, près de Lausanne.
1946 : *Parfums d'automne* (roman). 80 000 exemplaires vendus en six mois.
1948 : Mise à l'index de *Parfums d'automne* par l'Église catholique. Le livre est retiré de la vente ; Camille Duval est invité à enseigner à l'université de Cornell, aux États-Unis. Il résidera avec sa fille Sylvie à Ithaca, dans l'État de New York, pendant dix ans.
1951 : *Lac gelé* (roman).
1952 : Nouvelle crise mystique et internement à Buffalo, État de New York. Début d'une correspondance avec Marguerite Yourcenar.
1953 : En octobre, visite à Marguerite Yourcenar à Northeast Harbor, dans l'État du Maine.
En décembre, rencontre de Vladimir et Véra Nabokov, nouvellement arrivés à l'université de Cornell.
1954 : À New York, un ami diplomate présente Camille Duval à Romain Gary, adjoint à la mission permanente de la France auprès des Nations unies.
1959 : Cornell révoque le contrat de Camille Duval.
1960 : L'université du Vermont offre à Camille Duval un poste de résident-lecteur dans son programme

de création littéraire. En juillet, mariage de sa fille Sylvie avec John Garman, radiologue.

1963 : Après un silence de douze ans, *Palliante* est publié par les Éditions de Minuit.

1964 : Départ de Camille Duval pour sa retraite de Cannon Island, au large de la petite ville de Sitka, en Alaska. L'écrivain refusera désormais tout contact avec le monde. En novembre, naissance de son unique petite-fille, Mia.

1968 : Sortie de *L'Attente*, premier volet de la *Trilogie rhodanienne*. Cette autobiographie fictive de Catherine Cheynel, plus connue sous le nom de Mère Royaume, remporte le prix de la Critique l'année suivante.

1971 : *Pur sang*, deuxième volet de la *Trilogie rhodanienne*, qui relate les dernières heures de sainte Blandine, est consacré par le prix Goncourt. *L'Attente* est traduit en anglais, en allemand, en espagnol et en suédois.

1972 : Traduction de *Pur sang* en huit langues.

1974 : *Midi revient*, inspiré par l'internement de Camille Claudel, clôt la *Trilogie rhodanienne*. Le 19 novembre, Camille Duval s'éteint à l'hôpital de Juneau, Alaska.

Première partie

La soirée était douce pour une fin de novembre et de longs nuages roses s'effrangeaient au-dessus de Brooklyn. Il était près de cinq heures lorsque Carole Courvoisier parvint à l'angle de Mercer Street et de la 8e Rue. Une clochette pendue à la porte du *coffee shop* fit lever quelques têtes qui retournèrent aussitôt à leurs romans ou leurs ordinateurs portables. Carole retira son bonnet de laine et parcourut la salle du regard en quête d'une dame blonde lisant le journal. Elle aperçut Betty Glattner dans un fauteuil de cuir, vers la fenêtre.

« Mais pas du tout, je viens d'arriver », fit l'Américaine en reposant le *New York Times* sur une table basse. (La Floride recomptait pour la quatrième fois ses bulletins électoraux.) Carole sortit un calepin de son sac à dos et s'installa face à l'ancienne étudiante de Camille Duval. Elle l'avait retrouvée grâce à une liste de promotions de l'université qui avait accueilli l'écrivain tombé en disgrâce dans son pays natal. La pêche s'était révélée ardue : plus de quarante ans avaient passé, les femmes avaient changé de nom, d'autres – des Robert Wilson, des John Brown – partageaient le leur avec plusieurs centaines d'abonnés, dont la plupart raccrochaient au nez de la chercheuse avant la fin de sa première phrase. Il y eut de faux espoirs : un certain George, domicilié à Chicago, prétendait se souvenir de Camille Duval, qu'il confondait cependant de toute évidence avec un autre professeur. Un dentiste du New Jersey jurait quant à lui avoir été proche du grand écrivain, mais n'en dirait plus que dans l'intimité de sa villa, où il invitait son interlocutrice à le rejoindre le soir même. Ce fut elle qui, cette fois, raccrocha.

Seule Elizabeth Glattner s'était montrée crédible et prête à coopérer. Elle était venue en taxi de l'Upper East Side. D'après les calculs de Carole, elle devait avoir soixante-huit ou soixante-neuf ans, âge que démentaient des joues absolument lisses et des cheveux blonds réunis en queue-de-cheval. Elle parlait un français irréprochable et se réjouissait visiblement de causer de « Camille », qui avait dirigé son mémoire sur Racine dans les années cinquante. Mais surtout, Betty Glattner était enchantée de se retrouver mêlée de si près à l'affaire Duval.

Ce grand dossier des études littéraires n'en finissait plus de tourmenter amateurs et spécialistes. Des carrières entières s'étaient faites (et défaites) autour de ce que l'on appelait, selon les écoles et les époques, l'« énigme », la « rupture » ou la « schize » duvalienne. Car non seulement cet auteur prolifique n'avait pas publié une ligne entre 1951 et 1963, mais il était revenu *autre* de ce silence, doté d'une voix et de pouvoirs poétiques qu'on s'accordait à trouver bien supérieurs à ceux du « premier Duval », dont les romans, si scandaleux fussent-ils, reprenaient toutes les ficelles du réalisme. Le « second Duval », au contraire, le Duval de l'exil, du Grand Nord américain, souvent comparé à Joyce ou à Faulkner, nous avait laissé quelques-uns des plus beaux textes en prose du siècle qui venait de s'achever : *L'Attente*, *Midi revient*, et le magistral *Palliante*, surtout, salué par Claude Simon comme le « pur roman ».

Confrontés à ce hiatus, les universitaires se divisaient en deux camps. Les uns avaient tout bonnement choisi d'ignorer la première partie de l'œuvre, qui était à la seconde, estimaient-ils, ce qu'une opérette de Rousseau était au *Contrat social*. Quant aux autres, ils s'ingéniaient à mettre au jour des rapports entre les deux périodes, traitant celle-ci comme l'embryon de celle-là, un peu comme, scrutant la molle crevette translucide de la troisième semaine de grossesse, nous y retrouvons la forme d'un crâne, la courbe du dos, l'œil (mais aussi un lombric écrasé, le croissant avant la cuisson, Alien). Carole Courvoisier, qui appartenait à ce camp-ci, avait soutenu au printemps une thèse audacieuse sur cette mutation stylistique, en lui attribuant pour cause un mal que les biographes enrobaient d'euphémismes (Perrin), ou passaient sous silence (DeFazio) : la dépression nerveuse, véritable tabou des études duvaliennes.

« C'est fascinant, fit Betty Glattner en portant sa tasse de thé à ses lèvres. Camille n'était pas homme à se plaindre, mais on la sentait, cette souffrance... Elle se voyait, d'ailleurs. Il était très maigre, un peu voûté, été comme hiver en costume trois-pièces. À part ça, on ne savait pas grand-chose de lui, sinon qu'il était veuf et père d'une fille plus jeune que nous.

– Avait-il des amis parmi ses collègues, à l'université ? »

L'Américaine hésita quelques secondes avant de répondre.

« Je ne crois pas. Et la publication de *Lac gelé* n'avait rien arrangé... »

Ce roman satirique de 1951, traduit en plusieurs langues, dépeignait les agissements d'un professeur adultère calqué sur le chef du département, assurait Betty, un certain Peter Stern. En vérité, l'œuvre avait suscité ces lectures à clé un peu partout et chaque école, d'une faculté à l'autre, croyait abriter en son sein le modèle de ce protagoniste brutalement intelligent, sûr de lui avec les femmes.

« La femme de Stern l'avait quitté peu après la publication du roman et il ne l'a jamais pardonné à Camille, conclut Mrs Glattner.

– Vous voulez dire que ce n'est pas la maladie mentale, comme l'ont affirmé ses biographes, qui l'aurait poussé à renoncer à sa chaire et à s'installer dans le Vermont ?

– Absolument. Je pense qu'il a été écarté du département pour d'autres raisons et que sa profonde dépression a été l'effet de ce rejet, non la cause. J'ai appris quelques années plus tard qu'il avait été interné à Bellevue. Pauvre homme… »

Carole souligna dans son carnet le nom du grand hôpital psychiatrique de Manhattan qui avait vu défiler Charlie Parker, Norman Mailer et l'assassin de John Lennon. Étrange, se dit-elle, Perrin avait parlé d'une institution située dans le nord de l'État de New York. Puis, repensant à la théorie que ce dernier avait développée dans son essai sur la latence créative chez l'auteur suisse romand (*Le Dormeur Duval*), elle ajouta :

« Et les épisodes de "transe créatrice" ?

– Si une telle chose lui était arrivée, Camille n'était pas homme à en parler. Tout ce que je sais, c'est qu'il s'intéressait énormément aux Amérindiens, en particulier aux Iroquois, qui ont des territoires non loin de Cornell. Il a noué des liens de confiance avec certains membres de la tribu Onondaga et a pu assister à des cérémonies.

– Êtes-vous restés en relation après son départ ? demanda Carole tout en prenant des notes.

– Oui, nous nous écrivions trois ou quatre fois par an, mais un jour il a cessé de répondre.

Aux alentours de 1963, quand la consécration est venue... Il n'avait sans doute plus le temps, ou des gens plus intéressants à voir. »

Betty Glattner souriait tristement. Elle but une gorgée de thé en regardant le crépuscule qui tombait sur la ville. Un jour, elle avait rompu leur contrat tacite et pris le téléphone pour savoir ce qu'il en était. La femme qui avait décroché n'avait pas la voix de Sylvie. Elle s'était finalement présentée comme l'infirmière de Duval et regrettait d'avoir à annoncer que celui-ci préférait ne pas être dérangé. Sentant peut-être qu'elle blessait son interlocutrice, elle avait ajouté que son état de santé ne lui permettait plus le moindre contact avec l'extérieur.

Et Duval avait bel et bien disparu. Jusqu'à sa mort en 1974, aucun prix littéraire, aucune récompense honorifique, aucun magazine (malgré le siège de certains) n'avait réussi à déloger le reclus du Vermont, l'ermite de l'Alaska. Sa fille Sylvie montait sur les chaires et les podiums à sa place, prononçait quelques mots d'excuse mêlés de remerciements et repartait aussitôt. De toute cette période, on ne possédait qu'une photo floue de l'écrivain, assis sur le porche d'une maison de bois sombre, une couverture sur les genoux.

La main gantée de Jasper Felder venait de rencontrer un objet métallique, un coin plus exactement, dont il palpait les trois côtés. L'eau était si trouble qu'il ne pouvait voir la cassette presque entièrement enfoncée dans la vase, mais il savait que c'était elle. On l'avait retrouvée, enfin. Il restait à espérer qu'un long séjour sous-marin n'avait pas détruit son contenu. Jasper Felder frappa trois coups sur sa bouteille d'oxygène avec sa lampe. Une masse ombrée apparut au bord de son masque : son partenaire avait compris le signal. Il tendit le bras pour l'accueillir et le guider vers la trouvaille, et ressentit aussitôt une douleur atroce. Un halo bordeaux se formait autour de sa main, ou ce qu'il en subsistait : deux doigts, et des filaments de chair qui ondulaient dans le courant. L'ombre se rapprocha et Jasper reconnut le monstre aquatique à son faciès de mammifère : nez plat, longs cils qui bordaient d'énormes yeux protubérants et lèvres effilées en forme de sourire.

Il s'était relevé d'un coup et se tenait dans la pénombre, assis sur le matelas moite, son sac de couchage rejeté sur le plancher. Ce cauchemar l'épargnait depuis un mois. Il revenait intact, opaque, et déjouant surtout les frontières du réel. Jasper avait beau se dire que l'horrible eunecte était une création des démons qui œuvraient dans les tréfonds de son esprit, la scène conservait un goût de souvenir durant les quelques minutes qui suivaient son réveil. Il n'aurait pu jurer qu'elle n'avait jamais eu lieu. Les brochures qu'il avait reçues à son retour du Golfe faisaient état de telles confusions. Un doigt sur la carotide, Jasper attendit que son pouls redescende aux alentours de soixante-dix. Un vent d'est rabattait les rumeurs de l'autoroute Roosevelt sur l'immeuble. Entre ses rafales : une voix, un grincement familier, les pieds d'une chaise sur le carrelage de la cuisine. Wage n'était pas parti. On était jeudi. Son tour d'assurer la permanence téléphonique. Petit à petit, la réalité se reformait autour de lui. Le grand homme noir qui ouvrait les bras à la façon du Christ rédempteur de Rio redevenait l'épaisse combinaison de plongée suspendue au mur et la bête hirsute tapie sous la fenêtre, le vélo où il accrochait ses vêtements le soir.

Wage l'accueillit à la cuisine d'un index posé sur la bouche : il était au téléphone avec un cabinet d'avocats de l'Upper West Side, leur plus gros client. Il agita la main en direction de la machine à café, ce qui voulait dire : « Sers-toi, je viens d'en faire. » Wage, de son vrai nom Timothy Wageman, venait du Nebraska, terre de blé dont il avait le teint – et la taille, ironisait-il à propos de son mètre soixante-cinq. Il était aussi le copropriétaire de Speedway Courier, une boîte de cyclomessagerie fondée en 1996 avec Jasper.

« Il faudrait que tu te dépêches, dit-il après avoir raccroché. Gate & Bowe ont six documents à déposer au tribunal avant midi. Et puis j'ai un type qui a oublié son portable dans un restaurant de la 121e hier soir et veut qu'on le lui rapporte aux Twin Towers. Oliver est malade et Max livre des échantillons à un décorateur du Village… »

Il se tut pour observer son colocataire, ou plus exactement ses cernes bleuâtres.

« Wow. T'as pas l'air bien.

– Insomnie, mentit Jasper, en cherchant dans le frigo de quoi soutenir trois heures d'effort.

– La pêche n'a pas été bonne ? »

Jasper fit non de la tête. Un après-midi entier à plat ventre sur le limon gras de la baie de Dead Horse n'avait rien rapporté. Il renifla le contenu d'une bouteille de lait et, grimaçant, alla la vider dans l'évier. Ne restaient que deux bananes et une part de pizza durcie par le froid. Jasper Felder avala celle-ci avec un café, glissa les fruits dans un gros sac en bandoulière puis épaula son fidèle Colnago avant de gagner la porte à pas de canard, les cales métalliques de ses chaussures raclant le plancher.

Carole Courvoisier décida de rentrer à pied. Au coin de Lafayette Street, on la vit s'arrêter brusquement sur le trottoir, bifurquer dans un drugstore, en ressortir cinq minutes plus tard avec un petit objet blanc à la main. D'un doigt sûr, elle déroula le cordon de plastique qui scellait le paquet, rabattit le couvercle et un rang serré de filtres beiges apparut sous le feuillet d'aluminium délicatement retiré. Carole en pinça un entre ses incisives, dégagea une cigarette, se pencha pour l'allumer. De part et d'autre, la foule sortie des bureaux s'engouffrait dans le métro ou un taxi arrêté d'un bras levé, frôlant les épaules de la jeune femme qui exhalait une longue bouffée de fumée sur le Nouveau Monde.

Un mois s'était écoulé depuis qu'Yves et sa mère l'avaient conduite à l'aéroport de Cointrin, roulant à près de quatre-vingt-dix à l'heure sur l'avenue

Casaï pour rattraper le temps perdu à chercher l'enveloppe de Traveller's cheques préparée par papa. Carole ne s'était pas attendue à trouver Gérard Bonvin au guichet d'enregistrement, et le souvenir de cette prévenance de la part de son directeur de thèse la fit sourire.

L'éminent spécialiste de poésie suisse romande avait comme toujours l'air de sortir du lit avec son veston froissé et des cernes sombres, mais il insista pour inviter tout le monde au Café des Ailes et, en dépit de l'heure matinale, commanda une tournée de blanc.

« À ce grand périple ! fit le Valaisan.

– Tchin-tchin ! reprit le frère de Carole. Et bravo ! »

L'heureuse récipiendaire de la bourse jeune chercheur de la fondation des arts et des lettres helvétiques fit tinter son petit verre contre les trois autres. Avec 30 000 francs en poche, la voilà qui s'envolait à la recherche du graal duvalien, la mutation des années cinquante, le gouffre séparant l'auteur à succès – écarté de ses fonctions à la suite du sulfureux (mais facile) *Parfums d'automne* – du grand ermite des lettres suisses romandes. Carole Courvoisier projetait de suivre les contours de cette métamorphose à travers les résidences successives de l'écrivain : l'État de New York, le Vermont, pourquoi pas l'Alaska. Il faudrait bien sûr retrouver ceux et celles qui l'avaient connu, mais aussi compulser les écrits intimes d'autres auteurs rencontrés au fil de ce périple américain, tels Vladimir Nabokov ou Marguerite Yourcenar. Et puis, l'année 2001 marquant le centenaire de la naissance de Duval, elle avait proposé d'organiser sur place un colloque au mois de septembre.

« À tout bientôt donc », fit Gérard Bonvin en embrassant maladroitement son étudiante que le petit groupe avait escortée jusqu'à la plateforme de marbre barrée par le poste douanier. Alors qu'elle tendait son passeport à un agent morose, Yves s'était écrié : « Ne va pas dans le Bronx ! » et Carole avait senti monter en elle une pitié soudaine pour ce frère incompétent, ses blagues bêtes, sa molle soumission à Marie-Claude Courvoisier-Chappuis, mère impérieuse, ancienne Miss Vevey, psychothérapeute. Celle-ci s'était d'ailleurs montrée inhabituellement attentionnée et Carole avait failli prendre pour de la fierté ce qui n'était peut-être que la réjouissance d'un tête-à-tête indéfini avec le cadet chéri.

Le front appuyé contre le hublot, la passagère du vol Swissair 110 qui venait de décoller reconnut le papillon formé par la cité des Avanchets. Les voitures garées devant les centres commerciaux jouxtant l'aéroport composaient une mosaïque colorée et, un peu plus à l'est, l'autoroute de contournement et le Rhône – l'« aorte gallo-romaine » célébrée dans la trilogie de Duval – s'enlaçaient comme des cobras au son de la flûte. Quand l'Airbus se redressa, un Léman de lave darda ses rayons dans les yeux des passagers, plaque incandescente au pied de la muraille alpine qui sombra bientôt dans un épais tapis nuageux. Sur un écran accroché au plafond, Carole avait vaguement regardé un film sur un éléphanteau orphelin recueilli à contrecœur par une femelle à l'humeur revêche avant de glisser les écouteurs dans la poche du siège situé devant elle et d'ouvrir *Palliante* au début du premier chapitre. Ce roman, qu'elle avait lu cinq ou six fois déjà, révélait à chaque reprise d'autres résonances, d'autres jeux, de ces nuances infimes qui invitaient le peintre impressionniste à remettre la toile sur le chevalet et la lectrice qu'elle était à repenser entièrement le sens de l'histoire qui se déployait entre ces pages – encore que le terme d'« histoire » ne convenait pas vraiment à un récit qui tenait du chant, du plaidoyer, du cri. Pour la première fois ce jour-là, elle comprit que le plus grand livre de Duval, comparé à *Ulysse* par certains, et au *Château* par d'autres, parlait aussi d'exil.

Le cycliste faisait du surplace au feu rouge de Park Avenue et de la 117e Rue, bras et jambes raides, le guidon tourné à vingt-cinq degrés et les manivelles du pédalier horizontales, le dos rond, le pelvis roulant doucement de façon à faire avancer et reculer la bicyclette sur l'arc d'un grand cercle imaginaire. Un passant s'était arrêté pour contempler la manœuvre d'autant plus étonnante qu'un fort vent d'est faisait tanguer la boîte des feux tricolores au bout de son perchoir. Vert. Jasper Felder enfonça la pédale et continua sa descente de l'avenue le long de la voie aérienne du métro. Bientôt, la file de voitures garées sur sa droite ne fut plus qu'un clignotement coloré au bord de son champ de vision tandis que les flancs des véhicules lui renvoyaient, comme une pulsation, la rumeur de ses pneus sur l'asphalte et celle du cliquetis de la chaîne lancée à toute allure. Même flottant entre les tâches du jour, son esprit ne perdait pas de vue l'ennemi n° 1 du cycliste urbain : la portière ouverte à toute volée, comme la mâchoire d'un requin géant qui, d'un coup de nez, envoyait valser les moins chanceux entre les roues d'un bus bondé. Plus encore que la vitesse, Jasper aimait ça, l'échappée, la sensation de se détacher du monde à chaque coup de pédale. Comme le disait un autre Texan, le vélo n'est pas un moyen de transport, c'est un moyen de fuite. Pour l'heure, le messager planait sur la chaussée, laissant sa monture d'acier absorber les aspérités trop infimes pour le faire dévier de sa course rectiligne. À gauche, les voies du train, soutenues par une muraille qui s'abaissait graduellement, disparaissaient dans le ventre de Manhattan aux alentours de la 97e Rue.

L'industrie cyclomessagère était-elle destinée à sombrer de la même manière ? On avait dû surmonter le fax et maintenant l'internet. Si les rumeurs qui circulaient à propos des tribunaux étaient vraies, et qu'on y accepte bientôt les dépôts électroniques, ce serait la fin. Wage misait sur la diversification des services : les coursiers de Speedway passaient dans des échoppes de nettoyage à sec chercher des tailleurs empaquetés qu'ils livraient directement à la trader qui n'avait pas le temps de rentrer chez elle avant un dîner. Ils recevaient des pourboires de cinquante dollars donnés par des gamines de quinze ans qui se faisaient apporter une cassette vidéo à minuit, ou, comme aujourd'hui, un Palm Pilot oublié à la maison ou au restaurant. Par précaution autant que par curiosité, Jasper avait répondu en juin à une annonce qui recherchait, leur promettant un salaire horaire anormalement élevé, des « plongeurs certifiés dotés d'un courage et d'une endurance exceptionnels ». Son statut d'ancien marine, un extrait de casier judiciaire et trois millilitres d'urine vierge de toute substance illégale lui avaient valu d'être engagé sur-le-champ par une compagnie qui fournissait des hommes-grenouilles intérimaires à la police de New York, laquelle ne disposait que de trente plongeurs pour sonder les hectares d'eau qui baignaient les mille cinq cents kilomètres de rives de la ville, avec ses fleuves, ses îles et ses péninsules. Deux ou trois fois par semaine, dans un vestiaire de béton armé, Jasper s'enduisait les poignets et les chevilles de vaseline pour se glisser dans une combinaison étanche d'un centimètre d'épaisseur qui le protégerait des courants glaciaux de la crique de Coney Island ou de l'Hudson et, surtout, d'une eau si polluée qu'un bactériologiste l'avait qualifiée d'étron liquide.

Et puis il y avait les autres livraisons, qui rapportaient chacune l'équivalent de trois ou quatre jours en selle ou d'un après-midi sous l'eau. Après avoir récupéré ses colis à la réception de Gate & Bowe, au 502, Madison Avenue, Jasper ne descendit pas directement à la cour d'appel de Foley Square, mais prit à droite sur la 45e, puis à gauche sur la Cinquième. Un type en survêtement noir l'attendait sur le perron de la bibliothèque publique. Jasper échangea un cube de carton d'une vingtaine de centimètres de côté contre une enveloppe et repartit sans dire un mot. Quand il prit à droite sur Park, il eut juste le temps d'apercevoir l'affolement sur le visage de deux conducteurs qui remontaient l'avenue et de comprendre qu'il ne pourrait éviter la piétonne qui avait surgi entre deux voitures stationnées. La rue bascula. Au moment où il sentit sa clavicule craquer sur l'asphalte, Jasper Felder se félicita d'avoir livré sa marchandise sans tarder.

Comme les deux autres biographes qui l'avaient précédée dans cette quête américaine, Carole Courvoisier escomptait secrètement mettre la main sur les manuscrits, ou, mieux encore, les journaux du second Duval, mystérieusement absents des archives conservées à la bibliothèque publique de New York. Bien qu'elle ne l'eût pas mentionné dans le dossier soumis à la fondation qui finançait ce voyage, elle essaierait aussi du côté des institutions psychiatriques et juridiques qui avaient eu à traiter des crises du personnage. Alors que Perrin et DeFazio avaient dîné avec des professeurs, des doyens d'université, des ambassadeurs et tout ce beau monde dont Duval avait longtemps recherché la compagnie, Carole irait à la rencontre d'étudiants, de serveurs de restaurant, d'aides-soignantes. Elle voulait interroger les gens qui l'avaient vu en pyjama, mal rasé, qui avaient blanchi son linge, lui avaient servi des soupes au lit. Mais, surtout, elle espérait parvenir à vérifier un pressentiment dont elle n'avait fait part à personne, pas même à Gérard Bonvin. Tel William Styron ou Virginia Woolf, Camille Duval avait suivi son soleil noir jusqu'aux confins de l'horizon. Or là, pour que tout bascule, comme elle l'avait expliqué dans sa thèse, n'avait-il pas fallu qu'on le pousse un peu ? Autrement dit, plus elle y songeait et plus elle se disait que c'était un événement, pas une disposition ou un état, qui avait provoqué le changement de Duval. Un licenciement humiliant. Une initiation à la magie amérindienne. Les propos de Betty Glattner résonnaient dans sa tête. Il y avait eu un avant et un après, un moment charnière, une mue.

En arrivant à New York, Carole Courvoisier avait commis l'erreur de s'installer dans une résidence universitaire. Le premier samedi, tirée de son sommeil vers 1 h 30 du matin, elle avait durant plusieurs secondes pris pour une collision de camions – explosions de pare-brise et de moteurs compris – une chanson du groupe Godsmack interprétée par ses voisins du dessus. Huit jours plus tard, elle rouvrait ses cartons dans un studio de l'hôtel Rutledge, à l'intersection de la 30e Rue et de Lexington Avenue, soit à un quart d'heure à pied de la grande bibliothèque où les archives de Duval étaient conservées.

Adossé à un immeuble d'une trentaine d'étages, l'hôtel qui n'en comptait que douze semblait menu.

Carole s'était tout de suite sentie à l'aise dans cette ancienne pension pour femmes où cohabitaient désormais touristes et locataires, mais qui avait gardé un air d'école communale ou de sanatorium avec ses hauts plafonds, ses senteurs de réfectoire et de détergent, la robustesse de ses éléments d'architecture et leur muette promesse de pérennité. Combien de générations de pieds faudrait-il pour adoucir ces marches d'escalier forgées dans l'acier, combien d'hectolitres avant que l'épais enduit d'émail ne révèle la fonte des lavabos ? Combien de résidents avaient expiré avant ces radiateurs massifs, campés sur leurs pattes, et qui opposaient au blizzard leur souffle de vapeur furieux ? La sévérité de l'hiver du Nord-Est, pour le voyageur d'une Europe tempérée, n'a d'égale que celle de l'été, où soleil et moiteur côtière s'allient pour faire fondre l'asphalte et moisir les tissus dans les armoires. Les habitants du Rutledge dont les climatiseurs étaient en panne se partageaient, sur le toit, les espaces d'ombre produits par le cube de brique qui abritait la machinerie de l'ascenseur et par la citerne d'eau, ce tonneau géant coiffé d'un chapeau de tôle pointu qui trône au sommet de tous les vieux bâtiments new-yorkais.

Dès le solstice de juin, Carole se joindrait à la troupe de lecteurs affalés sur des chaises, les pieds dans des cuvettes d'eau, ou étendus sur les serviettes blanches et râpeuses de la résidence, le visage cerné d'écouteurs murmurant les tubes de l'été, la salsa commerciale de Ricky Martin ou le come-back de Santana. Pour l'instant, elle arrivait à l'angle d'Union Square, repérable à sa démarche un peu trop allongée et à la masse de cheveux châtain foncé qui retombait sur ses épaules à chaque pas.

Le dossier de son lit remonté au maximum, Jasper Felder suivait le passage d'une escadrille d'oies canadiennes, « V » souple et noir sur le gris du crépuscule. Parce qu'elle avait brièvement perdu connaissance, on avait emmené la piétonne dans la même ambulance que lui. Sous le choc, celle-ci n'avait pas cessé de marmonner des excuses durant leur trajet jusqu'à l'hôpital, situé par chance à quelques centaines de mètres seulement du lieu de l'accident. Une copie du rapport de police la présentait comme Carole Françoise Courvoisier, née le 24 avril 1963 à Genève et résidant au Rutledge Hotel, 163, Lexington Avenue. Un des médecins avait assuré à Jasper qu'elle était OK et avait pu rentrer chez elle après les examens neurologiques d'usage. Il en aurait, lui, pour vingt-quatre heures de plus. La fracture de son poignet ayant été jugée irréductible, on l'avait opéré le lendemain de son admission. Celle de sa clavicule ne semblait pas aussi sévère, mais il faudrait en refaire des radiographies pour s'assurer que rien ne bougeait. Wage était passé dans la soirée avec des habits et une bouteille plate de tequila qu'il glissa sous la couette de son associé. Il avait du mal à cacher son dépit : on tournait au minimum, il ne restait pas de quoi payer le loyer de décembre. Jasper lui promit de prendre en charge la permanence téléphonique et de partager l'indemnité à laquelle son statut de vétéran lui donnait droit. Ni l'un ni l'autre n'aborda la possibilité de se retourner contre l'assurance de la fille qui, après tout, avait traversé la rue où elle n'aurait pas dû. La dernière chose dont on avait besoin était un inspecteur zélé.

Vers 18 heures, alors qu'il finissait un bol de soupe aux lentilles et une crème vanille auxquels les repas sous vide des troupes d'Irak n'avaient rien à envier, une femme apparut au coin du rideau qui séparait son lit de celui du voisin. Elle sortit de son sac une boîte de pralinés et un petit paquet emballé de papier rouge, et lui demanda comment il allait avec une sorte de gêne due sans doute à l'usage d'une langue étrangère.

« Ça va, on m'a mis de meilleures pièces », dit-il en soulevant son bras gauche terminé par une éclisse. L'allusion à la plaque et aux vis de titane, métal précieux dans le monde du cyclisme, échappa à Carole Courvoisier. Son attention s'était portée sur le torse du patient, barré d'un bandage claviculaire qui dissimulait en partie les lettres grasses d'un tatouage, ou plus exactement des chiffres : 4 • 10 • 90. Ses yeux croisèrent les siens, qui étaient clairs. Un collier de barbe fine piquetée de quelques poils blancs faisait ressortir des oreilles un peu décollées et dont Jasper pinçait machinalement le lobe lorsqu'il vous parlait. Il avait déballé le livre et le retournait entre ses mains : *Fall Fragrances*, une traduction épuisée de *Parfums d'automne* que Carole avait trouvée la veille dans une librairie d'occasion.

Pour un Suisse, il était toujours déroutant d'avoir affaire à quelqu'un qui ne connaissait pas Camille Duval, une véritable institution. Ses œuvres étaient au programme de toutes les classes, de la cinquième primaire, où les écoliers découvraient l'injustice et le courage entre les pages de *La Vie de Gilles Deprez*, à la Maturité, qui forçait les collégiens à plancher sur *Micheline* – et, surtout, à endurer les trois heures du film qu'en avait tiré André Hunebelle dans les années soixante. L'étudiant en lettres, enfin, faisait ses premières armes sur *Palliante*. C'était pratique : tandis que leurs voisins passaient de Prévert à Baudelaire, puis à Proust, les Suisses n'avaient pour ainsi dire pas besoin de changer de trottoir. En parlant de trottoir, après qu'un tram déraillé eut renversé la statue de Michel Butor au rond-point de Plainpalais, quatre-vingt-six pour cent des Genevois consultés par référendum s'étaient montrés favorables à son remplacement par une statue de Camille Duval. Chaque année, à la fête de l'Escalade, petits et grands endossaient le fameux costume Duval vendu à la Gaîté : le célèbre chapeau, le complet croisé et les lunettes en bakélite d'où pendait une moustache grise.

Comme son interlocuteur regardait avec intérêt la couverture de *Parfums d'automne*, Carole enchaîna sur l'importance de cette œuvre, mise à l'index en 1948 pour son traitement sans fard de la cruauté conjugale et de l'impuissance masculine. Comme tous les romans du « premier Duval », celui-ci se distinguait par la simplicité de son scénario, centré sur un époux obsédé par l'infidélité de sa femme. Pour ne pas gâcher la lecture de Jasper, Carole n'évoqua que très vaguement les moyens turpides mis en œuvre par l'époux en vue de faire avouer la présumée coupable et elle ne dit rien de la vengeance ultime, sublime, de cette dernière à la faveur d'une scène explicitement condamnée par Mgr Charrière. L'affaire fit du bruit, les parents de Carole, alors âgés d'une douzaine d'années, se souvenaient encore des manchettes et des discussions à voix basse de leurs propres parents. L'université de Genève révoqua de son poste le turbulent professeur qui se précipita presque aussitôt de l'autre côté de l'Atlantique. « Parti ! » titraient les quotidiens romands.

Jasper Felder resservit une tournée de tequila dans des gobelets à pilules dérobés sur un chariot. La Suissesse se détendait et finit par avouer à quel point elle avait peur, jadis, que Denis ou

Marie-Claude Courvoisier ne remarquent, dans la bibliothèque du salon, les longues rides creusées sur le dos de l'ouvrage par sa consultation répétée des passages incriminés : les ébats de Charles avec une maîtresse ramenée à l'appartement du boulevard Malesherbes, les parties fines chez les De Mornay, et j'en passe. C'était bien simple : tous les adolescents suisses romands avaient appris les mots « onanisme » et « fellation » dans ce roman.

À la grande surprise de Carole, Jasper se montra très intéressé par la fameuse rupture duvalienne, dont l'importance n'était en principe guère perçue hors du petit monde des études de lettres. L'idée que le génie puisse s'abattre sur vous à tout âge était attrayante pour la plupart, mais la capacité de devenir autre, de tout recommencer, était encore plus désirable pour l'ex-Marine. Enfin, si celui-ci avait découvert une chose depuis qu'il sondait les tréfonds de la ville de New York, c'est qu'il y avait toujours quelque chose à découvrir.

À 1 h 30 du matin, dérangé par son épaule et les ronflements de son voisin, Jasper ralluma, dégusta un autre praliné et attrapa le roman laissé par sa visiteuse. Lire était difficile. Ses yeux sautillaient sur la page, opéraient des avant-arrière comme un mécanisme autofocus détraqué et l'obligeaient quelquefois, pour ne pas la perdre, à souligner chaque ligne d'une règle ou d'une feuille de papier. Enfant, il ne l'avait pas dit à sa mère de peur d'être forcé de porter des lunettes. Redoutant le diagnostic de quelque déficience, il garda le silence à l'adolescence et finit par abandonner le lycée faute d'une amélioration. Ce n'était pas une faiblesse oculaire, bien au contraire : sa vision aquiline lui avait valu d'être enrôlé presque immédiatement dans l'unité des tireurs d'élite de sa base. Non, le problème était dû aux mots eux-mêmes, qui avaient tendance à se tenir entre chien et loup, plus tout à fait lettres et pas encore signes, comme ces silhouettes de la pénombre dont on ne sait trop, l'espace d'une seconde, si elles sont une caisse à journaux ou un quidam agenouillé. Comme il s'en était sorti à l'école en recopiant d'anciens rapports de lecture de ses sœurs, il fallait bien admettre que sa culture littéraire se limitait à quelques volumes du *Clan des Sept*, à deux ou trois romans d'espionnage et aux mangas porno qui circulent dans les casernes. Dans le milieu d'où il venait, les péripéties où s'embourbaient des personnages – à l'exception de ceux de la Bible – n'étaient pas forcément bienvenues : on avait déjà assez d'ennuis comme ça.

Les cinquante premières pages de l'histoire du banquier parisien et de son anémique épouse l'avaient laissé froid, ou plus exactement vexé de ne pas saisir ce qui pouvait en constituer l'intérêt, et agacé, surtout, par la profusion de référents étranges, comme la « Talbot Lago » dans laquelle

Charles se rendait au « cercle », ou encore le « tram » longeant paresseusement l'avenue de l'Opéra. Il avait du mal à se figurer un appartement cossu, étant passé du mobile home familial aux baraques de Fort Louis, puis à un deux pièces délabré de Brooklyn partagé avec un colocataire, les cafards et, qu'on le veuille ou non, les voisins dont la morue frite pénétrait jusqu'aux vêtements pliés dans les placards. S'il saisissait bien la passion du jeu de l'aristocrate désabusé, il projetait sur Deauville ce qu'il savait de Las Vegas ou d'Atlantic City, faisait disparaître le sol en damier de marbre sous de la moquette verte où, en lieu et place des tables de bois précieux, se dressaient des barrages de bandits manchots. Un fracas d'enseignes et de spots clignotants remplaçaient dans son for intérieur de lecteur le jour tombant d'une verrière ou de lustres en cristal sur des plantes exotiques et les cols des smokings.

Celui de Charles Mirabaud était imprégné de l'odeur des cigares qu'il suçait au volant de son coupé durant les deux cents kilomètres qui le séparaient de leur appartement du VIIIe arrondissement où sa femme faisait semblant de dormir lorsqu'il se glissait, à l'aube, entre les draps de soie frais. Au casino, nul ne se serait douté que le banquier dilapidait en fait sa fortune à elle. Le lecteur du roman découvrait peu à peu les motifs de cette vengeance : Charles était convaincu que le fils que lui avait donné Alice n'était pas le sien.

Sa fureur croissait au fil des chapitres et, lorsque Jasper reposa le livre sur la table de nuit, l'homme s'était montré tellement odieux qu'Alice venait d'éclater en sanglots sous l'œil atterré de leurs invités.

Tous les soirs, en rentrant dans le hall de la résidence, Carole Courvoisier guettait à travers les fentes verticales de sa boîte aux lettres l'arrivée d'une réponse de Sylvie Duval. Mais décembre avait passé, avec ses rafales qui vous frappaient au visage et la chaussée salée crissant sous les semelles. Vers 15 heures, lorsqu'elle avait le plus de mal à se concentrer, Carole refermait tel ou tel volume de la *Trilogie rhodanienne* ou la boîte en carton qu'on lui avait fait monter des archives et contemplait le flot silencieux de voitures descendant la Cinquième Avenue derrière la lourde baie vitrée de la bibliothèque publique de Manhattan. Quand le temps était sec et que le thermomètre se maintenait au-dessus de zéro, elle sortait faire quelques pas sur le parvis, fumer une ou deux cigarettes. Ses recherches n'avançaient pas aussi rapidement qu'elle l'avait espéré : d'autres messages laissés à d'anciens étudiants de Duval ne lui avaient valu aucun appel et la célèbre clinique de Bellevue avait fermé ses portes en 1984. Mais surtout, il fallait bien convenir que les documents que l'université de Cornell avait fait archiver ne recelaient pas grand-chose. Le mystère duvalien était double : non seulement nul ne savait ce qui avait insufflé son génie à l'auteur à succès, mais il manquait tous les éléments – manuscrits, notes, correspondance – qui auraient pu servir à éclairer ce bouleversement. Les douze cartons conservés par la bibliothèque, remplis en vrac par un successeur mécontent d'avoir à faire lui-même le ménage de son nouveau bureau, avaient d'ailleurs frisé l'élimination. Ils ne devaient leur survie qu'au zèle d'une secrétaire qui avait jugé non recyclable leur contenu d'agendas reliés par d'épais ressorts, de cahiers cartonnés et de papier carbone. Les cahiers renfermaient les cours de Duval, des conférences hebdomadaires sur le théâtre de Racine, Aristote et la tragédie, etc., scrupuleusement recopiées par le spécialiste du Grand Siècle. Quant aux agendas, ils étaient dominés par des rendez-vous avec des médecins dont Carole releva les noms. À l'étonnement de la chercheuse, leurs marges étaient criblées de ces gribouillis dont nous soulignons notre ennui ou notre impatience lors d'une conversation au téléphone ou d'un colloque : fleurs à huit pétales exécutées d'un trait de stylo-bille repassé plusieurs fois, spirales, cubes et zigzags. Outre de très brèves indications (« écrit douze heures », le

3 mars 1950), ils ne comportaient aucune allusion à l'activité créatrice de leur défunt possesseur. Le premier biographe de Duval, Luc Perrin, avait peut-être eu raison de penser que d'autres inscriptions plus laconiques, telles que « 3 h. » ou « 5 h. », signalaient ici et là le temps passé à la machine à écrire. En revanche, il était certainement allé trop loin en interprétant la notation « PS 14 h. » comme la marque d'un travail ardu sur ce qui allait devenir *Pur sang* et non un simple rappel d'un rendez-vous avec le chef du département, Peter Stern ! Cet usage de l'abréviation était confirmé par le gros « G » entouré trois fois le 25 mars 1952, sans aucun doute un hommage à feu son épouse, Germaine, qui aurait eu quarante ans ce jour-là. La sortie de *Lac gelé* en mars 1951 avait donné lieu à toute une série d'additions et de calculs se déroulant en longues colonnes sans qu'on puisse cependant savoir s'ils concernaient le tirage du roman ou la perception de droits d'auteur. Et puis il manquait les exemplaires des années 1953-1955 durant lesquelles Duval s'était lié avec son collègue Vladimir Nabokov et, surtout, Marguerite Yourcenar, rencontrée à la fin des années trente. Le peu scrupuleux Perrin les aurait-il volés ? Qu'à cela ne tienne, Carole irait consulter les archives de l'académicienne à la bibliothèque de Harvard.

À deux reprises, un coin de papier clair avait fait trembler sa clé dans la serrure de la boîte aux lettres, mais l'adrénaline était aussitôt retombée à la vue de l'écriture de sa mère, graphie bourgeoise avec ses « d » en forme de delta grec et les pâtés laissés par le large bec d'une plume Montblanc. Dans une lettre datée du 28 novembre, Yves venait de « décrocher » un job formidable dans une banque genevoise. Le 3 janvier, il allait recommencer « son droit » – pour la troisième ou quatrième fois. Et puis, ajoutait maman, papa t'embrasse, formule d'autant plus scandaleuse que M. Courvoisier n'embrassait personne, pas même son épouse, jugeant ces effusions ridicules. Pour ce physicien au CERN, qui n'avait pas échangé trente phrases avec ses enfants, la passion avait la forme effilée d'un voilier en fibre de carbone tiré sur le Léman à quarante kilomètres-heure par un spi couleur sang.

Un jour pourtant, une enveloppe de petit format timbrée à l'effigie rouge de Marianne était arrivée. Le rabat ne comportait pas de nom, mais le sceau du IXe arrondissement ne laissait aucun doute sur son expéditrice. Carole dut résister à l'envie d'ouvrir le pli d'un pouce négligent et, une fois dans son appartement, sortit d'un tiroir de la cuisine le couteau le plus acéré qu'elle possédait et dont la pointe frémissait sous la jubilation : la fille de Camille Duval, on le savait bien, ne se donnait pas la peine de répondre aux universitaires, déclinait depuis plus de vingt ans toute invitation aux colloques et n'avait d'ailleurs pas même accusé réception de celle que Gérard Bonvin lui avait fait parvenir pour le cinquantième anniversaire de la sortie de *Parfums d'automne* en 1996. En dépliant une feuille de format A5, Carole redoutait encore un rabrouement furieux de la part de celle qui avait publiquement comparé le Centre d'études duvaliennes à un ramassis de *paparazzi*.

Trouvant amusante l'idée de répondre à une thésarde inconnue après avoir ignoré les requêtes pressantes de deux conseillers nationaux, du doyen de la faculté des lettres et du vice-président de la télévision suisse romande, la fille de l'écrivain avait composé deux pages clôturées par le « Bien cordialement à vous » dont elle usait dans toute correspondance. Elle avait signé « S. Duval », ayant abandonné le nom de son premier mari et renoncé à endosser celui de Marc-André Lapierre, épousé vers la fin des années soixante-dix. Au fond, Sylvie Duval était flattée qu'on s'intéresse pour une fois aux versants moins glorieux d'un génie qui s'était révélé un père de second ordre. Il n'était pas suffisant au panégyrique de repousser dans l'ombre l'entourage des grands hommes, il fallait encore lui donner tort, prêter à M. Kafka père ou à Mme Simenon le cœur de pierre contre lequel l'auteur aurait aiguisé sa plume. Car Camille Duval n'était pas le « grand mélancolique » des souvenirs de Betty Glattner, mais la proie d'une espèce rare de psychose qu'on s'était entendu, biographes y compris, à passer sous silence : le syndrome de

Capgras, forme de paranoïa qui pousse le sujet malade à prêter non seulement des intentions malveillantes aux autres, mais une identité usurpée à ses « vrais » proches. Durant ces crises, son père la soupçonnait, elle, d'être la terrible Alice de *Parfums d'automne* dissimulée sous les traits de sa fille ! Quant au silence des années cinquante et à la renaissance stylistique de l'écrivain suisse romand, sa fille demeurait laconique, avouait n'avoir pas lu les œuvres complètes de son père et perdu presque entièrement le contact avec lui depuis son départ pour l'Alaska en 1964. Enfin, elle regrettait d'ores et déjà de ne pouvoir se joindre au colloque de septembre que Carole organisait, faisant partie de ces gens pour qui un vol en avion est cause d'angoisse insurmontable. En pliant la feuille pour la remettre dans l'enveloppe, Carole s'aperçut que sa correspondante n'avait pas répondu à sa question sur l'infirmière qui s'était occupée de Camille au début des années soixante.

« Cherchez la femme ! » s'exclama Jasper Felder en posant un wok fumant sur la table. On commença à manger avec la retenue de convives de fraîche date, l'un comme l'autre soucieux de chasser les silences qui amplifiaient le clapotis de la mastication et le crissement des couverts sur la faïence. Carole et Jasper s'étaient vus deux fois depuis sa sortie d'hôpital, dans un coffee shop jouxtant la bibliothèque et au magasin de vélos où il faisait des heures en attendant que son épaule puisse endurer la natation et son poignet les secousses de la bicyclette. Derrière les fenêtres, des flocons sautillaient sur les rafales de vent du nord.

« Les deux grands biographes de Duval, expliquait Carole, ont rencontré des médecins, des chefs de clinique, mais ils n'ont jamais vraiment regardé du côté du personnel soignant. »

Or la raison d'une telle omission était-elle réellement l'impossibilité d'appréhender cette masse anonyme et fluctuante ? Plus elle y pensait, plus Carole se disait que le snobisme des deux hommes y était pour quelque chose. Luc Perrin, surtout, s'était beaucoup vautré dans des fauteuils de consulat et de club avec des vieillards autrefois fréquentés par Camille Duval. Et, n'ayant rien trouvé auprès d'eux, il avait développé sa fumeuse théorie de la latence créative ! Jasper confirmait en fait une intuition qu'elle avait depuis longtemps : la bonne piste ne passait pas par ces salons. Cependant, ce dernier demeurait pensif.

« Et si cette femme n'était pas une infirmière ? risqua-t-il finalement.

– Je veux bien, mais dans ce cas qui était-elle ?

– Sa maîtresse, naturellement. »

Carole accueillit l'hypothèse d'une moue perplexe. Rien ne permettait de le prouver.

« Tu ne trouves pas qu'il s'est précipité un peu vite aux États-Unis ? poursuivit Jasper. Son livre est condamné et, crac, deux mois plus tard, le voilà au fin fond de l'État de New York. Il a dû y rejoindre quelqu'un.

– Betty Glattner est formelle : on ne l'a jamais vu en compagnie féminine. Il vivait seul avec Sylvie.

– Ta Betty était certainement amoureuse de son professeur de français. Elle qui a fermé les yeux sur ses défauts, sa maladie, ne les aurait pas ouverts sur une autre femme !

– D'accord, mais il a toujours dit qu'il était parti pour protéger sa fille du scandale. »

Jasper pointa du doigt la lettre de Sylvie qu'elle venait de lui traduire :

« Ce n'était pas exactement un père modèle...

– Certes...

– Ni un époux modèle... J'ai fini le livre que tu m'as donné et je crois bien que... »

Carole ne le laissa pas terminer sa phrase et le mit en garde contre la confusion de l'auteur et de ses personnages. Mais il s'était fait son idée.

« As-tu déjà remarqué le nombre de scènes qui se passent à table dans ce roman ?

– Bien sûr, répondit Carole, qui avait souvent analysé avec ses étudiants la terrible scène finale, celle de l'agonie de Charles empoisonné au curare à l'occasion du dîner de noces d'argent où il s'apprêtait à demander pardon à une Alice impassible face aux convulsions, aux suppliques et aux blasphèmes de l'homme dont elle n'avait su ou pu se libérer autrement.

– Ne m'as-tu pas dit que la femme de l'écrivain était elle aussi morte en plein repas de famille ?

– Ce n'est pas faux. Germaine Duval a perdu connaissance dans la salle à manger de leur maison, mais son décès a été prononcé à l'hôpital cantonal. Et alors ?

– Alors, je pense que Camille n'est pas étranger à cette mort subite et que *Parfums d'automne* est une sorte de confession détournée. »

Carole Courvoisier manqua s'étrangler avec un épi de maïs nain : voilà une interprétation qui allait réjouir les membres de la Société internationale d'études duvaliennes ! Elle repoussa son assiette, alluma une cigarette et suivit du regard, pour éviter celui de Jasper, la volute de fumée qui s'élevait au plafond.

Les érables qui bordaient les rues de Greenwich Village présentaient leurs fleurs vermeilles ou anis au soleil de la fin de mars. De temps à autre, assise dans son fauteuil, Carole Courvoisier se détachait de la discussion pour contempler les cornouillers et jacarandas qui rivalisaient d'exubérance sur le square Washington.

Depuis le mois de janvier, elle suivait, le mardi et le jeudi, un séminaire à l'université de New York sur l'altération de la personnalité. Sous la direction d'un professeur de psychologie, la petite classe de dix – deux psychiatres et une psychanalyste, un neurologue, deux assistantes sociales, un orthophoniste, un doctorant en lettres et un écrivain – interprétait des textes de Binet, Breuer ou Freud, et commentait les ébauches d'articles que l'un ou l'autre se risquait à soumettre à ses camarades. On dissertait surtout sur les psychotropes et Carole pouvait aisément deviner, à leur degré d'éloquence et de conviction, qui avait effectivement pris du LSD, ou qui était sous Prozac, le nouveau « cosmétique de l'âme » dont les effets commençaient à déranger.

Ces après-midi achevèrent de la convaincre de la nature concrète de la rupture duvalienne. La dépression de l'écrivain avait certes fourni le terreau de son renouveau stylistique, mais qui sait si l'on ne devait pas plutôt la *Trilogie rhodanienne* au traitement de cette maladie, avec ses pilules et ses électrochocs qui envoyaient valser les neurones comme les billes aux quatre coins de la table verte. Dans un ouvrage sur les cultures indigènes de la Nouvelle-Angleterre, Carole avait également appris que le mouvement du peyotlisme y était apparu dans les années cinquante, bien avant qu'on s'essaie à la mescaline en Californie. Si elle parvenait à vérifier les rapports de Duval avec la tribu Onondaga évoqués par Mme Glattner, elle serait sur une piste inédite.

L'un des deux psychiatres terminait la rédaction d'un gros livre sur un dénommé Phineas Gage, contremaître d'une équipe de poseurs de rails dans le Vermont qui avait survécu à la traversée de son crâne par une barre à mine de près de trois centimètres de diamètre et d'un mètre dix de long. L'objet de six kilos, couvert de matière grise et de sang, avait été retrouvé à vingt-cinq mètres de l'ouvrier abasourdi, mais conscient. S'il avait recouvré la santé – cécité de l'œil gauche et protubérance occipitale mises à part –, Phineas, au dire de ses pairs, n'était cependant plus Phineas. Ce bon paroissien, sobre et respecté de ses travailleurs, ce *businessman*, au sens que l'on donnait alors à ce mot, s'était mis à biberonner et à démériter, par son comportement infantile et violent, de la confiance dont il jouissait avant l'accident. Mais surtout, l'homme discret avait fait place à un affreux poissard à la bouche remplie d'invectives et d'obscénités. La neurologie naissante en conclut que le bon goût et la mesure devaient siéger dans les recoins dévastés par le pieu métallique. Rassurés de voir qu'on pouvait fouiller dans le crâne d'un quidam sans fatalement l'occire, les médecins ressortirent les trépans. La neurochirurgie était née.

Carole se lia d'amitié avec le biographe de ce malheureux contremaître, un certain Ronald Foose, new-yorkais de cinquante-sept ans à l'accent épais, large praticien hirsute et jovial qui avait élevé seul ses trois filles après le départ de sa femme avec un ancien collègue psychiatre. Après le cours, on se rendait volontiers à Little Italy, où Ronald dégustait deux portions de dessert en écoutant la Suissesse décrire ses progrès dans l'affaire Duval. C'est lui qui s'était proposé d'appeler la clinique H. H. Richardson de Buffalo où Camille Duval avait été interné en 1952 et en 1957. Une secrétaire s'était jusqu'ici contentée de répéter, quoi qu'on lui dise, que toutes les requêtes devaient être présentées par lettre émanant de parents ou de responsables légaux.

« Il y a de bonnes et de mauvaises nouvelles, fit-il en plongeant sa cuillère dans un onctueux tiramisu. Le directeur adjoint de Richardson m'a rappelé hier : aucune trace de Duval dans les archives de l'institution, mais si celui-ci a été transféré à Bellevue, ses dossiers l'ont certainement été aussi.

– L'établissement est fermé depuis plus de quinze ans, non ?

– Il a plus exactement déménagé dans un nouveau centre hospitalier, qui en a gardé le nom. Une partie des archives a suivi. Le reste doit encore se trouver dans le sous-sol du vieil asile… On m'a laissé y consulter les dossiers de quelques accidents neurologiques du début du siècle. Maintenant que les services psychiatriques ont été intégrés au centre médico-universitaire, ses archives sont ouvertes aux chercheurs. Il ne devrait pas être trop difficile d'obtenir un rendez-vous. »

Carole était venue à pied : la résidence se trouvait à quelques blocs de l'ancien asile, dans la même rue. Le Dr Foose l'attendait sur le trottoir, devant une grille surmontée de piques que seule sa hauteur inhabituelle distinguait de celles qui bordent les préaux d'école.

« Juste la bonne taille, dit-il en tendant la main. Plus bas, et les voisins ne se seraient pas sentis en sécurité. Plus haut, ils en auraient conclu à la sauvagerie des pensionnaires. »

L'édifice en brique rouge possédait deux ailes perpendiculaires dont les étages inférieurs disparaissaient sous le lierre. Apposé à la partie centrale, un pavillon à la façade rococo abritait les bureaux d'accueil du foyer pour SDF qui occupait désormais trois niveaux du bâtiment principal. Le reste, désaffecté, servait d'entrepôt et de débarras à l'institution qui avait pris la relève, à une centaine de mètres au nord. Des amas en tous genres bordaient les longs couloirs : sommiers, morceaux de lits et casiers attendaient le passage du ferrailleur. Empilés les uns sur les autres, écrans d'ordinateur monochromes dans leurs coques de plastique jauni, unités centrales aux boîtiers descellés et caméras de surveillance poussiéreuses gisaient dans un nid de câbles entortillés. Sur des palettes, des cartons de matériel informatique neuf patientaient sous une épaisse couche de cellophane là où, trente ans plus tôt, des individus prostrés avaient eux aussi attendu, mais quoi. L'imagination du visiteur n'avait aucun mal à revenir à cette époque tant l'espace était blême, avec ses fenêtres à barreaux, ses parois à carreaux de faïence blanche et l'arche de ses hauts plafonds faite pour répercuter les pleurs et les cris.

Carole et son ami pressaient le pas derrière l'aide-infirmier que la réceptionniste avait appelé après avoir examiné le fax de Ronald et son permis de conduire. Visiblement, l'employé avait été interrompu et tenait à retourner au plus vite à sa tâche. Il escorta les visiteurs au deuxième sous-sol dans un local empli d'armoires métalliques, leur demanda d'inscrire leurs noms dans un registre ouvert sur une longue table de conférence et repartit d'un pas élastique. Avec ses murs déplâtrés, révélant les pierres humides des fondations du bâtiment, la pièce avait un air de cachot. Ronald Foose expliqua qu'on se trouvait dans le plus vieil hôpital du pays, précédant de quarante ans la proclamation de son indépendance. On se mit ensuite en quête des dossiers de Camille Duval. Dans le petit cadre qui surmontait leur poignée, certains tiroirs coulissants portaient des dates, d'autres non, et le classement de leur contenu se révéla tantôt suivre la chronologie, tantôt l'alphabet. À grandes brassées, Ronald apporta les dossiers du premier trimestre 1963 sur la table mais on ne trouva rien parmi les liasses de pages écornées, manuscrites ou dactylographiées. Des chiffons de papier carbone tombaient de chemises auréolées de moisissure et la colle séchée ne retenait plus les étiquettes qui voletaient de part et d'autre. Des dossiers de 1952 et de 1960, mal classés, apparurent au milieu de la pile du deuxième trimestre 1963. Par acquit de conscience, Carole passa en revue les deux années précédentes et suivantes tandis que Ronald s'évertuait à déchiffrer les acronymes inscrits sur des feuilles de carton servant à diviser le contenu des longs tiroirs. Plus de trois heures s'écoulèrent et, en l'absence de ventilation, l'haleine des deux chercheurs viciait l'air de la cave. Aucune trace de Camille Duval dans la section psychiatrique des archives. Ronald se demanda s'il n'avait pas été hospitalisé pour d'autres causes que les symptômes de dérangement mental dont parlaient les biographes. Après tout, même s'il devait sa réputation aux fous célèbres qu'il avait abrités, Bellevue était un hôpital général. On se tourna vers les registres de radiologie, qui comprenaient un Derval et un Dumas. Carole fit un bond à la vue d'un Duvall accueilli pour une commotion cérébrale en mars 1962, mais alors âgé de quatorze ans, ce qui excluait l'éventuelle erreur dans la retranscription du nom. Vers 16 heures, alors que ses pensées oscillaient entre une tartelette au citron et une crème brûlée, Ronald Foose s'écria : « Je l'ai ! » La chemise de carton beige avait été classée avec les dossiers du service gériatrique.

« Ne fais pas cette tête, plaidait Ronald, soit elles auraient fini dans les poubelles de l'hôpital, soit dans le cartable du prochain biographe. Tu n'as pas idée de la procédure nécessaire à l'obtention de copies de telles archives. Nous aurions perdu trois semaines au moins. Ce n'est pas la bibliothèque publique... »

Les maigres traces du passage de Camille Duval à Bellevue, trois feuilles en tout, étaient posées côte à côte sur la table imprégnée de bière et de tabac d'un pub de la 28e Rue où les deux amis s'étaient engouffrés dès la sortie de l'hôpital. Carole avança une lippe dubitative, prit une gorgée de gin tonic et se mit à déchiffrer à haute voix la fiche d'admission du grand écrivain.

« "Camille F. Duval, né le 10.4.1901, domicilié au 119, Reade Street, à New York. Admission volontaire 18.6.61, 7:30 pm. Symptômes : désorientation, anxiété, agressivité, confusion aiguë. Patient ne se rappelle plus pourquoi il est à NY, ni comment il est arrivé chez nous."

– Son adresse a dû être retrouvée sur lui.

– Mais ça ne colle pas : il résidait dans le Vermont à ce moment-là… La fiche est signée "Paul D. Barbarossian, MD".

– Avec un nom pareil, on a des chances de mettre la main sur ce bonhomme », se réjouit Ronald.

Carole était penchée sur le deuxième des documents dérobés : le rapport des deux semaines d'hospitalisation de Duval et de sa réadmission en mai 1962 et janvier 1963. Entre les abréviations, les chiffres et autres codes pharmacologiques et la graphie infernale de certains praticiens, le papier était tout bonnement sibyllin. Ronald Foose, en revanche, le parcourait comme s'il l'avait écrit lui-même.

« Dix miligrammes de Pentobarbital par jour… Tiens. Ce médicament est interdit depuis les années soixante-dix : les hippies en ont exploité tout le potentiel hallucinogène. Butabarbital, amobarbital, etc. Ce sont des tranquillisants de la génération pré-Valium. Mais “Fergon”, ça c’est étrange. C’est un médicament contre l’anémie qu’on prescrivait aux vieux, pour combattre la sénilité, pas la psychose. Ce que le médecin décrit – l’effondrement de la mémoire à court terme, la fureur, le ralentissement des mouvements – va dans le sens de la maladie d’Alzheimer, qu’on n’avait pas encore définie ainsi. Nous n’avons que les initiales du toubib qui lui a prescrit tout cela : “JLG”. C’est aussi lui qui signe les admissions des deux années suivantes. »

Carole secouait la tête.

« Duval n’était pas sénile, il dirigeait un atelier où se pressaient de jeunes écrivains venus des quatre coins du pays : Ken Kesey, Raymond Carver y ont assisté. Et puis, pas un mot sur ce syndrome de Capgras, sur le désordre de la personnalité… »

Le découragement de la chercheuse était patent. Il n’y avait que dans les romans policiers qu’on retrouvait les aveux, le testament, bref, le fin mot de l’affaire soigneusement plié en deux au fond d’un tiroir.

Dans la soirée, Carole reçut un message électronique du directeur du département d'études françaises de l'université de Cornell, une sommité dont le dernier essai, sur la transfiguration, avait été traduit en cinq langues. Howard Berger s'excusait de n'avoir rien à lui apprendre sur Camille Duval, lequel professait dans son institution alors que lui-même n'était pas encore né. Cependant, continuait-il, tout le département serait honoré de la visite d'une des plus grandes spécialistes au monde de l'œuvre duvalienne, en particulier si elle pouvait avoir lieu le vendredi 13 avril.

L'invitation eut l'effet d'un remontant. Carole repensa aux étés passés sous des néons de bibliothèque, à *L'Œuvre d'art littéraire* de Roman Ingarden, aux salles de collèges banlieusards où le suppléant est jeté avec pour tout bouclier quelques exercices de grammaire à terminer et de vagues consignes soufflées au téléphone par un enseignant morne et grippé. Elle se rappela les formalistes russes, dont la tiède compagnie avait remplacé celle des amis qui couraient de festival en métropole et de plage en boîte, et qu'elle retrouvait à la rentrée, hâlés, fringants dans leur futal de Soho et leurs bottes berlinoises, elle dont tous les excès vestimentaires s'étaient limités au *Soulier de satin* et à un vieux carrick... Ne parlons même pas d'autres excès : l'année où sa vieille amie Isabelle expérimentait les joies du trio, Carole Courvoisier découvrait *Figures III*. Tout cela n'avait donc pas été en vain. En trois semaines, elle aurait le temps de préparer une communication qui présentait les nouvelles pistes de recherche auxquelles l'avait conduite son séjour américain. Comme elle l'expliqua dans sa réponse au Pr Berger, elle comptait beaucoup sur les réactions et les commentaires de ses collègues pour affûter son intervention au colloque du centenaire en septembre, où elle serait d'ailleurs très heureuse de l'accueillir. Elle-même, assurait-elle, devait énormément à l'éclairage qu'il avait projeté sur la volte-face littéraire, sans lequel la totalité de l'œuvre duvalienne et sa cohérence intime lui auraient échappé.

La perspective d'une excursion hors de la ville l'enchantait, et Jasper aussi, qui s'était proposé de l'accompagner en voiture. Il en profiterait pour rendre visite à un ancien camarade de l'armée. De l'État de New York à la silhouette d'oiseau en vol,

Carole ne connaissait que la pointe du bec. Pour accéder à l'université de Cornell, située au milieu de l'aile gauche du martin-pêcheur, il faudrait franchir la chaîne des Appalaches, puis couper en Pennsylvanie par le massif des Poconos. Une carte déployée sur son bureau, Carole savourait les noms indiens des rivières et des localités : Massapequa, Schenectady, Ticonderoga, Poughkeepsie... Elle suivait du doigt l'autoroute I-80 à travers les plaines de l'Indiana, de l'Illinois, du Nebraska chanté par Springsteen, par-delà les Rocheuses du Wyoming, les casinos de Reno, et la descente en douceur sur les coteaux de Napa jusque dans la baie de San Francisco...

Lorsque Jasper se plaça sur la droite et prit l'embranchement de l'autoroute I-380, sa passagère éprouva un vague regret, bientôt dissipé par le tam-tam berceur des dalles de béton défilant sous les pneus de la vieille Toyota. Elle avait tenu à ce qu'on s'arrête à Moscou et à Lucerne, en Pennsylvanie, pensant y trouver une place Rouge miniature ou la réplique du Kapellbrücke, mais rien. N'étaient le ralentissement de vitesse imposé et les stations-service qui en marquaient les extrémités, on aurait pu traverser ces villages sans les remarquer. Les autres hameaux déroulaient leur paysage de mobile homes et de maisons de bois plus ou moins droites. De hauts sapins gonflaient la terre, soulevaient les vérandas. Ailleurs, les porches s'affaissaient sur des piliers de fortune en briques dépareillées. Le sel faisait des jupes de rouille aux voitures parquées dans les allées menant au pied des collines. Rondes et lisses, celles-ci ne se dressaient pas à proprement parler mais semblaient posées, plutôt, sur la plaine qui s'étendait jusqu'au lac Ontario. Ici et là, un cheval planté dans la boue du printemps vous regardait passer.

Carole racontait sa visite à Bellevue et son étonnante trouvaille.

« Ce que je ne comprends pas, c'est que le rapport ne comporte aucune mention des troubles psychiques dont parlent les biographes...

– Cet endroit est surtout connu pour ses services psychiatriques, fit Jasper après un moment. Tes biographes ont peut-être appris que Duval avait été hospitalisé à Bellevue et en ont conclu à la folie. Ou alors on a essayé de le faire passer pour gaga... »

L'idée avait également effleuré Ronald Foose. Selon lui, il était plus facile de faire mettre sous tutelle un patient atteint de démence sénile qu'un présumé paranoïaque.

« Encore une fois, continua Jasper, il faut absolument retrouver cette fameuse infirmière. Toujours pas de nouvelles ? »

Carole avait relancé sans succès la fille de l'écrivain et, au terme d'un échange téléphonique assez désagréable, Luc Perrin lui avait souhaité « bonne chance » de ce ton qui disait tout le contraire. Les biographes, c'était bien connu, jalousaient autant leurs sources que les grands cuisiniers leurs recettes. Un message sur le site des diplômés de l'atelier d'écriture de l'université du Vermont avait quand même récolté la réponse d'un type devenu scénariste pour la télévision. Il y avait bien une jeune femme aux côtés de Duval, une Daisy ou une Rose, un nom de fleur en tout cas. C'était vague, mais tout cela remontait à plus de quarante ans.

Une serveuse déposa sans ménagement un plat de pancakes entourés de saucisses luisantes, une salade de fruits, deux tasses de café clair et un cendrier propre. Sur la banquette en face d'elle, Jasper, que ce voyage avait forcé à se lever à 6 heures, bâillait et s'étirait, les bras en croix sur le haut du dossier. Le mystérieux tatouage apparut dans l'ouverture de sa chemise et Carole se risqua à lui demander ce que signifiaient ces chiffres indigo, déjà entrevus à l'hôpital. Jasper réfléchit un instant puis répondit :

« C'est une date que je ne veux pas oublier. »

Il s'appliquait à faire couler sur ses crêpes un long filet de sirop d'érable. Au bout d'un moment, gêné par le silence retombé sur la table, il ajouta qu'il ne s'agissait pas d'un « truc romantique ».

C'est d'ailleurs ce qu'avait cru le tatoueur. Zozotant à cause de sa langue percée de trois clous pointus, le type lui avait rappelé que, sauf circonstances exceptionnelles, telles une greffe ou une amputation, la durée d'un tatouage était nécessairement supérieure à celle d'un couple. En vérité, il se méfiait de ce client qui venait de surgir dans son échoppe comme un braqueur.

On était aux alentours de Noël et des calèches promenaient des touristes dans les rues de Manhattan. Jasper attendait que le feu passe au vert en détaillant la robe et la musculature d'un percheron qui se tenait sur la voie de droite quand un camion de pompiers déboula sur l'avenue transversale, écartant des vagues de piétons à coups d'avertisseur et de sirène. Le cheval se cabra, la carriole recula dans un taxi dont le chauffeur se mit à klaxonner à son tour. Alors que des passants se précipitaient au secours du cocher ballotté au bout des rênes par l'animal qui patinait sur l'asphalte à la recherche d'une issue, son œil exorbité rencontra celui de Jasper et ce fut comme si toute la peur et toute la tristesse de la bête s'étaient déversées en lui par le faisceau de ce regard. L'horreur de ce qu'il avait fait là-bas dans le désert lui apparut d'un coup, si véhémente qu'il dut s'arrêter au bord de la rue et s'appuyer à une voiture stationnée. Les assistants sociaux et les vétérans vous mettaient en garde contre ces chagrins à retardement. Son souffle revenu, il était remonté en selle et avait roulé sur le trottoir, ignorant l'agacement des piétons, jusqu'à une boutique surmontée d'une enseigne-néon et demandé qu'on lui gravât sur le pectoral gauche, en chiffres gothiques, la date du 10 avril 1990.

Carole repoussa son assiette. L'ananas, la poire et les quartiers de mandarine avaient dû passer plusieurs années en boîte ensemble tant leurs saveurs s'apparentaient. De toute façon, elle n'avait plus faim. Elle sortit une Camel et se pencha sur la flamme offerte par Jasper.

« Je pense que je sais ce qui a fait changer ton écrivain », risqua-t-il tout à coup.

On n'avait plus reparlé de son interprétation sauvage de *Parfums d'automne*, et Carole en déduisit qu'elle était passée aux oubliettes. Elle se trompait. Pour Jasper, qui avait terminé le roman, cela ne faisait plus l'ombre d'un doute : Camille avait empoisonné son épouse Germaine pour s'enfuir avec une femme aux États-Unis. Loin d'être la cause de ce départ précipité, la mise à l'index de *Parfums d'automne* s'était révélée un alibi inespéré. À l'instar des grands criminels psychopathes, peut-être avait-il même pris plaisir à exposer sa propre culpabilité, comme le voleur de Poe sa célèbre lettre, sous le regard aveuglé de ses lecteurs. Seulement, l'ancien enfant de chœur n'avait pas prévu les remords qui finiraient par le rattraper. Au fil des années, l'ampleur et le sens de son geste lui étaient apparus de plus en plus nettement et, plutôt que de reconnaître son crime, pour ne pas avoir à l'assumer, il était devenu « quelqu'un d'autre ». Il avait d'abord changé de continent, puis de voix.

« Le sens de la "rupture duvalienne" est là », conclut Jasper en insistant sur ces mots si souvent entendus dans la bouche de son amie.

Vers 15 heures, Jasper l'avait déposée devant son hôtel, un bâtiment de bois de deux étages accroché au flanc de la colline sur laquelle trônait l'université. De sa chambre, la petite ville d'Ithaca était tout entière visible, sagement disposée sur une grille que bordaient trois coteaux arrondis et un lac. Une des gorges dont l'endroit tirait son prestige touristique se déployait en contrebas, si proche que le grondement des chutes, amplifié par la fonte des neiges, l'obligea à refermer la fenêtre. Elle sortit le tailleur qu'elle portait à la soutenance de sa thèse, se déshabilla et gagna la salle de bains, la plante des pieds s'enfonçant dans l'épaisse moquette.

Howard Berger l'attendait à la réception. Cinquante à cinquante-cinq ans, cheveux poivre et sel en brosse, visage anguleux dominé par des yeux gris où perçait une certaine fatigue. Il empoigna chaleureusement la main de Carole et échangea avec elle quelques banalités sur le voyage en provenance de Manhattan, où il était né, et la longueur de l'hiver sous ces latitudes. La rue était si escarpée qu'il avait pris soin, en garant sa Jeep, de tourner ses roues en direction du trottoir.

S'il était content d'avoir trouvé une remplaçante à un désistement de dernière minute pour sa série mensuelle sur la littérature francophone d'Europe, cette conférence un vendredi soir ne l'enchantait pas vraiment. Il s'en voulait surtout de ne pas avoir pris le temps, la veille, de compulser une étude sur Duval afin d'être en mesure, si personne d'autre ne s'en chargeait, de poser une question pointue à la conférencière. Durant le trajet jusqu'au centre du campus, Carole décrivit le plan de l'analyse qu'elle se proposait de présenter.

« J'ai lu *Palliante* il y a très longtemps », souffla le Pr Berger après un moment, gêné de recourir à cette parade usée par laquelle, dans le métier, on avait coutume de travestir une ignorance en un oubli.

« Cela dit, reprit-il avec un sourire, j'ai trouvé quelque chose qui devrait vous faire plaisir. Et puis vous aurez dans votre public quelqu'un qui a connu Duval du temps où il était chez nous, un collègue du département d'histoire. Nous irons dîner ensemble, si cela ne vous dérange pas. »

Howard Berger avait tenu à attendre jusqu'à 17 heures précises, mais personne n'était venu renflouer la petite audience de six. À leur âge et, plus encore, à leur maintien très emprunté, Carole identifia tout de suite trois doctorants. La vingtiémiste du département de français vint se présenter à elle alors qu'elle arrangeait les pages de sa communication. Le professeur d'histoire devait être l'homme installé près du fond de la salle qui l'accueillit d'un signe de tête et prit une grande quantité de notes durant les quarante minutes qui suivirent. Peu après les applaudissements, une femme arrivée en retard leva la main. Il s'agissait d'une chercheuse en biologie, originaire de Lausanne et « affriandée » par une affichette au nom de l'auteur qui lui avait valu ses premiers émois littéraires ! Comme la plupart des collégiens suisses romands, elle avait dû disserter sur *Micheline,* l'histoire d'un adolescent atteint de la polio et d'une veuve rencontrée dans une station de Saint-Jean-Cap-Ferrat. Or, expliquait la Lausannoise, le roman avait fait à sa parution l'objet d'un petit scandale. Un critique acerbe du quotidien *Le Matin* avait en effet laissé entendre que Duval n'était pas l'auteur de ce récit, ni peut-être des autres.

« Mais alors, qui les aurait écrits ? » demanda poliment Carole.

En dix ans de recherches, elle n'avait jamais eu vent d'une telle spéculation.

« Je crois qu'on voulait les attribuer à sa femme, qui avait publié quelques nouvelles sous un pseudonyme, mais comme elle est morte l'année suivante, si je me souviens bien, l'affaire en est restée là. »

La vingtiémiste de Cornell ouvrit de grands yeux ébahis et leva la main. Que ces romans misogynes soient le fait d'une femme avait de quoi étonner. Carole se rallia à cet avis, mais crut bon de rappeler qu'Hélène Cixous avait inclus *Palliante* au nombre des récits illustrant sa notion d'« écriture féminine ». Faudrait-il donc envisager une forme de transsexualisme duvalien ? On y pensa un instant, puis Howard Berger remercia les auditeurs. Alors que les étudiants quittaient la salle, Léa Guillermod, la biologiste vaudoise, vint saluer sa compatriote et lui préciser qu'elle tenait ses renseignements de son père libraire, malheureusement décédé. Carole prit ses coordonnées, au cas où, et promit d'essayer de mettre la main sur ce compte rendu incriminant.

Howard Berger avait réservé une table dans un restaurant italien. John Siegel, l'historien dont le père avait connu Duval, commanda trois coupes de champagne. Il voulut savoir ce que Carole avait pensé de cette intervention sur le nègre éventuel de l'écrivain. Après tout, Colette avait bien écrit les romans de son mari, et, cédant à l'insistance de sa femme Mary, Upton Sinclair avait publié en son nom un récit dont elle était l'auteur.

« L'allégation est farfelue, sourit la jeune femme. Le journal en question est un tabloïd et deux romans du premier Duval – *Parfums d'automne* et *Lac gelé* – ont paru après la mort de Germaine.

Alors qu'elle finissait cette phrase, l'interprétation de Jasper lui traversa l'esprit comme une mauvaise pensée.

« Il parlait souvent de son épouse, enchaîna John Siegel. J'avais onze ans quand sa fille et lui sont devenus nos voisins. »

Il se baissa pour sortir d'un sac un album de photos à la couverture en nubuck. Carole reconnut la maison beige à un étage dont la photographie, sous un autre angle, était reproduite dans la plupart des biographies de Camille Duval. Devant la grande baie vitrée du salon, sous un avant-toit qui reposait sur des piliers métalliques, deux jeunes femmes installées dans des chaises longues avaient abaissé leurs livres pour sourire à l'objectif.

« Sylvie avait le même âge que ma sœur aînée, expliquait John Siegel, et les deux étaient devenues inséparables : elles étaient dans la même classe, dans l'équipe de tennis du lycée... Et voici mon père et Camille... »

Les yeux s'étaient posés sur une photo à larges marges blanches, visiblement prise à une autre saison : l'Américain, reconnaissable à sa haute taille et à des bottes de chasseur, entourait de son bras le Suisse emmitouflé dans un manteau de mouton retourné et une écharpe à carreaux. John

Siegel tourna la page : un garçonnet en pantalon court (lui) jouait de la trompette aux côtés d'une flûtiste qui devait être Sylvie. Le vert de la pelouse et des arbres tirait sur le jaune et la jeune fille, préadolescente, regardait intensément le photographe.

« Sylvie passait beaucoup de temps chez nous l'été, à cause de la piscine, expliquait John Siegel. Après l'accident de son père, elle est même restée quelques semaines.

– Quelques semaines ? Était-ce si grave que cela ? » demanda Carole.

Elle était au courant de cette collision, évoquée par Luc Perrin, qui avait fait figurer la photo de la Chevy Bel Air défoncée dans sa biographie, l'essieu avant si tordu que les deux pneus étaient parallèles au sol. Un soir de septembre 1953, pour éviter un animal surgi d'un sous-bois, Camille avait perdu le contrôle de son véhicule et fini sa course dans un arbre au sud de Syracuse. Perrin, renseigné sans doute par Sylvie Duval, soulignait la chance du conducteur qui en avait réchappé avec une commotion et quelques coupures. Mais John Siegel hochait vigoureusement la tête :

« Je ne comprends pas comment on a pu raconter cela. Quand la police nous a contactés, Camille était dans un état critique. Il a passé au moins une semaine dans le coma et ne s'est jamais souvenu de ce qu'il avait fait ce jour-là, ni la veille d'ailleurs. C'est à partir de ce moment qu'il a eu de grosses migraines. Il disait que quelque chose s'était désarrimé dans sa tête...

– Mais pourquoi Sylvie ne pouvait-elle pas vivre avec lui ? Elle n'était plus une petite fille.

– Non, elle venait d'avoir seize ans, mais le rétablissement de Camille a pris du temps. Mon père l'emmenait presque tous les jours à son centre de rééducation. Sa mémoire machinale avait été endommagée. Il a dû réapprendre à conduire, à dactylographier, à faire la cuisine... »

Au dessert, Howard Berger, qui n'avait pas dit grand-chose de la soirée, tira de sa serviette un paquet-cadeau et le tendit à Carole. Celle-ci décolla délicatement le ruban adhésif qui refermait un emballage doré et s'exclama à la vue d'une édition originale de *Pur sang*. Le titre en gros caractères bleu cobalt et le cadre, de la même couleur, contrastaient avec les noms de l'auteur et de l'éditeur, en noir, et le doigt sensible repérait sans mal l'infime dépression que le plomb avait laissée dans le papier moelleux, d'une blancheur étonnante pour ses trente-trois ans. La couverture, ouverte avec précaution, émit un chuintement de colle et de fibres brisées suivi d'un très léger souffle de poussière. Le roman portait cette dédicace énigmatique : « Du Lys à la Forêt, Paris, février 1972. »

Au début de l'automne 1953, Camille Duval s'était rendu à Petite Plaisance dans sa Chevrolet Bel Air orange. L'année précédente, bouleversé par sa lecture des *Mémoires d'Hadrien*, il avait envoyé à son auteur une lettre de trois pages. Contrairement à son habitude, non seulement Marguerite Yourcenar y avait répondu, mais elle avait aussi pris soin de conserver ce témoignage d'admiration d'un confrère qu'elle ne connaissait pas et dont elle n'avait rien lu. Carole Courvoisier relut plusieurs fois l'éloge enthousiaste où se dévoilait un côté inconnu de Duval. Ainsi avait-il « vibré » au « timbre parfait » de l'empereur et saluait sa « géniale résurrection » d'une multitude de louanges. Il rendait également un « hommage passionné » au courage de l'écrivain face à la « vérité du cœur et du corps ». Lui-même, expliquait-il en rappelant discrètement le sort de *Parfums d'automne*, avait payé cette audace d'un exil.

La chercheuse avait découvert ce mince pli dans la boîte 24 (MISC 1950-1955) des archives Yourcenar conservées à la bibliothèque Houghton de Harvard. Dans la même liasse, elle avait aussi trouvé une carte de Noël de Camille comportant dans sa marge la mention « répondu le 1.1.55 », rédigée au crayon gras rouge par la future académicienne ou sa compagne secrétaire, ainsi qu'un carton à l'en-tête de Cornell daté d'août 1953 où Camille exprimait ses remerciements et sa joie. Pas de doute possible : il répondait à l'invitation des deux femmes dans leur résidence du Maine. Perrin avait raison à propos de ce voyage et de sa malheureuse conclusion, mais il s'était arrêté là, faute d'avoir mis la main sur d'autres traces de correspondance entre les deux écrivains. Carole rapporta la boîte au bibliothécaire et remplit une troisième fiche de requête. La salle de lecture était presque vide en ce début de matinée. À la même table qu'elle, une jeune médiéviste en gants blancs examinait les enluminures d'un bestiaire du XVIe siècle sous l'œil fixe d'un surveillant. Un autre chercheur recopiait à toute allure et sans regarder son clavier le contenu d'un carnet noir sur un ordinateur portable. Tous avaient dû laisser dans des casiers métalliques, qui rappelaient à Carole les piscines publiques de son enfance, les vêtements sous lesquels tel ou tel in-quarto aurait pu disparaître ainsi que les stylos susceptibles de l'entacher.

À pas feutrés, le bibliothécaire vint déposer devant elle un carton aux coins renforcés contenant la correspondance des années 1955-1960. Deux heures plus tard, bredouille, Carole la lui rapportait. Sans trop de conviction, puisque Camille Duval s'était pour ainsi dire coupé du monde à partir de son départ de Cornell en 1960, Carole défit soigneusement la ficelle qui refermait la boîte recelant les lettres reçues par Marguerite Yourcenar entre 1961 et 1970. Elle y croyait d'autant moins que l'auteur des *Mémoires d'Hadrien* avait tenu à mettre hors de portée du public tout ce qu'elle jugeait personnel. Si Camille Duval lui avait écrit une lettre significative, s'il avait abandonné ses manières convenues pour lui conter, par exemple, le meurtre de sa femme ou quelque révélation artistique profonde, il y avait de fortes chances que celle-ci soit maintenue sous scellés jusqu'en 2037. Carole Courvoisier poussa un soupir : elle espérait avoir fini ses recherches d'ici là.

Comme à son habitude, elle se laissait aller à lire toutes les lettres, pour la plupart des sollicitations d'avis sur des livres, des idées, des événements. Même lorsque tout rapport à Duval en semblait exclu, elle se plongeait dans ces requêtes d'inconnus du monde entier et les carbones des réponses qui leur avaient été faites. C'est ainsi que son regard buta contre ce mot, L'attente, que son soulignement signalait comme un titre d'ouvrage. Et c'est bien lui que recommandait, au printemps 1969,

Marguerite Yourcenar à son amie Luce Bereaud ! Carole sentit la moiteur envahir ses paumes. Un livre « inespéré », continuait l'écrivain belge, de la part du « petit monsieur suisse crispé avec lequel nous prîmes le thé en 52 ou en 53 dans notre jardin ». L'indignation, comme un doigt pressé sur le larynx, vint se substituer à l'étonnement. De toute évidence, Yourcenar ignorait que la visite du « petit monsieur », une promenade de deux mille kilomètres, avait failli lui coûter la vie. Mais l'auteur du *Coup de grâce* ne s'arrêtait pas là : « Ce que j'admire dans cet ouvrage, ce n'est pas seulement la présence exquise des formes du passé, mais une certaine qualité d'esprit (ou peut-être plutôt d'âme) qui n'est plus tout à fait de notre temps. La surprise est d'autant plus grande que j'avais, à l'époque, et sans doute attirée par le tapage qui l'entourait, parcouru *Parfums d'automne*, dont les audaces m'avaient paru bien restreintes et la langue souvent d'une déplorable facilité. »

Carole n'en croyait pas ses yeux, qui sautaient d'une invective à l'autre.

« Triste saynète de vie petite-bourgeoise où l'adultère le dispute à la compromission »... « Remugles d'automne plutôt »...

Et enfin, l'estocade : *Roman de gare pour gens qui ne voyagent pas*.

D'un revers de plume, l'immortelle réduisait à néant tout un pan de l'univers de Carole Courvoisier, creusait une béance à l'endroit des mois passés à étudier ce roman, des pensées et des sentiments qu'il avait su éveiller en elle. Le plaisir de Jasper, même, s'en trouvait sali, gâché. Elle eut envie de détruire cette missive, de broyer dans son poing l'odieuse copie de papier fin, mais rencontra lorsqu'elle leva les yeux le regard du surveillant. Elle entreprit alors, douloureusement, de la recopier dans son carnet avant de sortir fumer une cigarette et acheter une part de pizza sur Harvard Square. Les étudiants, excités par les premiers rayons de mai, se reconnaissaient à leur tenue anormalement légère, adoptée trois mois avant le reste du monde. Leurs tongs claquaient sur les trottoirs et, sur les terrasses où ces *undergraduates* d'élite venaient consommer leur *latte* et quelques aphorismes de Nietzsche, épaules et cuisses dénudées se frôlaient. Vers 14 heures, Carole retraversa le parc aux chênes noirs et rouges en direction de l'annexe de l'illustre bibliothèque.

Elle trouva, sur son coin de table, la boîte contenant les journaux et agendas de Yourcenar, tenus la plupart du temps par Grace Frick. Ici, comme devant les petits papiers de Camille, Carole éprouvait un malaise où il entrait un scrupule d'indiscrétion et du désarroi face à l'hermétisme du quotidien des autres avec ses abréviations et ses initiales d'inconnus, et plus encore peut-être sa grande trivialité, dont témoignait la récurrence de remarques liées au désherbage de l'allée séparant le portail de la maison ou à l'entretien de la cheminée. Le pire était toutefois cet anéantissement de la durée, de la vie qui s'écoulait à la vitesse des pages tournées d'un index pressé. 1960... 1961... 1965... 1967... Mais ce fut là, au milieu de la page attribuée à la deuxième semaine du mois d'août 1971, qu'elle fit cette découverte inouïe :

> rencontré l'infirmière de Camille Duval à Boston, Lily (ou Lilly ?) Moore, lui ai remis copie de L'Œuvre au noir, ai reçu d'elle le deuxième tome de la Trilogie rhodanienne, qui est admirable.

Carole Courvoisier se cala dans le fauteuil bleu de l'Acela Express. De l'autre côté de la baie vitrée, la banlieue du Connecticut défilait à plus de deux cent vingt kilomètres-heure. Les nouvelles s'étaient succédé ces dernières semaines avec la même rapidité ! Elle ouvrit son Powerbook G3 sur la tablette et entreprit d'annoncer le scoop à son directeur de thèse. Cela tombait à pic, Gérard Bonvin venait de lui écrire pour lui demander un compte rendu de l'état de ses recherches qu'il se proposait de glisser à un de ses amis éditeurs. Connaissant sa préférence pour l'analyse textuelle, Carole commença par une récapitulation du printemps passé à détecter d'autres connexions souterraines entre les deux pans de l'œuvre duvalienne. Mais les indices étaient maigres, concédait-elle pour finir, et c'est pour cela qu'elle avait poursuivi des pistes « inédites ». Elle ne se priva pas d'éreinter au passage le pauvre Perrin, dont la biographie était pleine d'assertions invérifiées, de raccourcis et de méprises, notamment en ce qui concernait l'accident de voiture de 1953. Son directeur avait beau résister à ce qu'il appelait sa « théorie du coup sur la tête », Carole allait continuer à explorer l'hypothèse d'une altération de la personnalité provoquée par un tel traumatisme. Elle fit ensuite état de sa visite à Bellevue et demanda à son destinataire ce qu'il pensait de cette flagrante erreur de diagnostic. En revanche, elle ne s'attarda pas sur la discordance des portraits brossés par Betty Glattner et Sylvie Duval, non que Gérard Bonvin, qui entretenait avec ses propres enfants des rapports orageux, ne puisse relativiser la dureté de la fille à l'endroit de son père, mais plutôt parce qu'il détestait la fille unique de Camille Duval. Non contente de n'avoir jamais répondu à aucune de ses invitations, cette dernière avait eu pour son travail des mots extrêmement durs, ayant été jusqu'à employer pour le qualifier cette image très vulgaire où il est question de sévices infligés à un insecte. (Une mouche, pour être précis.) Enfin, Carole laissa de côté la curieuse allégation d'inauthenticité signalée par la biologiste de Cornell, car elle lui paraissait infondée. Restait l'hypothèse de Jasper. Ce qu'elle avait de choquant s'était peu à peu dissipé et l'idée se trouvait même recouper une intuition concernant la *Trilogie* que Carole n'avait pas suffisamment développée dans sa thèse. Comment ne pas voir en effet, dans l'apologie de ces figures féminines mythiques (Catherine Cheynel, sainte Blandine, Camille Claudel), une forme d'expiation de la misogynie qui faisait rage dans la première partie de l'œuvre ? Alors qu'elle achevait de taper cette phrase, le train fit son entrée en gare de Penn. Elle replaça rapidement son ordinateur dans son sac à dos et remonta le quai d'un pas léger. Elle avait hâte de commencer à rechercher cette Lily Moore.

Il était près de 23 heures quand Carole Courvoisier ouvrit la porte de son studio. Le voyant lumineux de son répondeur automatique annonçait deux messages. Elle dut réécouter plusieurs fois celui de Ronald Foose, tant son accent new-yorkais déformait les syllabes. « Berbère-Ochone » ? Océan berbère ? Décédé ? De quoi parlait-il ? De Paul Barbarossian, comprit-elle enfin, le médecin qui avait signé la fiche d'admission de Camille à Bellevue et que Ronald avait retrouvé dans la rubrique nécrologique du *New York Times* du 1er mars 1982. S'étant également procuré un registre des internes de Bellevue, il avait commencé à le compulser en quête du mystérieux « JLG » qui avait prescrit les tranquillisants et promit de rappeler Carole dès qu'il aurait trouvé quelque chose.

Celle-ci n'eut pas le temps d'être déçue par ces nouvelles. Le second message provoqua tout ensemble l'augmentation du rythme cardiaque, la descente d'un voile oculaire suivi d'une brusque dessiccation buccale, l'incontestable trio de la colère que seules deux ou trois personnes savaient susciter en elle. Elle n'attendit pas minuit, soit 6 heures du matin, pour tirer la coupable du lit. Le grésillement du combiné décroché avec peine se fit entendre.

« Marie-Claude Courvoisier, dit la mère, en infléchissant cette dernière syllabe dans le sens d'une question où pointait une certaine inquiétude.

– Je sais, répondit sèchement Carole. Écoute, ça ne tombe pas bien du tout ta visite.

– Mais je pensais que tu prenais des vacances au mois d'août ?

– Mon colloque est le 10 septembre ! Je serai en pleine organisation... »

Trois secondes passèrent, Carole reconnut le *clic* de l'interrupteur de la lampe de chevet, le couinement des ressorts du sommier.

« Enfin, ma chérie, je m'occuperai. Je suis autonome.

– Tu ne parles pas l'anglais...

– Assez pour me faire comprendre. Et je parle espagnol. »

Elle savait en effet remercier sa femme de ménage et lui indiquer le jour où elle devait revenir.

« De toute façon, poursuivait la mère, le billet est pris : c'était une promotion. Je ne sais pas si je peux changer les dates. »

Marie-Claude Courvoisier se tut un instant, puis elle ressortit sa « vieille combine ».

« Bon et bien tant pis... Ça fait neuf cent cinquante francs de perdus. L'année a été mauvaise au cabinet, mais ce n'est pas grave. Vraiment, ne t'inquiète pas. »

Aucune inquiétude à avoir non plus, insistait-elle, par rapport au fait qu'elle serait seule à Genève en août, vu que papa faisait les Cinq Jours du Léman et qu'Yves partait en Corse avec Marion. Dix minutes plus tard, Carole raccrochait en ayant noté sur un coin de menu à emporter le numéro de vol et l'heure d'arrivée de sa mère le 31 juillet. Elle s'installa ensuite sur le canapé avec une double vodka sur glace.

Aussi loin que Carole pouvait remonter dans sa mémoire, elle ne se retrouvait rien de commun avec Marie-Claude Courvoisier, née Chappuis, Miss Vevey 1958. Fillette, elle n'avait jamais porté les colliers de sa mère enroulés plusieurs fois autour du cou, ni glissé ses petits pieds dans des chaussures à talons. Et loin d'inspirer l'envie qui chez ses copines allait faire l'objet de négociations sans fin – pas de rouge à lèvres avant quinze ans, etc. – la vue de sa coiffeuse jonchée de tubes, de flacons et de pots, de gobelets d'argent débordants de pinceaux et de crayons khôl aux fourreaux satinés, lui avait toujours valu un sentiment situé entre le dégoût et la méfiance : quel rôle jouait cette comédienne ? Qui se cachait sous ces couches de Sérum Cellulaire Dynamiseur Restructurant, sous le double fond de teint ?

Marie-Claude, pour qui une femme descendant chercher son courrier sans maquillage se « laissait aller », s'était quant à elle désolée de voir sa fille unique « fagotée » dans d'horribles fripes indiennes qui déteignaient encore au quinzième lavage. Elle-même partageait avec les Suissesses de sa génération et de sa classe, pimpantes de 7 à 22 heures, au réveil et après le tennis, cette sorte d'immunité à la variation des états. Elle avait traversé les années soixante-dix, quatre-vingt et quatre-vingt-dix sans se décoiffer, l'ourlet de son casque blond effleurant le col de ses tailleurs Lanvin et Yves Saint Laurent.

À l'automne 1980, une fois son fils expédié dans un énième collège privé, Marie-Claude avait décidé de s'« y remettre » et avait ouvert un cabinet de psychothérapeute. Plus exactement, on avait réaménagé la chambre d'amis en y disposant un bureau Napoléon III et un canapé en cuir donné par tante Lise. Passé les premiers fous rires, les enfants Courvoisier s'étaient habitués à y conduire sans leur adresser la parole les « patients » qui se présentaient à la porte de l'appartement, mais aussi à distinguer le poussif coup de sonnette de ces tristes créatures de celui de leurs amis. De temps en temps, leur mère bondissait dans leur chambre pour leur faire baisser le volume de la stéréo. (Les analysants se plaignaient-ils d'avoir à scander leur mal-être sur fond de Supertramp ou de Police ?) Pour ses dix-huit ans, Marie-Claude avait offert à sa fille *L'Interprétation des rêves* – elle disait : la *tromdoeilletoungue* – en espérant, dans une dédicace maladroite mais sincère, que cet intérêt commun les réunirait enfin. Avec la cruauté de l'adolescence, Carole avait haussé les épaules, trouvant cet élan d'affection aussi indécent que cette reconversion professionnelle de la part d'une femme qui avait du mal à écouter une phrase entière et dont le leitmotiv, lancé à tout propos, était : « Pas de pitié pour les cons. »

Vingt ans avaient passé. Il n'y avait pourtant que dans les romans qu'on y voyait plus clair avec le temps. Ses propres certitudes fondaient les unes après les autres comme les deux glaçons qu'elle faisait tourner machinalement dans son verre. Pour la première fois, elle comprit qu'une fille de dix-sept ans, assise en face d'elle dans ce minuscule salon parsemé de paperasses et de tasses à thé sales, n'aurait guère plus de respect pour cette existence hasardeuse et la quête dérisoire qui lui servait de prétexte.

Le carillon jovial du Macintosh vint interrompre ces pensées et un halo bleu emplit la pièce. Deux étudiants de Stanford avaient récemment mis au point un programme capable de conduire en quelques secondes une recherche qui aurait pris plusieurs jours à une équipe qualifiée. Une liste d'adresses s'afficha en haut de l'écran : vingt-deux Lily Moore résidaient dans quinze États différents, de la Californie au Maine. « Lilly » en rapporta vingt-cinq de plus, à quoi il faudrait ajouter les Lilian et autres Lilianne ayant adopté ce diminutif... Et « L Moore » fit apparaître une liste de plusieurs pages. Il faudrait des semaines pour joindre ces gens au téléphone, et faire de toute façon chou blanc si l'ancienne infirmière avait pris le nom de son mari ou déménagé au Canada...

Carole tapa l'adresse d'un annuaire interactif qui contenait, outre les informations habituelles, l'âge des abonnés et leurs adresses passées. Deux tiers des Lil(l)y pêchées plus tôt, nées après 1950, n'auraient pu travailler pour Duval au début des années soixante. Une laborieuse comparaison de sources différentes permit ensuite d'éliminer une cinquantaine de Lynn, Luke, Lester ou Larry, et l'horizon de Manhattan bleuissait quand une liste de quatre dames Moore d'une soixantaine d'années ayant résidé à Boston, dans le Vermont ou en Alaska atterrit dans le bac de l'imprimante.

Deux heures plus tard, Carole Courvoisier dévalait en songe les escaliers des archives de la bibliothèque de Manhattan (ou était-ce la clinique de Bellevue ?), talonnée par l'alarme incendie et des membres du personnel qui l'accusaient d'avoir volé des documents ultrasecrets. Elle venait de s'engouffrer dans une salle pleine de cercueils (les dépouilles des auteurs, sans doute) lorsqu'il lui apparut que cette sonnerie étourdissante était en réalité celle de son téléphone, posé au sol à côté du matelas. C'était à coup sûr sa mère qui rappelait pour annoncer qu'elle avait changé d'avis et annulait son voyage. Carole tendit le bras vers l'appareil en répétant doucement « non, non et non », mantra par lequel elle se prévenait contre l'accès de culpabilité filiale qui la pousserait à encourager Marie-Claude Courvoisier à venir malgré tout. Une voix d'homme vint pulvériser ces spéculations.

« Suis-je bien à la rédaction de *Paris Match* ? »

Carole reconnut son directeur de thèse, qui ne lui laissa pas le temps de répondre.

« Je pensais vous avoir formée à la critique littéraire, pas au journalisme à sensation. »

L'étudiante s'assit et ralluma un mégot cueilli dans le cendrier qui débordait sur la table de nuit. Elle commença à parler sans trop savoir où cela la conduirait.

« Plus je me penche sur ces écrits et plus je me dis qu'il faut postuler une force extérieure à la simple évolution naturelle du texte.

– Je veux bien, mais personne n'a encore rien trouvé de définitif dans ce sens, rétorqua Gérard Bonvin. Perrin, Maurer, DeFazio... »

Le professeur énumérait les biographes de Duval qui, eux aussi, avaient sans doute fantasmé d'épingler ce moment où tout avait basculé pour l'écrivain auquel « cela » était apparu, comme Dieu à Claudel, ou à Nietzsche le temps circulaire.

« Ni Maurer ni DeFazio ne sont allés plus loin que l'université de Cornell... Ils ne parlent pas l'anglais, comment voulez-vous qu'ils enquêtent sérieusement ? Et Perrin – il me l'a avoué – s'est contenté d'une excursion de vingt minutes en bateau autour de la dernière résidence de Duval à Sitka. Il n'a parlé à aucun voisin, n'a retrouvé aucune relation d'un séjour qui a pourtant duré dix ans ! »

On aurait dit que le décor de cet exil, dans l'imaginaire des universitaires, disparaissait derrière un voile de neige soulevé par les traîneaux. Et puis Carole n'avait jamais été convaincue par l'approche de ce chercheur, ni par l'homme, du reste, un Lyonnais au sourire goguenard et qui s'écoutait parler. On en venait à regretter l'existence du TGV, qui le faisait apparaître à tous les colloques duvaliens de Romandie où il affichait la certitude d'avoir brossé un portrait parfaitement équivalent à son modèle, un Camille 100 % Duval. Bref, à en croire son étude sur la latence créative (*Le Dormeur Duval*), la vie de Camille s'était arrêtée au moment de son installation sur l'île de Baranov. L'homme s'était pour ainsi dire désincarné.

« Vous exagérez un peu, soupira Gérard Bonvin. Je vous l'accorde, Perrin n'est pas très sympathique, mais ses hypothèses sur l'intertexte de la *Trilogie* sont tout à fait fascinantes.

– Quoi ? » s'exclama l'étudiante, en qui l'indignation provoqua une quinte de toux grasse.

Tout ce que Perrin avait trouvé pour expliquer l'émergence de sujets comme sainte Blandine était un vieil article de jeunesse sur la corrida. Et l'intérêt de Duval pour Camille Claudel ne marquait à ses yeux que le simple transfert de son admiration pour son illuminé de frère.

« Quant au personnage de Catherine Cheynel, terminait Carole, il n'y a rien vu d'autre qu'un emportement patriotique de Genevois pour l'héroïne de l'Escalade... C'est pathétique.

– Vous êtes dure. Perrin a habilement démontré comment les mots, et eux seuls, avaient en définitive conduit Duval de « l'autre côté » du récit.

– C'est ça, fit Carole, que sa colère achevait de réveiller. Une phrase aurait suffi à ouvrir l'accès à un univers parallèle, comme la petite porte dans les romans de science-fiction. Drôlement spéculatif, non ?

– Soit, concéda Gérard Bonvin après un temps. Mais je ne vois pas comment il pourrait en être autrement : nous n'avons aucun des manuscrits de la *Trilogie*, pas la moindre page de notes pour en reconstruire la genèse...

– Raison de plus pour aller chercher ailleurs, lança son interlocutrice. C'est parce qu'ils ont pris ce risque que les scientifiques en sont venus à attribuer l'origine de la vie sur terre à une météorite.

– Ah, mais cessez donc avec vos analogies : les études duvaliennes, ce n'est pas de la géologie ! Et ce n'est certainement pas avec votre théorie du coup sur la tronche que vous allez vous y faire un nom... ou des amis. »

Carole Courvoisier se récria : on ne pouvait désormais plus minimiser comme l'avait fait Perrin l'impact de l'accident de voiture de 1953 sur la créativité de Camille Duval. Qui sait s'il n'avait pas eu sur le Genevois l'effet de la fameuse chute de moto à laquelle bien des fans de Dylan attribuent le changement de rythme et de style complet qui suivit son album *Blonde on Blonde* ?

Elle entendit Gérard Bonvin rire à l'autre bout du fil.

« C'était l'arrêt des amphétamines...

– Soit, vous admettez donc que les hallucinogènes aient pu jouer un rôle dans le renouveau stylistique.

– Écoutez, le peyotlisme, les carambolages, passe encore. Mais je m'oppose formellement à ce que vous rendiez publiques vos élucubrations sur le décès de cette pauvre Germaine. Primo, elle a succombé à une crise cardiaque et, deuzio, il n'y a pas eu d'autopsie. De grâce, n'associez pas mon nom à cette calomnie. »

Les jours de pluie et de vent, la visibilité était si mauvaise que Jasper Felder devait porter sa torche de 40 watts à la hauteur de son masque pour s'assurer qu'elle était allumée. Avec le retour du printemps, la température de l'eau avoisinait 15 °C et les mains ne s'engourdissaient plus. Mais hélas, la saison du lilas et du renouveau, insoutenable pour les dépressifs qui s'en sentent exclus, apportait aussi son lot de suicides. La police avait beau installer des filets le long du pont George Washington ou dépêcher des agents cyclistes qui allaient et venaient d'un bout à l'autre du pont de Brooklyn, ces désespérés trouvaient toujours un angle mort, une suspente à laquelle grimper pour s'élancer par-delà les mailles salvatrices. La compagnie qui avait engagé Jasper était responsable, entre autres, de la localisation et du repêchage des corps. De nombreux facteurs déterminent la flottaison d'un cadavre : sa constitution, l'air dans les poumons de ceux qui mouraient du choc et non de la noyade, et surtout le temps écoulé depuis le décès qui, putréfiant les chairs, provoquait des gaz qui faisaient remonter les défunts. Dans la salle d'instruction où ces différents cas avaient été présentés sous forme de diapositives, il n'était pas difficile de distinguer les vétérans de la guerre du Golfe des autres, dont les visages prenaient la pâleur de la toile de projection. La tâche n'en était pas pour autant plus aisée pour les ex-marines. Sous le soleil du Koweït, les macchabées se voyaient de très loin. L'esprit avait le temps d'envisager le triste état des monticules rouge et brun détectés aux jumelles avant d'en détailler le démembrement ou la pulvérisation. Au fond de l'Hudson, c'est à tâtons qu'il fallait les retrouver, à plat ventre sur le limon infect, dans un paysage qui tenait davantage du dépotoir que du lit fluvial avec ses carcasses de voitures et de réfrigérateurs, son bric-à-brac de bidons, de tuyaux et de planches que les entrepreneurs marrons du coin y balançaient afin d'éviter des frais de décharge. Pour ne pas tourner en rond, les plongeurs suivaient une technique qui consistait à tendre des filins entre deux poids et à s'en servir de guides pour fouiller une bande d'une vingtaine de mètres de long. Puis on déplaçait les poids de trente centimètres sur la droite. Jasper et son partenaire recherchaient un homme porté disparu trois semaines auparavant. Chaque aspérité, chaque bosse, tout ce que le gant rencontrait dans sa lente caresse des tréfonds de la zone délimitée par la police provoquait une brusque accélération du cœur. Rares étaient les intérimaires qui résistaient plus d'un mois à ce train fantôme tactile. L'identification aveugle des objets prenait de longues minutes : il fallait remonter de la paume le pied d'une table pour s'assurer que ce n'était pas un fémur, tâter l'avancée osseuse d'un crâne pour s'assurer qu'il n'était pas humain. Dans le doute, Jasper plaça la chose dans le filet à bretelles qu'il portait sur le dos pour inspection ultérieure sur le pont de la navette. C'est son camarade Mark, un capitaine retraité originaire de Floride, qui lui garantit qu'il s'agissait bien d'un crâne d'homme, avec son maxillaire plat percé de seize orifices d'où ne pendaient plus que trois molaires. De toute évidence, la tête traînait au fond du fleuve depuis beaucoup plus de temps que l'introuvable suicidé et figurait peut-être au registre des restes recherchés. Jasper s'engagea à le déposer au bureau de l'unité portuaire de la police avant de rentrer.

Le lendemain vers 19 heures, il raccompagnait le dernier client au seuil du magasin de cycles où il travaillait trois jours par semaine. Il verrouilla la porte et retourna le panneau du côté « FERMÉ ». C'était le moment qu'il préférait. Il sortit une bière d'un frigo situé dans l'atelier et tourna le bouton de la radio jusqu'à 104.3 FM. L'intro de *Can't You Hear Me Knocking* s'écoula des haut-parleurs stratégiquement accrochés au plafond de la boutique. Comment les Stones avaient-ils pu perdre Mick Taylor, le seul mélodiste que le groupe ait jamais eu ? Jasper sourit au souvenir de ce 33 tours qu'il devait garder sous son lit tant sa couverture aurait choqué sa mère, avec sa braguette ouvrant sur un slip douteux. Installé sur son tabouret à roulettes, il se laissa aller à mimer Charlie Watts de deux clés à molette abattues en rythme sur l'établi de bois. Derrière lui, un cadre en acier aux manchons ciselés et chromés attendait d'être équipé. On l'avait fait venir d'Italie pour un avocat de Soho et, depuis qu'il était arrivé dans son écrin de frigolite, il avait fait l'objet d'autant de caresses que la statue de Jim Morrison au Père-Lachaise un dimanche d'été.

Le refrain de *Strange Days* emplissait maintenant l'espace. Le client avait choisi une peinture beige que parachèverait une selle anglaise de cuir huilé montée sur une tige de titane. De la guidoline assortie dissimulerait quant à elle l'anachronisme d'un guidon en composite, moulé pour accueillir confortablement les mains du cycliste. L'homme de loi avait également opté pour des jantes en fibre de carbone que Jasper avait lacées à des moyeux Chris King. D'un poids inférieur à une livre, la roue avant ne manquait jamais de tirer une exclamation de qui s'en saisissait. Chacune de ces pièces représentait entre une semaine et trois mois de salaire pour les apprentis qui les traitaient comme de saintes reliques. En appliquant une seconde couche de colle sur un boyau importé de France, Jasper se demandait si le vélo servirait à autre chose qu'à décorer les parois d'un loft.

Alors qu'il étirait son dos fourbu par un après-midi passé sur ce tabouret, ses yeux tombèrent sur le crâne pêché la veille. Le vol n'avait pas été prémédité. Une fois sorti de ses hardes d'homme-grenouille et douché, Jasper s'était rendu au bureau de police avec son butin à la main et, là, sur les escaliers de la baraque préfabriquée, une sorte de remords l'avait envahi. Tout portait à penser que les dernières heures du défunt n'avaient pas été heureuses. Or, quels que fussent ses crimes, il avait respiré le même air, croqué les mêmes fruits et méritait donc mieux que le fond d'une boîte en carton marquée « Inconnu ». Jasper s'assura que personne ne le verrait fourrer l'objet dans son sac en bandoulière et enfourcha son vélo. Un employé de Spokes avait jugé amusant de coiffer le crâne d'un casque et de l'exposer aux côtés des vieux trophées qui décoraient les étagères. Les clients avaient demandé toute la journée si la tête était authentique.

Carole l'examina longuement, sans dire un mot. Elle était passée après le déjeuner, dans un état de fébrilité inaccoutumé. Son jean tombait de ses hanches amaigries et elle sentait le tabac à plusieurs mètres. Sa quête de l'infirmière n'avait rien donné. Deux Lily Moore lui avaient juré au téléphone qu'elles n'avaient jamais rencontré d'écrivain suisse – mais pouvait-on les croire ? La ligne de la troisième Lily Moore était déconnectée et Carole avait essayé de joindre la quatrième et dernière pratiquement toutes les heures depuis deux jours. Son agitation, cependant, ne tenait pas uniquement à cet échec. Elle venait de recevoir une information qui, à ses dires, changeait tout. Son ami Ronald, un gros gaillard croisé quelquefois avec elle dans un pub, avait découvert que le mystérieux « JLG », le médecin responsable de l'internement de Camille Duval à Bellevue, n'était autre que son gendre, John Lachlan Garman. Or non seulement ce fait n'avait jamais été mentionné par son ex-femme Sylvie, mais il contredisait visiblement le rôle qu'on avait toujours vu jouer à cette dernière, laquelle passait pour la plus ardente protectrice des intérêts, de la vie privée et enfin de la mémoire de son père. Et voilà qu'elle le faisait coffrer avec la complicité de son mari dans un hôpital public bourré de clochards et de toxicos alors que de luxueuses et discrètes institutions pullulaient dans les recoins boisés des banlieues, de Westchester à Montclair ! Derrière la Suissesse, un client s'impatientait, une paire de chaussures à la main, et deux ados conspiraient près d'un rayon d'accessoires de BMX. Jasper lui promit de passer chez elle après la fermeture, dès qu'il aurait terminé une commande spéciale.

Un quart d'heure lui suffit à visser toutes les pièces au cadre. Câbles et gaines une fois installés, il sortit la chaîne gluante de son emballage plastique, l'enroula autour d'un des plateaux et du cinquième pignon et commença à régler les vitesses en faisant tourner le pédalier de la main gauche et en ajustant la tension des câbles du dérailleur jusqu'à ce que la chaîne n'émette plus, en sautant d'un disque dentelé à l'autre, qu'un léger chuintement ferrailleux. Satisfait par la qualité télépathique de la transmission, il se rassit et augmenta à nouveau le volume de la radio qui jouait un enregistrement mono. L'intro ne lui était pas inconnue : la même note de guitare assenée cinq fois, relayée par la voix du grand Chuck. *Beautiful Delilah*. Jasper écrasa le frein de la bicyclette, jeta sa clé Allen sur l'établi et se leva d'un bond pour aller décrocher le téléphone et composer le numéro de Carole.

« Delilah ». Il n'y avait que son père pour l'appeler ainsi, et encore, seulement lorsqu'il était fâché. À chaque rentrée de l'école primaire de Savin Hill, elle avait enduré les rires et les coups de coude à l'appel d'un nom dont ses petites camarades catholiques pressentaient confusément la connotation maléfique. Elle était donc devenue Lily. « Lee-Lee », comme la surnommait sa mère, qui n'avait jamais perdu son accent québécois, fut le premier enfant de Frank et Georgette Moore. Deux ans plus tard, en 1937, un garçon, Frank Jr, voyait le jour dans la clinique de Boston où son père avait été interne. Susan, enfin, était née par erreur dans la maison d'Alban Street, et Lily, qui allait avoir dix ans, n'oublia jamais les cris de leur mère aux prises avec ce bébé de quatre kilos huit cent. Peu après le quinzième anniversaire de l'aînée, la famille s'installa dans la ville de Burlington, dans le Vermont. Frank et sa mère, sévèrement asthmatiques, bénéficieraient du remplacement de leur rue saturée de gaz automobiles et industriels par les rives du lac Champlain.

« Enfin, c'est ce que notre père disait. Il y avait une autre raison », poursuivit Lily Moore en regardant les cimes orangées des monts Adirondacks, de l'autre côté du grand lac. Carole attendit un instant, mais son hôtesse ne termina pas sa phrase. Elle s'était levée et s'affairait à remettre sur un plateau les tasses et les soucoupes de leur goûter. Lorsqu'elle repoussa une longue mèche de cheveux gris qui la dérangeait, Carole remarqua les rides qui barraient son front tanné par le soleil. Ses yeux, qui évitaient les vôtres, étaient profondément bleus, et assortis au châle de mohair qu'elle remonta sur ses épaules. On avait beau être en juin, le crépuscule apportait la brise canadienne qui s'engouffrait dans la vallée des Appalaches non loin de Montréal et faisait trembler les peupliers qui bordaient le sud de la propriété. Lily Moore y était revenue en 1989 pour aider sa mère dans ses deux dernières années. Après l'enterrement, les trois enfants avaient décidé de garder la maison. Georgette Moore, née Lavoie, avait laissé davantage que prévu et Frank Jr, lui aussi médecin, s'était proposé de couvrir quelques frais importants de rénovation. Résidant à Boston, il pourrait venir y passer le week-end ainsi que la plus belle part des vacances d'été avec sa femme et leurs trois filles. Susan, qui était océanographe dans un institut de la côte ouest de la Floride, se réjouissait quant à elle de retrouver les « vrais hivers » qui lui manquaient, et de profiter de ce pied-à-terre pour aller skier à Stowe ou, grâce au ferry, à Lake Placid avec son mari d'abord, et puis des *boyfriends* qui ne duraient jamais plus de deux Noëls consécutifs. Pour Lily, dont la vie n'avait jamais eu cette prévisibilité saisonnière, la demeure familiale avait servi de camp de base entre deux séjours au Népal, de refuge contre les automnes diluviens de l'île de Baranov, et, plus récemment, contre la solitude qui tombait avec le soir sur la petite maison qu'elle avait partagée avec Camille Duval pendant douze ans.

Autant dire que Carole avait eu de la chance : une semaine plus tôt ou plus tard et ses appels, en l'absence d'un répondeur, n'auraient récolté que la sonnerie entêtante de Vermontel Co. Mais ce 8 mai, l'abonnée Delilah Moore avait décroché immédiatement, et, trouvant que sa correspondante s'empêtrait, lui avait répondu dans un français limpide et chantant. Oui, elle avait bien servi d'infirmière et d'assistante à Camille Duval. Quand ? Du début des années soixante à sa mort. La paume crispée sur le combiné, Carole fit répéter ces dates à son interlocutrice.

« De 1961, pour être précise, à 1974 », confirma tranquillement Lily Moore, qui ne se doutait visiblement pas des spéculations auxquelles sa propre existence avait donné lieu dans le milieu des études duvaliennes, ni à quel point elle avait divisé les biographes. Le *Camille Duval* d'Antoine DeFazio excluait toute présence durable aux côtés de l'ermite des lettres helvétiques. D'autres, comme Luc Perrin, prêtaient au contraire plusieurs compagnes américaines successives à l'écrivain, sans penser que la « jeune Bostonienne » et la « muse d'Alaska » aient pu être une seule et même personne. Carole, que cette grande découverte bouleversait, avait oublié les mots exacts de leur échange, mais il lui semblait que l'ancienne infirmière avait glissé un « Je vous attendais » dans les formules habituelles de conclusion.

Quatre jours plus tard, elle garait la vieille Toyota empruntée à un ami de Jasper en face de la maison de Lakeview Terrace. Avec son porche bas soutenu par des piliers en forme de pyramide, la demeure paraissait faite pour barrer la route aux hivers de la Nouvelle-Angleterre. La porte était entrouverte et gardée par un gros chat roux qui voulut tout de suite accomplir le plus grand nombre de huit autour de ses mollets et de son sac de voyage. Lily, qui regrettait d'avoir « plus de chambres d'amis que d'amis », avait tenu à ce que la Suissesse fût son hôte, mais n'était visiblement pas chez elle à cette heure. Carole l'appela une fois encore et un autre chat, noir et blanc, vint s'asseoir dans le hall d'entrée pour dévisager la visiteuse. Il n'était pas le seul : sur une commode d'acajou et au mur, des générations de Moore en faisaient autant dans leurs cadres de bois ou d'argent. Franges roulées et chignons vaporeux distinguaient les années cinquante de la décennie suivante. Le temps qui passait rallongeait ou raccourcissait les pantalons, tantôt faisait bouffer les jupes, tantôt les plaquait aux cuisses des femmes. Sur une photo prise dans le jardin, reconnaissable à l'ombre des pyramides porteuses de la maison, un couple se tenait dans le dos d'une adolescente en chemisier à rayures et d'une fillette aux dents très espacées. Le même groupe apparaissait plus haut sur un bateau à voiles et sans la mère, mais avec le fils, devant le Madison Square Garden. On retrouvait ce dernier, le cheveu gominé pour le gala de la fin du lycée ou souriant derrière la grille d'un casque de receveur, jouant à la perfection son rôle dans l'iconographie familiale, se dit Carole. Au fil des ans, d'autres tirages avaient été glissés entre le cadre et le verre des photos officielles : les parents, plus âgés, mal à l'aise sur un canapé en skaï rouge barré par une branche de sapin de Noël. Des personnages secondaires gravitaient autour du quintette. Une femme assise sur un rocher, le jean roulé sur les mollets, déclencha une brève sensation de familiarité qu'une observation plus pointue vint confirmer : il s'agissait certainement de la jeune Sylvie Duval. Carole reconnut la maison d'Alaska à ses bardeaux de cèdre. Alors qu'elle se penchait sur l'image écornée, un téléphone posé sur la commode se mit à sonner et elle entendit des pas dans l'escalier de la cave.

Lily Moore apparut sur le seuil d'une des portes du vestibule, la tête couverte d'un bandana que la sueur assombrissait par endroits. Elle leva la main en guise d'excuse, saisit le combiné, donna quelques courtes réponses suivies de remerciements à son garagiste, et raccrocha d'un geste précis. Rien dans la petite femme aux yeux topaze qui se tenait devant elle ne ressemblait à l'idée que Carole s'en était faite, alimentée des stéréotypes de la douceur et de la prévenance en petit bonnet blanc, qu'une robuste poignée de main venait d'anéantir. Lily s'excusa de n'avoir rien prévu pour le dîner et proposa que l'on sorte manger sur Church Street, l'allée piétonnière de la ville de Burlington, connue pour sa population de *hobos* à dreadlocks et pieds nus. Les deux femmes s'installèrent à la terrasse d'une taverne et Lily Moore commanda deux bocks de bière.

« Alors, quel est votre texte favori de Camille Duval ? demanda l'Américaine en levant son verre à la santé de son hôte.

– *Palliante*, sans doute, fit Carole après quelques secondes.

– Même si on ne sait pas qui c'est ? Ou ce que c'est…

– C’est précisément cette irrésolution qui me fascine. Vous savez que des interprétations récentes vont jusqu’à faire de “Palliante” un animal, une sorte de bête omnisciente… »

Lily Moore inclina pensivement la tête et reprit :

« Moi, c’est la *Trilogie* que je préfère. *L’Attente*, d’abord, parce que je m’identifie au sort des protestants. La famille de ma mère a émigré en France antarctique pour échapper aux persécutions. »

Carole se rappela la croix huguenote qui pendait à un bougeoir, sur la commode du hall d’entrée.

« Mais en fait, continuait Lily, le plus réussi est sans doute *Midi revient*, que j’ai relu l’été dernier. »

Il s’agissait du deuxième volet de la *Trilogie rhodanienne*, consacré à la vie de Blandine, et dont la construction concentrique imitait celle de l’arène où la jeune martyre avait perdu la vie. Le récit faisait retour à cette scène comme à un refrain morbide, ballottant le lecteur entre espérance et désolation. Car sainte Blandine, à en croire ses hagiographes, n’avait pas péri entre les crocs des fauves, lesquels s’étaient arrêtés tout net sur leurs pattes griffues avant de se coucher en cercle (encore un) autour de la miraculée comme autant de chats repus et ronronnants. La reconnaissance mutuelle de la jeune chrétienne et des lions témoignait selon eux d’une conscience supérieure, divine, transcendant la distinction de l’humain et de l’animal.

« Je crois que j'aime cette conception de la sainteté », conclut Lily en découpant du bord de sa cuillère une bouchée de gâteau au fromage blanc.

Elle s'était visiblement détendue et répondait sans détour aux questions que Carole lui posait sur son passé, des études de vétérinaire interrompues à Montréal, dans une université choisie autant pour échapper à la poigne de Frank Moore Sr que pour renouer avec des origines québécoises.

« Mais j'en ai eu assez de la grande ville… C'était l'époque où tout le monde lisait *On the Road* – Kerouac est un peu québécois, vous savez – et je suis partie sur ma route à moi, en Inde, au Népal… Un an et demi. »

Lily Moore sortit une boîte d'Ashton d'un sac de toile et en offrit un à la Suissesse.

« Quand je suis rentrée, continua-t-elle en expirant la fumée du cigarillo, j'ai eu une grosse dispute avec mon père. Il voulait que je me marie ou que je trouve un métier. Comme j'avais suivi beaucoup de cours de science, je suis entrée à l'école d'infirmière et j'ai eu mon brevet en 1959. »

Carole nota cette date dans le carnet qu'elle avait ouvert à plat sur la table.

« Et comment avez-vous rencontré Camille Duval ?

– Un vieil ami de mon père enseignait dans le département d'anglais à l'université de Cornell et s'était lié d'amitié avec lui. Il fut même un des rares à rester en contact avec l'écrivain après son renvoi…

– Vous a-t-il parlé des raisons de ce licenciement ? »

Lily eut un mouvement d'impatience. (Mais était-il dû à la question elle-même ou au fait d'avoir été interrompue ?)

« Il y a certainement eu autant de raisons que de jaloux… Je vous disais donc qu'Arthur Bowman, l'ami de mon père, n'avait pas abandonné Camille après sa disgrâce. Et quand deux ans plus tard il a appris que celui-ci, alors écrivain en résidence je ne sais plus où, traversait une nouvelle période difficile, il a appelé mon père, qui était médecin, à la rescousse. Papa est allé le voir chez lui et m'a téléphoné le soir même pour me demander si cela me dirait de devenir la dame de compagnie d'un romancier célèbre… »

Lily suivait des yeux trois adolescents flottant dans des jeans aux ourlets déchiquetés se passer, de pied à pied, une petite balle de coton crocheté remplie de riz. Des grappes de lycéens traînaient leur indolence estivale et leurs sandales en caoutchouc sur les briques rouges dont on avait repavé la rue qui menait à l'église unitarienne de la plus grande ville du Vermont.

« Mais quels étaient ses besoins ?

– Pardon ? fit Lily qui s'étirait dans le soleil de juin, et parut fatiguée de la conversation.

– Quel type d'assistance portiez-vous à Camille Duval ?

– J'ai vécu avec lui de 1961 à 1974 et sa santé a beaucoup varié pendant toutes ces années. Il souffrait de dépression, ce n'est pas un secret, mais aussi d'asthme et d'hypertension. J'ai tour à tour été sa secrétaire et son infirmière… J'ai recopié ses manuscrits, servi d'intermédiaire avec son éditeur ou mené des recherches dans des bibliothèques. À d'autres moments, oui, j'ai administré des piqûres, cuisiné des repas sans sel, dessiné des courbes de température… »

Elle étouffa un rire :

« Je sais bien ce qu'on racontait… Le vieil écrivain et la jeune femme. Si banal que cela devait être vrai. Mais ça n'a jamais été le cas et, pardonnez-moi, je me fiche de ce qu'en pensent ses lecteurs. »

Pour Luc Perrin, qui affectionnait les explications simples, on ne croupissait pas dix ans sur une île possédant un seul cinéma, perdue au milieu d'un archipel comptant plus d'ours que d'êtres humains, à moins d'y être forcé. Et comme ni Duval ni Lily n'étaient recherchés par la police, ils devaient avoir choisi de dissimuler une relation répréhensible. Mais au fond, pourquoi l'aurait-elle été ? Une différence d'âge de trente-quatre ans n'était guère extraordinaire dans le monde des lettres. Le blâme semblait avoir émané tout entier de Sylvie Duval qui, au dire de témoins, n'avait pas supporté l'élection de cette fille spirituelle et la fin d'un tête-à-tête que l'on chuchotait incestueux. Lily, profitant peut-être de ne plus avoir à soutenir le regard de son interlocutrice, avait abordé ce sujet alors qu'on rentrait à pied chez elle. Elle se tut ensuite jusqu'à ce qu'on parvienne au seuil de la maison de Lakeview Terrace.

« Est-ce que Camille vous parlait de son travail ? demanda Carole en aidant son hôte à transporter deux gros livres sur l'Alaska dans la véranda.

– Au début, presque pas. Quand j'ai emménagé chez lui, dans une maison située pas très loin d'ici, fit-elle en balayant le nord-est de l'avant-bras, il terminait *L'Attente*. Il ne sortait de son bureau que pour les repas, et encore. La plupart du temps, je lui montais un plateau. Il ne dormait quasiment pas et il n'y avait vraiment que ses migraines pour l'empêcher d'écrire. »

Carole recueillait tous ces détails d'une main qui courait entre les pages de son cahier. Cette écoute soutenue, loin de désarçonner Lily, semblait au contraire l'inspirer.

« Je l'ai toujours connu accablé par ces tempêtes subcrâniennes qui le contraignaient à rester allongé des heures dans le noir, près d'un ventilateur, mais elles dataient paraît-il de son accident. Vous savez, n'est-ce pas ?

– Oui, un voisin d'Ithaca m'a parlé de sa longue convalescence.

– Ce n'étaient pas de simples céphalées. On a parlé d'accès psychotiques… Je préfère la notion de transe, car il n'était jamais plus créatif que dans les heures qui suivaient ces crises. La scène centrale dont nous venons de parler, dans l'arène, a été écrite d'un seul jet. »

Carole acquiesçait gravement. Les quinze pages de roman les plus commentées du vingtième siècle – plus que celles de la madeleine, avançaient certains duvaliens – avaient bel et bien été soufflées à leur auteur ! Elle entoura trois fois le mot « transe ». Tout cela corroborait sa propre théorie. Elle voulut s'assurer qu'elle ne faisait pas fausse route :

« Comment le savez-vous ? »

Lily, qui était revenue de la cuisine avec un plateau garni de deux verres de vodka et d'un bol de glace, alluma trois bougies et se remit à parler sans regarder son hôte.

« Quelques mois après notre arrivée à Sitka, Camille s'est mis à souffrir de rhumatisme articulaire. Peu de gens sont conscients du fait que cette région côtière, qui est à près de 60° de latitude nord, connaît des pluies tropicales. Certains jours, il avait du mal à tenir sa plume. Il s'était donc mis à écrire en "raccourci", abrégeant des mots, recourant parfois à la sténographie. Le matin, il me dictait ces textes. Petit à petit, j'ai aussi appris à les déchiffrer et lui ai servi de copiste. Il utilisait ensuite mes feuillets pour faire ses révisions et je tapais à la machine la version définitive...

– Mais où sont passées toutes ces versions ? » interrompit Carole.

Lily Moore reposa son verre sur la table et leva les mains, comme pour se dégager par avance de toute responsabilité.

« Des caisses se sont égarées entre le Vermont et l'Alaska. La compagnie de déménagement ne les a jamais retrouvées. Les ébauches de *Palliante* et de *L'Attente* s'y trouvaient... Quant aux autres, Camille les a détruites... »

Lily pencha la bouteille sur son verre et un filet sirupeux vint submerger les glaçons. Luc Perrin tenait ce renseignement de Sylvie, et on avait imputé l'absence de toute trace de la genèse de l'œuvre duvalienne à cette pyromanie de son auteur, dont le sens ou le but demeurait cependant inconnu.

« Je n'étais pas là quand il a mis au feu tout ce qui touchait à *Midi revient*, continuait Lily. Des milliers de pages. Quelques années plus tard, lorsque sa santé lui permettait à peine de tenir debout, j'ai essayé de l'empêcher de brûler les premières versions de *Pur sang*. Le geste était désespéré. Il avait tout sacrifié à ces pages qu'il haïssait désormais. En les détruisant, il espérait... comment dire... annuler le pacte faustien dont elles étaient issues.

– Mais quel pacte ? demanda Carole, inquiète.

– Je ne saurais le dire. Par moments, il était difficile de faire la part du fantasme et celle du souvenir...

– On l'a souvent dit. Était-ce cette confusion qui a entraîné le séjour de Duval à Bellevue en 1962 ? »

Lily Moore approuva en silence.

« Vous saviez que son beau-fils travaillait dans cet hôpital ? »

L'Américaine leva les yeux. Des oies traversaient le ciel du soir en claironnant.

« Oui, dit-elle finalement, je le savais. Mais pourquoi ne vous adressez-vous pas directement à lui pour les détails ? »

Elle repoussa les verres, ouvrit le grand livre que Carole avait déposé sur la table d'acajou et, le doigt sur une vue d'avion en noir et blanc, reprit d'un ton qui se voulait radouci :

« La petite ville de Sitka fut longtemps appelée le "Paris du Pacifique". Alors que San Francisco n'était encore qu'une mission mexicaine jonchée de huttes de boue, les émissaires du tsar dansaient la valse dans le château de cet homme... »

Carole se pencha sur le portrait d'un chauve aux yeux doux et tombants : Alexander Baranov, le commerçant de fourrure d'Irkoutsk qui avait suivi la route de Béring aux trousses d'une famille de loutres et s'était retrouvé de l'autre côté du golfe d'Alaska, sur la rive déchiquetée d'une île peuplée de Tlingits. Trois ans plus tard, en 1802, ceux-ci, armés de mousquetons et de poudre fournis par la Compagnie de la baie d'Hudson qui ne tenait nullement à partager son butin, réussirent à se débarrasser des Russes. Le tsar, qui ne le voyait pas ainsi, fit alors envoyer des frégates alourdies de canons et, dans des kayaks de peau de phoque, huit cents mercenaires aléoutiens asservis à l'Empire. Après deux jours de bataille virulente, une explosion retentit d'un bout à l'autre de la baie de Shee At'iká et l'on vit s'élever des bois et des rochers des centaines de mouettes et de faucons piaillant en tous sens. Un coup de fusil tiré du vaisseau *Olga* venait, littéralement, de mettre le feu aux dernières réserves de poudre des Indiens. La grande île de Shee fut rebaptisée du nom de son conquérant et le village qu'il avait fondé devint la capitale de l'Amérique russe.

« Il fallait être de Sibérie, ironisa Lily Moore, pour trouver clément le climat d'un archipel sur lequel s'abattent plus de deux mètres de pluie annuelle...

– Alors, pourquoi cet endroit ? demanda la Suissesse.

– On a souvent dit que Camille Duval était misanthrope, répondit Lily en tournant les pages du livre. C'est complètement faux. La mort de sa femme, la condamnation de ses romans, la haine de ses collègues, tout cela l'avait profondément affecté. Il me disait ne plus vouloir vivre entouré de gens qu'il pourrait blesser...

– Et vous l'avez suivi ?

– D'abord, nous sommes partis pour un été. Ni lui ni moi ne pensions rester. Mais l'éloignement, la désolation lui ont convenu au plan créatif... Quant à moi, j'y retrouvais des valeurs en vogue à cette époque, et que je chérissais : le retour à la nature, l'autarcie. Et puis la terre ne valait rien là-haut : Camille a acheté la maison et un hectare de rivage pour le prix d'une voiture.

– Receviez-vous du monde ? demanda Carole.

– Mon Dieu non, s'exclama Lily Moore. De Juneau, on n'accède à Sitka que par bateau, et un vol en provenance de la côte compte au moins deux escales. Nous sommes revenus une fois à New York pour la naissance de la fille de Sylvie.

– Mia n'a donc pas connu son grand-père ?

– C'est exact. Mais il lui écrivait des cartes postales et Sylvie envoyait des photos de la petite... qui doit avoir votre âge d'ailleurs.

– C'est bizarre, enchaîna Carole. Je pensais avoir vu une photo d'elle et de sa mère devant la maison de Cannon Island. »

Elle leva la main pour désigner le hall d'entrée tandis que Lily manifestait son étonnement d'un froncement de sourcils.

« Ah oui, bien sûr, je suis bête, dit-elle finalement. Les Garman sont venus un été, deux ou trois semaines. Au début des années soixante-dix. Mia devait avoir sept ou huit ans.

– Qu'est-elle devenue ?

– Tout ce que je sais, c'est qu'elle est rentrée avec sa mère à Genève, après le divorce de celle-ci. »

On regarda encore quelques images du sud-est de l'Alaska, avec ses pins dont les cimes fendent les nuages et ses îlots de roche, et Lily Moore conduisit la Suissesse à sa chambre. Vers 3 heures du matin, un bruit sourd la tira de son premier sommeil et, bientôt, le rai de lumière qui passait sous la porte s'anima, comme si quelqu'un se tenait de l'autre côté. Elle crut entendre des pas, mais le tintamarre des insectes qui pénétrait par la fenêtre en troublait la perception. Pour se calmer, Carole attribua le choc qui l'avait réveillée au saut d'un des chats. Enfin, elle décida de se lever. Il n'y avait personne dans le couloir ni dans la chambre de son hôtesse, dont la pleine lune éclairait le lit défait. La voix de cette dernière la fit tressaillir et sa main se crispa sur la rampe lisse de l'escalier qu'elle s'apprêtait à descendre.

« Je suis là. »

Lily gisait sur un des fauteuils du salon, le gros chat roux de tout à l'heure sur ses genoux. La bouteille de vodka, elle, était renversée sur une table basse.

« Vous avez parlé à Sylvie Duval ? demanda-t-elle abruptement.

– Pas en personne, répondit Carole en s'asseyant sur le canapé qui lui était désigné d'un geste vague, mais j'ai reçu une lettre d'elle cet hiver.

– Depuis ce séjour à Bellevue, elle et son mari n'ont cessé de vouloir faire enfermer Camille, soi-disant pour son bien, mais en réalité pour le faire mettre sous tutelle... »

La crainte immémoriale de l'héritage coupé en deux, expliqua Lily d'une voix blanche. L'addition de la *Trilogie rhodanienne* au patrimoine national valait à son auteur la somme annuelle de cent mille francs suisses de la fondation Pro Romanica, à laquelle s'ajoutaient des dons plus ou moins discrets de mécènes et de banquiers genevois. Et puis Sylvie, qui en avait toujours voulu à Camille de la mort de sa mère, ne supportait pas de la voir remplacer, encore moins par quelqu'un du même âge qu'elle.

« C'est un peu pour cela que nous sommes partis pour Sitka, conclut Lily. J'y retourne dans trois semaines y passer l'été et une partie de l'automne. Venez me voir si cela vous dit. C'est un endroit qui vous plaira. »

Un toast théâtral fit tinter les cubes de glace qui restaient dans son verre :

« Vous n'en reviendrez pas. »

La mère avait étendu une carte routière sur ses genoux, ses lunettes de lecture en équilibre tout au bout du nez.

« J'y vois rien, confessa-t-elle pour finir.

– Évidemment, c'est une carte qui couvre tout l'est du pays... »

Sans quitter la chaussée des yeux, Carole fouillait de la main droite le vide-poche de la Ford de location. Aucun plan du New Jersey. À la sortie du tunnel Lincoln, elle ne s'était pas rabattue à temps sur la gauche et, talonnée par un concert de klaxons, s'était retrouvée face à la muraille jaune des guichets de péage. Lancée à cent trente kilomètres-heure sur l'autoroute 95, la voiture passa bientôt sous d'immenses panneaux verts annonçant le Connecticut et la Nouvelle-Angleterre. Marie-Claude Courvoisier, qui se voyait déjà chez les Eskimos, émit le signe universel de la terreur : une inspiration furieuse terminée par une note aiguë.

« Arrête, lui dit sa fille. Ce n'est pas moi qui voulais aller à la plage.

– Tu travailles trop. Puis tu as besoin de prendre des couleurs, ma pauvre. Tu es pâle comme une merde de laitier. »

Marie-Claude Courvoisier n'était pas vulgaire, mais, temporairement privée de sa verve de psychanalyste lacanienne par la panique et la nausée, elle se trouvait réduite au stock courant des expressions suisses romandes dont les syllabes sont séparées par des intervalles de plusieurs tons. Il n'était pas exclu qu'elle se venge aussi d'un sale petit commentaire de son aînée sur les sexagénaires en maillot de bain.

Elle était arrivée quinze jours plus tôt par le vol Swissair 139, à moitié dissimulée par deux gros sacs de cuir empilés comme des veaux marins morts sur un chariot qu'elle poussait avec peine. Sa tunique de lin blanc tremblotait autour d'elle à chaque pas. Marie-Claude Courvoisier portait au cou le petit sac plat de toile fine dans lequel les touristes suisses mettent leurs passeports et leurs billets de banque à l'intention des voleurs à la tire. Une vague de soulagement passa sur son visage quand elle reconnut Carole au milieu de chauffeurs brandissant des morceaux de carton en quête de Mr et de Mrs aux patronymes maladroitement tracés.

« Heuye, heuye, heuye », fit Mme Courvoisier en pénétrant dans la touffeur de fin juillet. L'humidité atteignait les quatre-vingt-dix pour cent. À la brûlure de l'air s'ajoutait celle des moteurs tournant à fond pour alimenter la climatisation des voitures stationnées. Carole dut saisir le bras de sa mère, habituée à la flânerie des Rues Basses, pour l'entraîner à travers le flot dense et nerveux des conducteurs venus déposer ou prendre des voyageurs. Elle n'avait pas lâché la poignée de sécurité durant toute la traversée de Queens, sur une autoroute souvent défoncée et dont le tracé déchirait des quartiers entiers, frôlant ses fenêtres et infligeant à ses résidents le supplice d'un Grand Prix de Monaco perpétuel.

« De bleu de bleu », s'exclama la passagère lorsque l'horizon de Manhattan se dévoila au détour d'un virage.

Le lendemain, elle avait tenu à inviter Carole au Chalet, un restaurant suisse décoré de lambris et de paires de skis en bois aux lanières de cuir desséché, et les deux femmes, inspirées par cette atmosphère alpine, s'étaient lancées dans une activité à laquelle l'une et l'autre excellaient : le slalom entre les sujets importants, évités avec la grâce d'un Stenmark à Garmisch.

Tante Lise avait un nouvel ami. Un Espagnol de quarante-cinq ans – soit dix-neuf de moins qu'elle – rencontré à Genève-Plage où la sœur de

M. Courvoisier passait l'été, étendue sur une serviette de couleur vive à côté de son paquet de Gitanes et de sa montre en or. Les rapports n'avaient jamais été faciles entre Marie-Claude et l'ancienne hôtesse de l'air, d'autant plus que celle-ci remportait l'affection des enfants Courvoisier, que rien n'enchantait plus qu'un week-end chez elle. Gamins, ils y avaient déjeuné maintes fois d'un banana split dissimulé sous une dune de crème Chantilly qu'elle les laissait confectionner. Pour les douze ans d'Yves, son défunt second mari avait même arrosé de rhum leur part de gâteau et on avait joué au Cluedo jusqu'à minuit dans leur salon décoré de tentures indiennes. Les deux adolescents pouvaient aussi fumer chez tante Lise. (Il y avait un cendrier au bord de la baignoire.) Et quand ils rentraient à 1 h 30 du matin après avoir raté le dernier bus, elle disait : « Salut, c'était bien ? », levant la tête du roman qu'elle lisait en robe de chambre courte sur le canapé de cuir. Lise délectait également ses neveux d'histoires d'atterrissage forcé, d'escales à Rio et de femmes qui avaient accouché entre deux rangées de sièges. Mais surtout, elle racontait des choses sur le père qui provoquaient en eux ce frisson que seul sait susciter le spectacle d'une catastrophe, d'un contorsionniste, d'une opération à cœur ouvert. Pour Yves et Carole, Denis Courvoisier avait dû échapper à l'enfance comme d'autres à la rougeole et aux oreillons et voilà qu'il leur apparaissait, par les yeux de son aînée, comme un être baveux et pleurnichard gigotant au-dessus d'une assiette de purée, petite chose qu'on enfermait dans l'armoire le jeudi. Bref, c'étaient là des pensées sacrilèges, terribles.

Marie-Claude n'avait jamais pardonné à sa belle-sœur cette fameuse baignade dans le Rhône. Lise avait emmené les enfants pique-niquer à la Jonction. Sans qu'elle y prît garde, leur partie de lancer de galets avait évolué en une épreuve de tirs de penalties, avec Yves dans le rôle de gardien de water-polo. Au troisième plongeon, le courant l'avait emporté et on l'avait retrouvé deux cents mètres en aval, pendu à une branche de saule ! Trois jours plus tard, une éclosion sous-cutanée de puces de canard avait tiré des cris à leur mère. Elle menaça, et Carole, encore sous le choc de la disparition de son frère dans un fleuve réputé pour ses tourbillons, avoua.

« C'est le style Drakos », commentait Marie-Claude Courvoisier, en faisant référence au deuxième mari de tante Lise, Georges de son prénom, sorte de Joe Dassin grec dont les chemises à large col béaient sur une authentique fourrure où gisait, comme prise dans des filets, une Vierge de Vladimir. La tante menait avec Georges une existence de drames de romans-photos, source intarissable de litotes que les enfants Courvoisier déchiffraient les unes après les autres : il doit lever la main sur elle (à ne pas confondre avec « lever le coude »), elle doit aller voir ailleurs... Mort de jalousie, Georges avait un jour balancé un plat de moussaka à travers le salon et, dans la sémantique intime de Carole, ce nom était longtemps resté plus proche du chaos conjugal que de la gastronomie. Quoi qu'il en soit, Georges leur avait épargné l'abomination du divorce en s'effondrant d'un arrêt cardiaque à cinquante-six ans. Il avait été le premier cadavre contemplé par Carole, un chapelet emmêlé entre ses doigts livides.

« Ah, tu verras... », fit Marie-Claude, agacée par la résistance de sa fille aux motifs qu'elle venait d'exposer. (L'Espagnol en voulait soit à l'argent du garage que Lise avait vendu après la mort de Georges, soit à son passeport, et plus sûrement encore aux deux ensemble.) Mme Courvoisier ne croyait pas une minute aux amours internationales, surtout lorsqu'elles impliquaient une Suissesse. Carole s'était souvent demandé si cette incrédulité tenait à une profession qui la mettait dans le secret des vilains petits calculs de ses semblables ou au contraire à quelque disposition pessimiste à laquelle elle-même devait avoir échappé, à moins que la vérité, conformément à la prédiction maternelle, ne lui jaillisse un jour au visage. Elle n'insista pas, mais se promit de passer un coup de fil à Lise dès qu'elle le pourrait.

Il flottait à présent au-dessus de leur table, avec sa nappe jonchée de miettes et de serviettes chiffonnées, le silence un peu malaisé qui faisait toujours suite aux récits susceptibles de se retourner contre elle. (« Et toi, tu en es où dans ce domaine ? »)

« Papa est prêt pour la régate ? lança Carole, comme si cela l'intéressait.

– Tu penses. Plus que la Belle au bois dormant pour le prince Charmant. C'est comme s'il s'y préparait depuis cent ans. Il ne parle absolument plus que de cela. »

Durant les Cinq Jours du Léman, M. Courvoisier et son collègue Jean-Claude Lüthi devraient effectuer le plus grand nombre de tours du lac à bord de leur monotype baptisé *Pauli* en l'honneur du physicien. On n'aurait pu trouver de tempérament plus éloigné de tante Lise que son frère Denis, premier de la classe, docteur en physique à vingt-huit ans et qui reprochait à son fils son manque d'efficacité lorsqu'il faisait en quatre gestes ce qu'il pouvait faire en deux – comme délacer ses chaussures en ne se baissant qu'une seule fois. M. Courvoisier était entré au CERN le 10 avril 1968 et l'on aurait dit que les événements de France et d'Europe n'avaient pas franchi les murs en béton armé de son laboratoire de physique atomique. Pour ses seize ans, Carole avait reçu de lui une lettre qui la suppliait, à grand renfort de formules toutes faites, de bien vouloir « se réserver ». Elle dut la relire plusieurs fois pour comprendre que la missive traitait de sa virginité, qu'elle avait de toute façon perdue l'année précédente.

Jeudi, Carole avait acheté pour son père une reproduction d'un baleinier de Turner. « Un bel acte manqué », avait dit Marie-Claude à la vue du bateau éreinté par la queue du cétacé géant, mais la scène était suffisamment floue, selon elle, pour que le sens échappe à son époux, et les tons blancs cassés iraient bien au salon. Elle-même ressortait de la boutique du Metropolitan Museum, où elle avait passé trois fois plus de temps que dans les galeries, flanquée de deux grands sacs de papier bourrés de babioles pour le nouvel appartement d'Yves et de Marion. Tout le début de la semaine avait été consacré à l'acquisition frénétique d'« objets petits tas » (*sic*) que la psychanalyste se demandait comment elle allait rapporter : au tube d'un mètre trente qui protégeait la problématique affiche s'ajoutait un poney d'osier grandeur presque nature déniché dans une brocante du Village, un service à café imitation *diner*, une demi-douzaine de Levi's 501 et des bottes de cow-boy rouges pour aller avec, que la mère, dégrisée de son séjour américain, n'oserait jamais porter. Celle-ci avait théorisé un bon quart d'heure sur la consommation d'objets de marque devant les étals des faussaires de Chinatown avant d'acheter trois plumes Montblanc et autant de foulards Hermès. Les deux femmes étaient ensuite remontées à Little Italy, où Ronald Foose les attendait dans une pâtisserie. Loin de décourager le New-Yorkais, l'accent et la grammaire de la mère, dignes des immigrants d'Ellis Island (dont on avait visité le musée le matin même), eurent l'air de le charmer. Marie-Claude Courvoisier trouva moyen de glisser dans la conversation que sa fille, cette grande universitaire, n'avait pu s'endormir sans son éléphant en peluche avant l'âge de vingt-cinq ans et Ronald, la lèvre supérieure perlant de sueur, lui avait fait le baisemain en partant. Le lendemain, les deux femmes « firent » l'Empire State Building, mais renoncèrent au World Trade Center à la vue des trois cents mètres de queue dans le hall. Enfin, nonobstant son insistance, Carole refusa d'accompagner sa mère à un spectacle de Broadway.

La canicule de juillet se prolongeait. La mère errait nue dans le studio entre deux bains d'eau froide. Pour éviter que la condensation n'endommage les meubles, elle déposait ses verres de Coca glacé sur des bouts de papier. Tous les soirs, Carole retrouvait les épreuves de son livre, les lettres des participants à son colloque et des pages d'articles sur Duval constellées d'auréoles bosselées. Sa grande conférence célébrant le centenaire de l'écrivain n'était plus qu'à trois semaines et Carole n'avait pas écrit la première phrase de sa communication.

« Ton père est fier de toi, tu sais. »

C'était cette petite remarque, lancée comme ça, après un silence, qui l'avait déroutée. Alors qu'elle se demandait quel intérêt servait ce mensonge effronté, elle avait manqué la sortie 15B et l'on filait maintenant à vive allure dans la direction opposée à celle de la côte du New Jersey. Absorbée dans l'analyse de la tactique maternelle, de toute évidence vulpine, elle laissa encore passer deux embranchements qui lui auraient permis de faire demi-tour, ne prêtant aucune attention aux conseils de sa passagère dont les doigts, sur une carte routière, traçaient des itinéraires hésitants autour de Washington, soit près de trois cents kilomètres au sud de leur errance. L'errance, justement. Pour Denis Courvoisier, le parcours de sa fille représentait un vagabondage à peine moins catastrophique que celui de son fils, lequel au moins ne se leurrait pas sur son but, ou plus exactement sur l'absence de but inhérente à toute recherche non scientifique. « Ce qui ne se mesure pas n'existe pas », répétait à l'envi le physicien. Marie-Claude, qui venait de se livrer au panégyrique de son cadet, devait ressentir le besoin, sinon de faire marche arrière – manœuvre aussi impossible qu'elle l'aurait été sur cette autoroute – du moins de redistribuer le capital de fierté parentale entre les deux enfants. Il fallait être sa mère, soit dit en passant, pour s'enorgueillir de la destinée d'Yves qui, bien avant d'avoir échoué en médecine et en droit, avait raté le test de bronze de l'École suisse de ski, son permis de conduire (deux fois) et, coup sur coup, en dépit des milliers de francs versés chaque mois à l'institut Marais, la Maturité fédérale et le baccalauréat international. La veille, Yves était parti « faire le GR 20 » avec sa dernière conquête. Dans deux jours, songeait Carole, ça se terminerait à l'hôtel pour soigner ses cloques.

« Cette Marion est vraiment bien pour lui. Je pense qu'elle le motivera.

– Elle fait quoi ? demanda Carole en optant pour une sortie inconnue, avec l'espoir qu'elle conduirait du côté de l'aéroport.

– Elle est dans l'immobilier, fit nonchalamment la mère, pour qui la formule voilait, comme un rideau de soie fine, les terrasses qui dominaient le lac où l'on échangeait des poignées de main avec les clients, footballeurs célèbres ou Saoudiens dont les Patek Philippe ou les Breguet dépassaient de la manche du qamis. À l'oreille de Carole, au contraire, le métier – euphémisme de « bac moins 1 » – évoquait de longs après-midi climatisés devant des tableaux Excel ou le tapis vert d'une partie de solitaire, la prose écœurante des baux et les querelles sordides entre locataires.

La Ford longeait maintenant des entrepôts cernés de barbelés, aux stores d'acier couverts de tags multicolores à l'attention des passagers du train de banlieue. Lorsque la place manquait, les bombeurs se rabattaient sur les camions garés le long des rues transversales, n'épargnant ni fenêtres ni pneus dans leur exultation paraphale. La chaussée miroitait sous le soleil d'août. Au coin d'une rue barrée par des piles de conteneurs ferroviaires, des corneilles se disputaient un reste de frites. Carole avait arrêté le moteur et contemplait la carte dépliée sur le volant.

« On va simplement demander notre chemin, dit Marie-Claude.

– Il n'y a personne. Et même s'il y avait quelqu'un, il vaudrait mieux ne rien lui demander du tout. »

La réponse de Mme Courvoisier disparut sous le fracas qui venait d'envahir l'habitacle et dont les vibrations se propageaient aux sièges. Un 747 passa au-dessus des deux femmes, si près qu'on put lire l'immatriculation qu'il portait sur son ventre et observer le détail des panneaux rivetés qui entouraient son train d'atterrissage. L'ombre de l'avion défilait sur les hangars. L'aéroport de Newark ne pouvait être à plus de deux kilomètres. Quand la voiture s'engagea finalement sur la Turnpike, il était 14 heures et Marie-Claude mourait de faim. Carole bifurqua dans le parking d'une chaîne de restaurants qui proposait un buffet lunch à volonté pour 9,90 dollars. Alors qu'une hôtesse les conduisait à leur table, sa mère pressa son avant-bras. « Ben dis donc, murmura-t-elle, j'en ai jamais vu autant ! » Elle faisait allusion aux personnes obèses qui s'avançaient le long des présentoirs et retournaient à leurs tables à petits pas, en prenant garde à ne pas renverser leurs assiettes où s'entassaient des ailes de poulet luisantes de sauce barbecue ou des spaghettis enterrés sous des boulettes de viande.

Le séjour maternel touchait à sa fin et Carole se fatiguait de la rengaine sur Coca-Cola et les multinationales, les maladies cardio-vasculaires, les hamburgers et la méga-boucherie qui dégénérait en virus et les leçons de diététique ou de gastronomie dispensées à toute occasion, de l'entrée (« qui nourrirait une famille africaine entière ») au café (« de l'eau de vaisselle »). À quoi s'ajoutaient les remarques vestimentaires, la condamnation sans appel des coupe-vent en nylon et du T-shirt, dans lequel on ne la surprendrait même pas dans son sommeil. Aux yeux de la mère, cependant, le plus grand crime de l'Amérique, derrière lequel disparaissaient le soutien aux dictateurs d'Amérique latine, Guantánamo, l'imbécillité du président et l'oppression de la Palestine, demeurait les baskets et notamment lorsqu'elles complétaient une tenue de ville. Toutes les horreurs de la CIA s'estompaient face au spectacle d'une femme en jupe trois-quarts surmontant une paire de Nike.

C'est Jasper qui avait eu l'idée d'une soirée d'adieu dans un pub situé à deux blocs de chez lui. Non seulement éviterait-on de la sorte un tête-à-tête potentiellement explosif, mais un tel événement conférerait au séjour cette « closure » dont la mère évoquait sans cesse la nécessité. Celle-ci se réjouit d'un rafraîchissement de température qui lui permit d'étrenner les fameuses bottes rouges. Ronald était déjà là quand les Suissesses arrivèrent au bas de l'escalier. Il acheta pour elles deux roses à un marchand nigérien et commanda par galanterie « la même chose » que Marie-Claude Courvoisier. Au troisième gin tonic, elle qui avait jugé « grotesques » les clients qui se pressaient au micro pour entonner sur fond d'orchestration préenregistrée des tubes dont le texte défilait sur des écrans de télévision, applaudit à tout rompre une interprétation cabotine de *Take Me To The Moon* par Ronald. Carole, qui se demandait où était Jasper, ne cessait de se retourner du côté de l'entrée. En descendant de l'estrade prévue pour les artistes, le New-Yorkais tendit le micro à la mère de Carole qui commença par faire non de la tête, puis des deux bras lorsque la foule s'en mêla. Sous les « Go ! Go ! Go ! » des clients, poussée sans ménagement par certains sur le podium, Marie-Claude Courvoisier lançait à sa fille des regards désespérés. Elle qui ne lisait pas l'anglais avait en outre laissé ses lunettes à la maison et distinguait à peine, à cette distance, la petite boule blanche qui, sautant de syllabe en syllabe, guidait le chanteur d'un bout à l'autre du morceau plus ou moins malmené. Carole eut une idée que même son père allait qualifier de « brillante » : elle réclama

My Way au disc-jockey, que Marie-Claude pourrait déclamer dans sa version originale. Le succès fut complet. Aiguillonné par la foule, DJ Mickey alla jusqu'à baisser le son de l'orchestration au moment où la mère entonnait le deuxième couplet de *Comme d'habitude*, rengaine que sa fille ne la soupçonnait pas de connaître par cœur. Sa performance achevée, elle attrapa la main que Ronald lui tendait pour descendre, comme sous les feux de la rampe, les trois marches moquettées de l'estrade. Alors que l'homme se penchait sur son oreille, le front dans le brushing blond de Mme Courvoisier, Carole sentit une main sur son épaule. Jasper se tenait derrière elle, le visage pâle, émacié, dans les yeux le souvenir frais d'un spectacle effroyable. Elle ouvrit les bras pour l'accueillir. Une odeur de fleuve et de vaseline émanait de sa chevelure.

Un soleil de fin d'après-midi plantait ses rayons dans les rétroviseurs de la Ford. On n'avait pas vu la plage, mais la mère semblait satisfaite de ce tour imprévu du New Jersey. Dans la soirée, Carole l'aiderait à faire ses bagages pour son vol de retour du lendemain. Marie-Claude Courvoisier ne disait plus rien depuis qu'on avait quitté le restaurant, assoupie sans doute par ce copieux repas de 15 heures. Profitant d'un tronçon rectiligne et de la fluidité du trafic, Carole observait le profil de celle qui l'avait mise au monde et dont la partie inférieure ressemblait tant au sien. (Elle possédait, disait-on, le front de son père.) Soudain, les lèvres de la mère se mirent à bouger et une question résonna dans l'habitacle :

« Alors, tu ne veux pas me dire où tu as passé la nuit vendredi ? »

« Des chiens. Trois petits chiens. Dans un sac à fermeture Éclair. Avec de gros cailloux. Ç'a dû être l'enfer là-dedans. Dix secondes, vingt, une minute peut-être. L'eau dans les bronches, les morsures des compagnons d'infortune. »

Il leva la main avant même que Carole ne puisse émettre un mot.

« Non, ne me dis pas qu'ils étaient déjà morts : leurs yeux, leurs gueules ouvertes sur une ultime bulle d'air, les petits corps disloqués par l'asphyxie. »

Sur le chemin de retour du pub, vers 3 h 30 du matin, Jasper s'était laissé tomber sur un banc de béton qui décorait les flancs d'une église de style contemporain, une de ces bienveillances d'architecte à la fois trop mal placée pour séduire le passant et trop inconfortable pour le sans-abri, avec son dos quasi vertical et ses sièges individuellement moulés qui défendaient qu'on s'y allonge. Carole Courvoisier finit par s'asseoir à côté de son ami. Il répéta encore une fois toute l'histoire : la plongée à la recherche d'un sac de poupées russes en aggloméré d'héroïne qu'un trafiquant pourchassé par une voiture de police avait jeté du haut d'un pont, l'odieuse texture des cadavres canins prise pour celle des poupées ramollies par l'eau, l'infection répandue sur le deck de la vedette, et Mark te remettant tout ça à l'eau à l'aide d'une longue pique.

Enfin, il se tut, les coudes sur les genoux et les deux joues sur les poings. Bientôt, Carole vit apparaître de grosses gouttes sur l'asphalte baigné par la lumière jaune d'un lampadaire. Il sanglota sans discontinuer jusqu'à son appartement, indifférent aux regards déconcertés des passants. L'air de la chambre était saturé de poussière humide. Jasper ôta son T-shirt qu'il jeta par terre et se laissa tomber sur le lit défait, le visage dissimulé par son avant-bras. Chaque accalmie était suivie d'une reprise des pleurs plus vive encore. Carole, qui s'était assise sur le bord du matelas, recouvrait de sa paume l'énigmatique date tatouée sur la poitrine de l'homme. Ce dernier posa sa main sur la sienne et se mit à parler.

C'est le soldat Hamilton qui l'avait découverte. À deux kilomètres au sud du camp, se trouvait une voie empruntée par les éleveurs qui amenaient leurs dromadaires au marché de Buraydah Al-Qassim. Le 10 avril 1990, en début de soirée, les bêtes défilaient à la queue leu leu au bout de ses jumelles, leur pelage beige, crème et brun se mêlant au sable des collines, petites et grandes, à l'amble paisible. Un ruban rouge au garrot signalait l'appartenance à tel ou tel éleveur de ces drôles de créatures aux corps perchés sur des bâtonnets et à la bouche animée d'un perpétuel mâchonnement. Hamilton était copain avec un certain Michael Terry du Mississippi, membre de l'escadron de snipers auquel il promit une cartouche de cigarettes s'il faisait mouche à cette distance. Les quatre ou cinq marines qui venaient fumer des joints à l'ombre de la dune mirent leurs mains sur leurs oreilles. Les yeux collés à ses jumelles, Hamilton éclata de rire et passa l'instrument à son voisin, qui sourit à la vue du petit dromadaire qui titubait en reculant, puis s'effondra dans un nuage de sable, la balle ayant sectionné le canal rachidien lombaire. Michael Terry claquait les unes après les autres les mains tendues devant lui. Un des marines commentait l'effervescence des « têtes à torchon* » accourues auprès de l'animal. On rit de plus belle. Allez, à toi. On tendit la CheyTac.408 à un Texan taciturne mais bon tireur, disait-on. Celui-ci commença par décliner. « Je parie ma

* « Ragheads », terme péjoratif désignant les porteurs de turban.

cartouche plus une autre que tu n'arrives pas à en toucher un à la tête », rétorqua Terry. C'était beaucoup plus difficile. La balle déchirait tout ce qui se trouvait sur une trajectoire de deux mille cent mètres, mais le chef atrophié du dromadaire, posé de surcroît sur un cou ondulant comme un serpent charmé, n'était pas une cible facile. L'homme s'allongea dans la tranchée dégagée par son camarade de section et colla son œil à la lunette de visée. Il scruta le troupeau durant quelques instants, s'arrêta à un mâle d'une tonne à la démarche alanguie, et se mit en apnée. En cessant d'inspirer pendant trente secondes, il faisait descendre son rythme cardiaque aux alentours de trente-cinq, ce qui lui donnait presque une seconde pour tirer sans qu'une pulsation ne vienne faire dévier le bout du canon d'un dixième de millimètre qui se traduisait à l'arrivée par une erreur d'une dizaine de mètres.

Le caporal Felder appuya sur la détente et accusa le recul. Le crâne du dromadaire explosa sous l'impact du projectile et l'animal, telle une poule décapitée, s'élança dans un galop désordonné, arrosant de sang ses congénères et les djellabas des chameliers lancés à ses trousses, avant de s'écrouler sur le flanc.

Un colloque sur un écrivain a tout de la réunion de famille, avec sa bonne chère, ses concessions, ses anecdotes mille fois resservies et ses rancœurs, mais surtout la certitude profondément ancrée en chacun, d'une branche et d'une génération à l'autre, d'avoir tout simplement raison. Des adeptes de l'approche narratologique de Duval à ceux qui déploraient dans ce retranchement textuel un aveuglement à la dimension sociopolitique (et sexuelle !) de la production duvalienne, tous se sentaient aussi pleinement dans la vérité et le droit chemin que le bourgeois attablé face à une petite-cousine fofolle qui collectionne maris et dettes.

Pour être réussi, le colloque se doit de présenter la douceur et les agréments d'un week-end dans un mas provençal avec sa terrasse ombragée de vigne sauvage ; le climat et les possibilités de tourisme l'emportent de loin sur la problématique abordée et la qualité des orateurs. Aussi, la conférence de

Lille sur le roman autobiographique duvalien, en dépit de la présence de Philippe Lejeune, est-elle restée associée à un échec pour ses participants, lesquels se rappellent en revanche celle de Nice, dont le thème était plutôt mal ficelé, mais qui se confond dans leur souvenir avec le balancement des rameaux de mimosa dans la brise marine.

La perspective d'un week-end à Manhattan et le fameux été indien dont tous les Français connaissaient la chanson avaient été pour beaucoup dans la quantité de propositions reçue par Carole, qui avait eu du mal à faire entrer ses trente et un orateurs dans les cinq demi-journées du colloque. C'est Gérard Bonvin qui lui avait suggéré de le programmer du lundi au mercredi, de façon à permettre aux participants qui arriveraient certainement samedi de cuver leur jet-lag et d'éviter les siestes plus ou moins discrètement prises pendant les sessions. Depuis le mois de mai, Carole répondait à des requêtes concernant le logement des épouses (ou, dans au moins un cas, de maîtresse), le métro entre l'aéroport et l'hôtel de la 96e Rue, la sécurité, les dépenses à prévoir et la météo. La vieille génération des professeurs suisses, ordinairement fière d'avoir fait grec plutôt qu'anglais, s'inquiétait de sa survie. S'ajoutait à cela une centaine de messages échangés avec l'université Columbia qui, grâce à l'intervention d'Howard Berger, consentit finalement à mettre à disposition du colloque un auditorium donnant sur la cathédrale Saint-Jean le Divin, et avec la diplomatie helvétique, dont la déléguée venait d'atteindre la tribune sous les applaudissements polis de l'assistance.

Frau Ursula Flückiger-Schwab, vice-consule de Suisse à New York, frappa le micro d'une phalange énergique :

« Bienfenue à ce 12e colloque sur Camille Dufal, la figure la plus importante de la lettratür svisse romande depuis Chean-Chacques Rousseau. »

Une vague d'étonnement traversa le clan des Romands, pour qui la prononciation alémanique représente toujours une source d'indignation tempérée d'hilarité, et, à en croire le coup d'œil échangé entre Luc Perrin et Gérard Bonvin, sait raviver la solidarité des pires ennemis. Seuls les Nord-Américains, à qui ces nuances phonétiques échappaient, écoutaient civilement le discours de la Zurichoise. Debout d'un côté de la salle, Carole passait en revue les rangs des participants. Elle repéra Marc Favre-Moulin à son chandail au col en V noir porté en toutes saisons sous un blazer italien. Depuis qu'il était président de la Société internationale d'études duvaliennes, cet obscur latiniste ne camouflait plus ses humeurs ni les agissements qu'elles lui inspiraient. Ayant levé les yeux au ciel à la troisième évocation de *Midi refient* (*sic*), il avait tiré sa communication de sa serviette et la révisait ostensiblement, les lèvres remuant à la lecture pénétrée de ses propres phrases. À côté de lui, le biographe Antoine DeFazio détaillait l'horizon de Manhattan déployé derrière les baies vitrées. Seul Léon-Pierre Koch demeurait attentif. Carole s'attendrit à la vue du vieux spécialiste de littérature vaudoise qui souriait gentiment à la vice-consule en approuvant ses propos de la tête. Sa communication sur Camille Duval et Ferdinand Hodler n'allait pas révolutionner les études duvaliennes, mais elle était claire et scrupuleusement dimensionnée aux vingt minutes imparties. Le professeur émérite de l'université de Genève, indifférent aux modes qui nous avaient valu *Fonction de la peinture*, *Système de la peinture*, *Peinture de l'origine, origine de la peinture* et autres *Peint/Tures*, l'avait sobrement soustitrée « Littérature et peinture ».

Les derniers sièges de la rangée étaient occupés par des étudiants de troisième cycle que l'on reconnaissait à leur prise de notes appliquée. Soucieux de se distancier de la délégation helvétique, Luc Perrin se tenait dans le rang adjacent, les mains croisées sur son pantalon de lin. En y déposant son veston plié, il avait réservé le siège d'à côté pour Howard Berger, qui n'était cependant pas encore arrivé. L'Américain avait envoyé à Carole un abstract à l'intitulé provocateur (« Le trou Duval »), mais dont l'argument, sur l'origine et la destination, était difficile à suivre. Gérard Bonvin, auquel elle l'avait soumis, s'était écrié à la fumisterie tout en convenant qu'il était impossible de l'exclure.

Un « Oh » d'admiration s'éleva dans la salle. La vice-consule était descendue de sa chaire pour contempler avec les autres la projection sur un écran abaissé du plafond du tout nouveau billet de cinq francs suisses à l'effigie de Camille Duval, dont la mise en service était fixée à janvier 2002. Tous reconnurent le célèbre portrait de Cartier-Bresson de 1949 imprimé dans la longueur du rectangle turquoise. Un texte de la main de Camille apparaissait au verso, fondu sur un paysage aussi grandiose qu'improbable. Comme tous ses compagnons de papier-monnaie, pas sitôt sortis de l'adolescence que déjà installés à Paris, pour les francophones, ou à Munich, Hambourg, ou Berlin pour les autres, Duval l'exilé ne pouvait être représenté sur fond de Cervin. Un graphiste de la Banque centrale avait contourné le problème en plantant quelques edelweiss et un chalet à balconnet sur une colline à l'air décidément Pacifique Nord. On lui avait toutefois refusé l'ajout d'un ours à l'affût d'un saumon, jugé aussi incongru que l'aurait été la tour Eiffel. Quel immense honneur pour le Genevois, appelé à côtoyer Ramuz (dont la valeur était cependant quarante fois supérieure), Le Corbusier et des Suisses allemands dans les porte-monnaie de la Confédération, et quel plaisir pour ses admirateurs de l'avoir pour ainsi dire sous la main ! poursuivait la vice-consule.

« Et quel soulagement, murmura Luc Perrin à son voisin de gauche, de ne plus avoir à se trimballer leur pièce à la con… »

À plus de treize grammes, la chère « thune » des Suisses avec son Guillaume Tell frisottant sous sa capuche était en effet parmi les plus lourdes d'Europe.

Mme Flückiger-Schwab, qui avait ajusté des lunettes orange vif au bout de son nez, commençait la lecture des deux magnifiques dernières pages de *Palliante* lorsque Carole aperçut une dame blonde âgée qui lui faisait un signe de la main : Betty Glattner ! Elle lui répondit en mimant la prise d'une tasse de café, et l'ancienne élève de Duval confirma d'un pouce levé l'invitation muette de se retrouver à la pause de 10 h 30. À ce propos, où était Jasper ? Carole ne l'avait pas revu depuis cette terrible nuit, mais elle l'avait engagé comme serveur pour son colloque et l'idée qu'il ne se présenterait pas du tout venait de l'effleurer.

Howard Berger était entré dans la salle deux minutes avant le coup d'envoi de son panel et passa un bon quart de la première communication à rechercher son texte dans une valise de cuir style médecin, puis son téléphone portable, dont la petite chansonnette métallique était venue interrompre la deuxième communication. Durant la période des questions, un jeune doctorant allemand qui cultivait sa ressemblance avec Gustav Mahler le prit violemment à partie, lui reprochant, outre sa conception phallogocentrique de l'œuvre duvalienne, le laxisme d'une étude qui massacrait la grande majorité de ses citations. L'Allemand secouait la feuille de papier où il avait relevé les impardonnables erreurs : « mangeaient » pour « mangèrent », « décida » pour « décima », « l'œil » pour « l'ouïe », et j'en passe. Un murmure de désapprobation accueillit la défense d'Howard Berger, pour qui le texte duvalien générait sa propre destinée, laquelle se jouait quelque part entre l'intention et l'inconscient du lecteur. À la pause café qui s'ensuivit, les spectateurs de l'altercation s'attroupèrent plus ou moins discrètement autour du provocateur afin de connaître son nom et son affiliation imprimés sur son badge. Carole s'en était doutée : il s'agissait de Detlev Müller, dont le papier (« Du K de Kafka au cas de Camille ») lui semblait tout à fait judicieux. Elle se promit d'aller l'écouter le lendemain, si elle avait le temps, car on s'accrochait à sa manche comme à celle d'un capitaine de navire pendant le naufrage. Les grands déplacements démunissaient ces intellectuels du peu de sens pratique qu'ils possédaient. Certains n'arrivaient plus à retrouver la sortie de leur hôtel, à composer un numéro de téléphone, à ouvrir les robinets. On venait à tout moment lui toucher l'épaule : Luc Perrin ne parvenait pas à brancher son ordinateur portable sur le projecteur, le vieux Koch lui demanda s'il pouvait reprendre un éclair au chocolat. Il se tenait debout près du buffet, son cartable à la main comme sur un quai de gare, et Carole eut l'idée de lui présenter la sémillante Betty Glattner. Enfin, en l'absence de Jasper, injoignable, la responsable du plus grand colloque sur Duval jamais organisé aux États-Unis dut circuler entre les tables rondes pour recueillir les commandes (escalope de poulet ou lasagnes aux aubergines).

Les tablées s'étaient constituées selon une logique atomique propre à ce genre d'événement. Étudiants de troisième cycle, assistants, lecteurs et autres occupants de strapontins s'agglutinaient comme autant d'électrons autour de protons – l'auteur d'une étude importante, l'éditeur de Duval dans la Pléiade, un invité d'honneur – dont il fallait attirer l'attention sans en avoir l'air. Les doctorants en quête de directeur s'ingéniaient à introduire leur sujet de thèse dans la conversation convenue sur la qualité de la cuisine ou des transports publics de la ville d'accueil, grand écart qui nécessitait une souplesse que tous ne possédaient pas. (Comment passer des risques de salmonellose posés par le poulet mal cuit à la faillite de la masculinité dans la *Trilogie rhodanienne* ?) Si les thésards attelés à la crise du roman étaient mieux placés en ces temps de coupes budgétaires, les autres faisaient penser à ces volontaires de l'humanitaire qui se mettent en travers du trottoir aux heures de pointe. Pour certains protons, toutefois, le déjeuner remplissait une autre fonction : la mise en charpie des communications de la matinée, dont Carole attrapait des bribes à la faveur de sa tournée entre les tables.

« Il a donné le même papier à Gênes en avril, déclarait Marc Favre-Moulin à trois convives blondes qui se tortillaient d'aise. Il tombe dans tous les panneaux tendus par Duval… »

Au même instant, un rire éclata à la table de Luc Perrin, et tous les regards se tournèrent vers Marc Favre-Moulin. À sa demande, Carole avait programmé la communication de Gérard Bonvin à la même heure que celle du Lyonnais, le lendemain, pour lui éviter d'avoir à y assister. La lecture de son abrégé avait ravivé l'admiration de Carole pour son ancien directeur de thèse, qui présentait une analyse audacieuse de l'impact négatif (au sens strict du mot) de la rupture duvalienne sur le monde des lettres helvétiques. Dans « Une Suisse sans Duval ? » le professeur montrait comment les romanciers nourris à l'œuvre du grand Camille éludaient la question de sa disparition du paysage littéraire, gravitaient autour de ce trou noir. C'était une question très subtile, car elle portait sur une absence passée inaperçue, autant dire presque rien, voire rien du tout.

Les sessions de l'après-midi furent désertées par un bon tiers des participants ayant cédé à leur envie de sieste ou de shopping. Le soir venu, tous se précipitèrent dans des taxis jaunes en quête des restaurants et des lieux de détente dont la liste se trouvait dans le dossier soigneusement préparé par l'organisatrice.

Le mardi 11 septembre, Carole Courvoisier aidait une employée à arranger les tables du petit déjeuner dans la salle à manger située au dernier étage du centre international de l'université Columbia. Elle disposait rêveusement un panier de croissants ici, une assiette de pâtisseries là, la trinité des pichets isothermes à pompe (orange pour le décaféiné) quand un grondement se mit à faire grelotter les tasses dans leurs soucoupes.

« Nom de nom, lança Léon-Pierre Koch, en suivant des yeux le Boeing 767 qui effectuait un arc autour de la presqu'île. Il vole bien bas celui-là. »

Pendant dix secondes, il y eut deux soleils sur le sud de Manhattan, et un essaim de fumée noire s'éleva du district des affaires.

« *Santa Madre de Dios !* » répétait l'employée, qui finit par jeter son plateau de fruits précoupés avant de s'enfuir vers l'ascenseur. Le regard de Carole croisa celui du vieux professeur, dont le visage s'allongea, commissures des lèvres tombantes et sourcils rehaussés, dans une moue d'incertitude.

« Ça alors », fit-il, sans qu'on sache trop s'il déplorait le gâchis d'ananas et de raisin répandus sur la moquette ou le plus gros attentat de l'histoire moderne. Enfin, son bon sens helvétique reprit le dessus :

« J'ai peur que ça nous mette en retard. »

Deuxième partie

Penché sur son livre, le front plissé, l'étudiant passait d'une syllabe à l'autre comme le randonneur chargé d'un gros sac franchit, de pierre en pierre, une rivière au courant preste et glacé. Parvenu au bout du poème, il jeta négligemment sur la tombe de Léopoldine Hugo un indescriptible bouquet de Hoover et de brouillard.

« De houx vert et de bruyère », reprit son professeur.

Matthew, un grand blond de dix-neuf ans, un mètre quatre-vingt-quinze, huitième enfant d'une fratrie de douze, acquiesça poliment.

« C'est très bien, merci, fit Carole Courvoisier. Une toute petite chose, faites attention à bien distinguer les "e" fermés des "e" ouverts. Voyez, le poète a le dos *courbé*, les mains *croisées*… Vous dites "courbait", "croisait", ce n'est pas pareil. »

Les dix-sept élèves de son cours d'introduction à la littérature française dardaient sur elle des regards pleins d'inquiétude, voire d'angoisse ou, au contraire, d'ennui ou de résignation. Carole se retourna pour écrire au tableau noir :

la vache est dans le pré

la vache est près du taureau

« Quoi est "le pré" ? demanda une fille.

– C'est une étendue d'herbe, Jessica. Pré, près, PRÉ PRÈS. Vous entendez la différence, hein ? »

Jessica fit « comme ci comme ça » de la main.

Carole griffonna « je vais chez ma mère », hésita un instant, la craie en l'air, et inscrivit en dessous : « un déchet ».

(Le rapprochement l'étonna.)

Tous recopièrent sans conviction les exemples dans leurs cahiers tandis que leur professeur allait et venait derrière le bureau en répétant : « Un déCHET, c'est l'imparfait ou le conditionnel, l'accent grave ou circonflexe. » Finalement, elle s'emporta :

« L'accent grave, c'est la chèvre. Bèèèèèèè !! »

Tout le monde rit de bon cœur.

« Allez, après moi : bèèèèèèè !!

– Béééééé !! » firent les étudiants.

Jane Clifford l'attendait près de la porte de la salle, les deux mains glissées dans les poches d'un cardigan en laine épaisse assortie au rouge de son chemisier. Même si nous n'étions qu'au début octobre, la température chutait déjà au-dessous de zéro la nuit et la neige qui enveloppait les sommets des montagnes de Wasatch ne tarderait pas à descendre sur la petite ville de Maxwell située à mille neuf cents mètres d'altitude.

« Le bon air ! » avait répété Jane Clifford lors de leur entretien téléphonique, comme si cette raréfaction d'oxygène ne s'ajoutait pas, par-dessus le marché, à l'appauvrissement culturel et humain propre à ce trou du nord de l'Utah. Mis à part cela, la directrice du département des langues modernes de l'université était plutôt sympathique. Avec ses cheveux décolorés et sa voix rauque, son bronzage permanent et sa propension aux effusions, elle rappelait à Carole une version cultivée de tante Lise.

« Nous sommes si contents de t'avoir, répétait-elle en pressant la main de sa nouvelle collègue dans la sienne. Vraiment, tu nous as été envoyée par Dieu. »

Jane Clifford avait beau être une mormone réformée, elle était assez loin d'être impie.

« Et maintenant Dieu n'a plus qu'à nous débarrasser de… », chuchota-t-elle en pointant un doigt vers la porte du bureau de Pierre Lefort, comme si ce dernier avait pu l'entendre. Or le vieux Lefort était sourd et, se disant que l'investissement n'en vaudrait sans doute plus la peine, repoussait depuis l'âge de soixante-quinze ans l'achat d'un Sonotone et s'en tirait en lisant sur les lèvres des rares étudiants qui continuaient à s'inscrire à son cours intermédiaire de langue française.

Nul ne se rappelait exactement comment ce diplômé des Ponts avait terminé dans le département de langues étrangères de Northern Utah University. L'ancien ingénieur civil, persiflaient certains, s'était expatrié pour éviter les retombées, si l'on peut dire, de l'effondrement du tunnel de Vierzy dont il avait évalué la voûte. Pour d'autres, il avait plus banalement suivi une Américaine, décédée peu après leur emménagement à Salt Lake City, et s'était remis au travail pour dissiper son chagrin, tuer le temps, par amour de la langue ou appât du gain. Là encore, les avis divergeaient. Toujours est-il qu'on l'avait gardé car il ne coûtait pas cher et que ses étudiants, au grand agacement des promoteurs de la méthode communicative, réussissaient sensiblement mieux aux examens d'admission du département d'éducation. On les reconnaissait également à leur diction qui rappelait celle de Piaf avec ses « r » légèrement roulés et ses « è » (qu'eux au moins entendaient) délivrés d'une bouche largement ouverte. La résistance absolue de Pierre Lefort à toute forme d'évolution pédagogique était connue de tout le campus. Il assommait ses élèves de dictées, trouvait que le génie littéraire français résidait tout entier dans *Le Petit Prince*, qu'on lisait à haute voix dans ses classes depuis 1973. Par provocation, il faisait aussi déclamer des poèmes de Verlaine ou de Baudelaire lourds de références érotiques que personne cependant ne remarquait. Sa concession à l'actualité se résumait à quelques cassettes vidéo où l'on pouvait deviner, sous l'usure de la bande, Yves Mourousi (« Bonjour ! »), le petit corps de Gregory tiré des eaux de la Vologne, Coluche et sa plume, le premier vol commercial du Concorde. Plus d'un an après son atterrissage sur le toit d'un hôtel, les élèves de Lefort imaginaient le tarmac des aéroports français jonché de caravelles supersoniques.

« Tu n'as pas oublié pour samedi soir ? demanda soudain Jane Clifford.

– Non, pas du tout, mentit Carole en ouvrant la porte de son bureau. Je me réjouis. J'apporte quelque chose ?

– Non, non. Enfin, si : tes pantoufles ! »

Elle déposa son sac à terre et se laissa tomber sur une chaise. À peine quinze jours avaient passé depuis son arrivée à Maxwell, ville de sept mille âmes nichée dans la frange occidentale des Rocheuses, à la frontière du Wyoming où les étudiants se précipitaient chaque week-end pour faire le plein d'essence – moins chère – et de liqueurs – prohibées par l'Église de Jésus-Christ des saints des derniers jours. Les mormons dirigeaient l'État qu'ils avaient fondé d'une main de fer, mais Jane Clifford avait tenu à rassurer Carole : l'université, promit-elle à maintes reprises au téléphone, représentait une « enclave de liberté », un « havre » pour les agnostiques et autres minorités que les montagnes de Wasatch protégeaient du regard scrutateur de Salt Lake City où siégeaient le prophète-président et ses douze apôtres.

À son arrivée à l'aéroport, en attendant la navette, Carole était tombée sur une photo des dignitaires qui, à sa grande surprise, ne portaient ni barbe ni longs cheveux. Tant s'en faut, la majorité d'entre eux étaient chauves. Il se dégageait de leurs costumes-cravates démodés et de leurs lourdes lunettes un air de chambre de commerce. On les voyait bien en représentants, seulement pas de l'au-delà. Durant les deux cents kilomètres qui les séparaient du campus, le chauffeur du minibus avait confirmé la description de Jane Clifford, mais d'une manière qui laissait deviner que la définition locale de la liberté – ou de la perdition – n'avait rien de commun avec celle que Carole laissait derrière elle. En clair, l'étudiant de Northern Utah University jouissait du droit de boire du thé ou du café, de porter des jeans et, s'il le souhaitait, un anneau à l'oreille, autant de privilèges qui se traduisaient, du côté des étudiantes, par la permission de porter des pantalons et, depuis peu, deux anneaux par oreille, mais pas plus. En vérité, « NUU », comme on l'appelait affectueusement dans le coin, était aux mains des épiscopaliens. Le 11 octobre à 9 h 35, soit exactement un mois après les attaques des tours, l'école entière, des salles de cours aux laboratoires et des bureaux aux vestiaires, s'était mise à genoux pour demander à Dieu de bénir l'Amérique.

La fameuse matinée avait basculé dans une sorte de nébuleuse mémorielle. Il y eut bientôt autant d'interprétations de la catastrophe que de chercheurs en littérature agglutinés aux baies vitrées de la salle à manger. Les hurlements des sirènes qui se répondaient aux quatre coins de la presqu'île attisaient la panique. L'oreille collée à son portable, Howard Berger relayait les nouvelles. Ses cris dominaient le brouhaha : il fallait se réfugier dans le New Jersey ! Le groupe s'était scindé. Luc Perrin, Marc Favre-Moulin et le jeune Detlev Müller, munis de leurs passeports et ordinateurs, étaient partis à la recherche d'un taxi pour l'aéroport JFK. Une dernière escouade que la peur paralysait s'était ralliée à Carole et à Gérard Bonvin. Si le rocher de Manhattan se prêtait au bunker aussi bien que les Alpes, répétait Léon-Pierre Koch, le consulat suisse devait avoir prévu des abris pour ce genre de situation. On s'était donc mis en route pour la Troisième Avenue, à pied, car les bus ne marquaient plus leurs arrêts habituels et des essaims humains obstruaient les entrées du métro. Betty Glattner guidait la petite cohorte à travers des rues moins empruntées et des halls de grands hôtels. Tous les cinquante mètres, Léon-Pierre Koch s'arrêtait pour reprendre son souffle et s'essuyer le front d'un mouchoir à carreaux. À près de quatre-vingts ans, cependant, il n'était guère plus lent qu'une professeure de Pise, juchée sur des escarpins Prada qu'elle finit par remplacer, aux alentours de la 56e Rue, par une paire de sandales achetées dans un drugstore. C'est alors qu'un terrible et vibrant fracas vint recouvrir le concert de klaxons et une montagne de poussière grise s'éleva devant eux. Bientôt, une foule toussant et ahurie se mit à remonter les avenues. Des hommes aux yeux de bête traquée soutenaient des femmes en pleurs, des agents aux tempes ensanglantées, aux casquettes blanchies par le plâtre, vociféraient des ordres incohérents aux badauds qui s'étaient pressés sur le trottoir pour contempler la piteuse procession. On décida de s'y joindre. Il fallut deux heures pour atteindre le pont George Washington qu'on venait de fermer afin de faciliter le passage des ambulances et des camions de pompiers. La nuit tombait lorsqu'on arriva au pont Tappan Zee et Léon-Pierre Koch déclara son heure venue. Il commençait à faire ses adieux, solennel, le regard tourné vers les eaux vaseuses de l'Hudson quand Betty Glattner s'approcha du pauvre veuf et l'embrassa tendrement sur la joue.

Il restait quatre chambres et une suite dans un hôtel de Tarrytown : Carole tendit sa carte de crédit au réceptionniste indien puis elle invita l'équipée abasourdie à dîner. Sur les écrans de télévision de la salle à manger, les deux tours du World Trade Center étaient tombées et retombées plus de quarante fois pendant le repas sans qu'on pût en décrocher son regard. Pour la première fois dans l'histoire de l'aéronautique américaine, on ne volait plus. Le trio conduit par Luc Perrin venait d'en être informé. L'étudiant allemand fondit en larmes : on avait erré dans Queens tout l'après-midi, la gorge et les pieds en feu. À l'annonce de la fermeture de l'espace aérien, des vagues de voyageurs s'étaient rabattues sur les hôtels jouxtant l'aéroport. Carole, que Luc Perrin finit par joindre sur son téléphone portable, les invita à revenir sur Tarrytown, où l'on pourrait louer des chambres supplémentaires. Enfin, le vendredi 14 septembre, elle avait poussé tout son monde dans une de ces limousines distendues à destination de Newark. La note d'hôtel, de repas, de téléphone ainsi que les surtaxes scandaleusement prélevées par Swissair pour le changement des dates de vol, s'élevaient à 8 135 dollars, soit vingt et un de plus que ce qui lui restait de la bourse de la Fondation des arts et des lettres helvétiques. « Eh bien, rentrez ! » lui avait dit Gérard Bonvin, qui souffrait de stress post-traumatique et n'osait plus prendre l'ascenseur de son immeuble de Champel. Ce manque de confiance, cette démission avaient agi comme un coup de fouet : elle terminerait son étude. Plus que jamais, elle était animée par la certitude que la découverte était proche. Par l'entremise d'Howard Berger, elle avait obtenu un entretien avec la directrice du département de langues modernes de

Northern Utah University. Jane Clifford était désemparée : un de ses lecteurs avait détalé deux semaines après le début du semestre et il lui fallait un remplaçant immédiatement. La mauvaise qualité de la réception l'avait empêchée de comprendre exactement ce qui intéressait cette jeune femme chez Camille Duval, mais, après avoir qualifié son projet de « magnifique », elle lui avait indiqué les termes du contrat et lui avait promis que la vie était moins dangereuse dans ce coin-ci du pays.

Par la fenêtre, Carole Courvoisier apercevait des étudiants paisiblement assis sur les bancs disposés autour de l'esplanade principale, un livre ouvert sur les genoux. Des geais virevoltaient entre les érables orangés et les pins d'Oregon. Tout cela était sans âge, comme les meubles en chêne massif de son bureau. Près de son Powerbook, elle avait mis une photo encadrée : Jasper riant, à cheval sur le dauphin bleu en stuc qui décorait l'entrée d'un *diner* où ils s'étaient arrêtés en route pour Ithaca. C'est l'image dont elle avait punaisé ou scotché de nombreuses copies sur les panneaux installés dans les gares aux côtés de centaines de pères, d'épouses et d'oncles qui n'étaient pas rentrés chez eux le mardi 11 septembre au soir. Au fil des jours, les avis de recherche s'étaient étendus aux trottoirs, aux affiches publicitaires, aux vitrines des commerces. Puis l'on vit apparaître, à la fonte des espoirs, de petits autels de boîtes en carton ou de caissons retournés recouverts de bougies votives, de fleurs coupées, de dessins d'enfant et de photographies floues des disparus. La ligne de Jasper ayant été déconnectée, Carole avait retrouvé le numéro d'une sœur au Texas, qui était également sans nouvelles. Dans un élan d'autoconviction, Kelly ajouta que le quartier des affaires n'était pas de ceux que fréquentait son frère. Carole ne lui dit pas que Jasper, justement, y effectuait au moins une livraison par jour. Elle s'était adressée à la police, mais en l'absence d'un numéro de sécurité sociale il n'y avait rien à faire. La silhouette rieuse du jeune homme disparut derrière un voile de larmes où se mêlaient regret, solitude et honte.

Certains jours, elle parvenait à se convaincre qu'il était sain et sauf et sillonnait à vélo les rues d'une autre grande ville. À d'autres moments, elle étouffait avec lui sous les gravats et le pressentiment d'une connexion profonde entre l'effondrement des tours et celui de cet homme. Le soir où il s'était confessé, elle avait attendu qu'il s'endorme ou fasse semblant de dormir pour retirer sa main (malgré la pression accrue et soudaine de ses doigts), éteindre la lumière et quitter sa chambre.

Jane Clifford habitait à une quarantaine de kilomètres de l'université, de l'autre côté de la vallée de Samak. Mark Lubbock, du département de géologie, était venu chercher Carole à 17 heures. « Ce n'est pas difficile à trouver », avait-il plaisanté à propos de l'énorme enseigne lumineuse – « Drugs » – qui surmontait la devanture de la pharmacie. Son propriétaire lui louait le premier étage à un prix qu'il n'avait pas augmenté depuis vingt-cinq ans. Il faut dire qu'il n'avait pas rénové non plus, mis à part une couche de peinture de temps à autre, dans laquelle les moulures et le détail des chambranles avaient fini par se noyer. La moitié des fenêtres n'ouvrait plus et, pour éviter de se faire guillotiner, il fallait maintenir les autres ouvertes avec des bouts de bois. Le frigo rouillait, la douche passait du chaud au froid sans raison apparente, mais Carole s'était éprise des vastes pièces au plancher de pin, du salon, surtout, qui baignait dès la nuit tombée dans la lueur verte du néon publicitaire. Elle y avait installé un bureau et deux étagères prêtées par Jane Clifford et recouvert le canapé laissé par les précédents locataires d'une tenture népalaise que tante Lise lui avait envoyée en « cadeau de crémaillère ». Ce n'était rien, s'excusait-elle, à côté du « somptueux foulard » que sa belle-sœur – « qui ne s'est pas moquée de moi » – lui avait rapporté de New York. Informée par celle-ci des malheurs de sa nièce, Lise avait composé un paragraphe assez tendre sur le thème de la roue de la fortune. Au magasin de l'Armée du Salut, Carole fit également l'acquisition d'un fauteuil à bascule où elle lisait et fumait en regardant la vie passer sur State Street.

La rue était aussi large qu'un boulevard parisien et bordée de sycomores aux feuilles dorées. Commerces et maisons individuelles y alternaient. De sa fenêtre, Carole pouvait voir une école de danse, l'échoppe d'un voyant et un *diner* où elle allait parfois prendre le petit déjeuner et feuilleter le *Salt Lake Tribune*. En contrebas, à gauche de la pharmacie, un vidéoclub mormon proposait des versions épurées de *Seul au monde* et *Mission Impossible II*.

La première semaine, Carole s'était mise en quête d'un magasin d'alimentation, et, ayant interrogé plusieurs personnes qui avaient tenté de l'en dissuader, était partie au supermarché à pied. Une cinquantaine de mètres après la dernière maison de Main Street, les dalles du trottoir faisaient place à un chemin de terre battue, lequel s'évanouissait cinq minutes plus tard dans la bordure d'herbes hautes où les automobilistes balançaient paquets de cigarettes vides et canettes de bière écrasées d'une paume. Un opossum heurté par un véhicule était venu mourir entre des sacs d'ordures ménagères et sa dépouille gonflée par la fermentation se tenait sur le dos, les quatre pattes en l'air et le ventre bombé. Carole était arrivée au magasin au bout d'une heure et quart, les chaussures couvertes de poussière. Elle commanda d'une cabine un taxi qui la fit patienter quarante-cinq minutes supplémentaires si bien que, de retour chez elle, elle avait dû jeter son gallon de lait tourné et une barquette de cabillaud décongelé. Cette mésaventure l'avait convaincue d'acheter une voiture dont elle avait vu l'annonce à la laverie : une Chevrolet Caprice Classic de 1979 pour les cinq cents dollars qui lui restaient sur son compte. Une banquette moelleuse faite pour accueillir trois personnes et des amortisseurs fatigués donnaient à ce monstre de deux tonnes d'acier des langueurs de yacht. Son ancien propriétaire avait oublié une cassette de Bob Seger dans le lecteur huit pistes de l'autoradio et, le week-end précédent, Carole avait roulé jusqu'à Pocatello, dans l'Idaho, en rembobinant la bande pour réécouter *Turn The Page*.

C'est Jane qui avait insisté, décrétant que la Caprice et sa traction arrière ne franchiraient jamais les trois derniers kilomètres du chemin qui menait à leur maison. Et, de fait, Mark Lubbock manœuvrait la Jeep avec précaution entre des cailloux gros comme des crânes qui rebondissaient contre la calandre, donnant de petits coups d'accélérateur pour s'extraire des ornières. Il portait une chemise en jean dont les manches étaient retroussées sur des avant-bras crispés par la conduite, un pantalon de toile beige et la barbiche arborée par la majorité des hommes du coin, ovale encerclant la bouche et la pointe du menton. De fréquentes expéditions sur le terrain avaient bruni son front dégagé par un début de calvitie. Mark, qui venait du Wyoming, enseignait la géologie à Northern Utah depuis cinq ans, mais, comme il l'avait expliqué en route, il se passionnait en réalité pour la paléozoologie et le schiste de la région était connu pour receler des milliers d'espèces non identifiées, dont l'opabinia à cinq yeux et l'hallucigenia, sorte de ver à pattes surmonté d'épines. À l'en croire, la vie cambrienne à Maxwell surpassait de beaucoup la vie actuelle en animation et en intérêt. Enfin, on parvint au sommet de la colline dans une clairière de sapins qui abritait la maison des Clifford et six autres véhicules.

Parmi les invités, Carole reconnut ses nouveaux collègues du département de langues modernes :

Soledad Muñoz, qui avait terminé sa thèse dans une grande université de la côte Est mais n'avait pas trouvé d'autre poste. Tout chez cette grande femme un peu voûtée criait l'exil. Ses écharpes de soie colorée et ses bagues de verre contrastaient durement avec le chemisier à carreaux de Jane Clifford et les lunettes génériques en fil de fer du nouvel assistant de mandarin qui n'avait pas dit un mot depuis son arrivée. Soledad, au contraire, achevait le récit de ses démêlés avec les services de l'immigration dans un anglais ibérique où les « h » et les « r » se confondaient. À sa droite, un couteau tremblant à la main, Klara Rubleva, l'ex-dissidente soviétique qui composait toute la section des langues slaves, écoutait poliment cette histoire entendue maintes fois. Par égard pour le « problème » de Klara, comme on l'évoquait dans l'administration de NUU, Jane n'avait pas mis de bouteilles de vin sur sa table des mets. Si tous feignaient de croire à son abstinence, on savait exactement, à l'air âcre de la salle de la photocopieuse, qu'elle venait d'y passer. D'autres jours, Klara noyait dans les bonbons à la menthe son haleine imprégnée de vodka. Le département se divisait à son propos en deux camps menés d'un côté par Pierre Lefort, pour qui la vie privée de l'individu, tant qu'elle n'entravait pas ses fonctions, ne regardait que lui ou elle, et de l'autre par une linguiste qui estimait que la communauté se devait de venir en aide à ses membres malades, et ceci d'autant plus que la maladie en question se caractérisait par son déni. Ce désaccord tenait en fin de compte à leurs définitions respectives et irréconciliables de l'alcoolisme, que le vieux Français tirait de *L'Assommoir* – modèle auquel échappait le Pr Rubleva, au demeurant ponctuelle, cohérente et propre sur elle – tandis que pour sa collègue californienne, une bière panachée quotidienne vous inscrivait au rang des *addicts*. Celle-ci n'était pas présente, ce soir, faisant partie de ces enseignants qui ne concevaient pas de croupir à Maxwell le week-end et dépensaient un tiers de leur revenu en billets d'avion pour San Francisco. Carole fut étonnée, en revanche, de retrouver Pierre Lefort qui bavardait avec John Clifford, comme lui ingénieur.

« Carole ! Mark ! s'écria Jane en les apercevant au seuil du salon. C'est formidable que vous soyez venus, ajouta-t-elle avec l'enthousiasme réservé en d'autres latitudes à la sœur rentrée du goulag. Dépêchez-vous, il n'y a presque plus rien à manger ! » Elle les conduisit près d'une table où étaient répartis, dans des assiettes qui se touchaient, une dinde dont un côté était intact, des scones au miel, un gâteau de gelée verte tremblotante, des sticks de céleri et de carottes disposés autour d'un bol de sauce épaisse, un cake à la banane et une salade de pâtes. Mark planta une cuillère dans ce qui ressemblait à un gratin recouvert de corn-flakes.

« Pommes de terre funéraires », fit-il, ce qui acheva de dissuader Carole.

Jane présenta les nouveaux venus à son mari et à leur voisine Nancy, quinquagénaire joviale et bien en chair qui avait apporté les desserts. Carole prit place entre elle et Soledad et se laissa aller à un bavardage que les circonstances facilitaient. Le déplacement, qui transforme de taciturnes employés de bureau en touristes intarissables, fournissait une plateforme de lancement aux plus timides, dont on attend qu'ils vous racontent d'où ils viennent et depuis combien de temps ils n'y sont plus. Le citoyen suisse, qui a le coucou pour héraut et le chocolat pour ambassadeur, est de surcroît bien reçu partout. S'ajoutait à cela son travail sur Camille Duval, que tous les interlocuteurs connaissaient peu ou prou, surtout depuis le remake de *Micheline* par Tim Robbins. Au fond, Carole appréciait cet instant d'admiration qui suivait la déclaration du sujet de ses recherches. La gloire de l'Auteur Majeur rejaillissait sur ses spécialistes, qu'on tenait en plus haute estime que l'honnête exégète d'un obscur poète symboliste ou d'écrivains dont les noms ne franchissaient pas les murs des départements d'études littéraires. Camille Duval, ça vous posait un universitaire. Effectivement, Soledad Muñoz avait non seulement lu la *Trilogie* en traduction espagnole, mais avait écrit, doctorante à Yale, une dissertation comparative sur l'auteur helvète et Octavio Paz.

Les deux femmes bombardèrent Carole Courvoisier de questions sur le livre qu'elle écrivait. « Fascinant », répétait Soledad à l'écoute de sa théorie du traumatisme comme moteur du renouveau stylistique. Le cas de Phineas Gage, notamment, lui rappela celui de Frida Kahlo, elle aussi transpercée par une barre de fer. Les souffrances de l'accident qui lui avait par ailleurs fracassé presque tous les os étaient au cœur de sa peinture. « Tout comme l'estomac de Kurt Cobain, ajouta Nancy, était la "rancœur" de Nirvana ! » « Tout à fait ! » s'exclama Carole, même si elle n'appréciait guère la comparaison entre ce brailleur et Camille. Elle dut ensuite raconter, pour la cinquantième fois, la journée du 11 septembre à Manhattan. Elle en était à l'errance à travers le Bronx lorsqu'on entendit Pierre Lefort exploser :

« Mais enfin, voudriez-vous m'expliquer comment on pourrait caser toute la faune de la planète sur un bateau ? Le *Queen Elizabeth II*, qui doit être trois fois plus grand que votre rafiot, transporte à tout casser trois mille passagers...

– Le *Normandie* qui était plus petit, rétorqua Mark Lubbock, devait transporter dix mille soldats !

– En théorie ! s'écria le Français... Si vous autres ne l'aviez pas bêtement coulé. Ça valait bien la peine de le réquisitionner, ajouta-t-il, sans s'attarder davantage sur une des conséquences de la débâcle de Quarante. Et quand bien même y aurait-on mis autant de spécimens de toutes les espèces, il n'y aurait eu là qu'une infime portion de la faune terrestre.

– Absolument pas ! Une valise seule peut transporter des centaines de milliers d'insectes. Savez-vous qu'il existe des crabes d'un centimètre de long, des oiseaux de deux centimètres ?

– Et vos dinosaures ? triompha l'ancien ingénieur, qui savait que Lubbock était un créationniste, pour qui la planète était vieille de six mille ans.

– Cela explique justement leur extinction, à laquelle personne n'a jusqu'ici trouvé de cause convaincante. Quant à la faune épargnée par le Déluge, Noé a probablement sélectionné des individus jeunes de chaque espèce afin de gagner de la place. On a calculé que trente-cinq mille individus suffisaient. »

Lefort éclata de rire.

« Trente-cinq mille ! Il y a des millions d'espèces ! Et même si je vous concédais ce chiffre farfelu, ça fait beaucoup de becs et de gueules à nourrir pour un vieux bonhomme et ses belles-filles, non ? » jubilait le Français, qui sentait qu'on l'écoutait.

Mais il en fallait plus pour désarçonner le géologue habitué à surcontrer. Il pointa du doigt l'assiette de son interlocuteur.

« Et cette dinde, combien pensez-vous que le fermier en élève dans une pièce grande comme ce salon ?

– Ah, cette dinde-ci a vu le soleil et picoré du maïs, intervint Jane Clifford, qui attendait depuis cinq minutes l'occasion d'interrompre ce débat politico-religieux, que les usages locaux bannissaient davantage même que le rot. Décidément, il faudrait se débarrasser de cet imbécile de Lefort.

– Je voudrais bien savoir comment les occupants de cette batterie flottante ont résisté à une altitude de neuf mille mètres, vu que les eaux de votre déluge auraient recouvert toutes les montagnes...

– De nombreux alpinistes ont conquis l'Everest sans l'aide de bouteilles d'oxygène », osa Klara Rubleva, qui se moquait de la varappe comme de l'Arche de Noé mais préférait, après trente ans de mariage houleux, éviter toute dispute. Jane Clifford profita de cette interruption pour demander à Carole si elle skiait et l'on se lança dans la comparaison des grandes stations de l'État (Park City, Snowbird, etc.) alors que Lefort marmonnait des arguments sur la submersibilité des galères et le carbone 14.

Nancy fumait accoudée à la balustrade de la terrasse en regardant deux troupiales voleter autour d'une mangeoire de bois posée sur une perche.

Carole se pencha sur le briquet qu'elle lui avait tendu et expirait une longue bouffée de fumée lorsque John Clifford sortit du garage derrière une brouette débordant de bûches.

« Le club du cancer ! » lança-t-il joyeusement, sans qu'on sache s'il plaisantait ou tançait réellement ses hôtes. Il retira ses gants de cuir et rejoignit les deux femmes.

« Ils attendent les graines, fit-il en désignant les oiseaux, mais nous n'en mettrons pas avant que les ours entrent en hibernation le mois prochain, sinon ce sont eux qui viennent les manger. L'an dernier, Jane a trouvé une femelle en train de pousser la perche pour faire tomber les graines autour de ses petits. Les voisins ont même eu un grizzly sur leur porche qui avait éventré la poubelle et se régalait d'un reste de pizza au saucisson sec ! »

Une vague de déception traversa Carole et emporta en se retirant le frêle sentiment de sécurité qui s'était reconstitué depuis son arrivée à Maxwell, alors que les sirènes de la police et des pompiers avaient cessé de hurler dans ses rêves. Il lui déplaisait d'apprendre que cet abri de conifères et de montagnes n'en était pas un.

« Et que s'est-il passé ? demanda-t-elle d'une voix hésitante.

– Notre voisin est allé chercher son fusil, mais il n'a pas eu besoin de tirer. Ces bêtes sont malignes : elles sont tout à fait capables de faire la différence entre une arme à feu et, disons, un bâton ou une pelle. Marty eut à peine le temps de mettre en joue que le gros derrière de l'ours avait disparu dans les fourrés. »

John retourna à sa brouette.

« Ah, et ne jetez pas ça sur les brindilles, ajouta-t-il en montrant du doigt les cigarettes allumées des deux femmes, ou je serai obligé de vous abattre. » Il repartit en souriant. Nancy haussa les épaules. Le soleil descendait sur la clairière. Carole scrutait le sous-bois, prenant pour un ours l'ombre d'un rocher sur un autre. Les rires des convives exacerbaient l'impression de solitude et d'inertie temporairement éclipsée par le déménagement et l'installation dans une nouvelle ville. Ses recherches sur Duval s'étaient arrêtées aussi abruptement que les fragments du World Trade Center parvenus au sol. Certaine que la maison de Sitka devait receler des documents ou des indices ignorés de tous, elle avait proposé à Lily de lui rendre visite durant le congé de Thanksgiving qui approchait, mais celle-ci, souffrant d'un lumbago dû à un vieil accident de cheval, lui avait demandé de repousser son voyage. Malgré sa promesse de lui donner au plus vite une autre date possible, l'ancienne dame de compagnie de l'écrivain n'avait pas répondu à la carte envoyée par Carole de Salt Lake City. Enfin, les cours à préparer et les réunions constantes ne lui laissaient plus le temps de découvrir d'autres cas qui lui auraient permis d'étayer sa théorie du traumatisme et d'éclairer la naissance du second Duval.

Après avoir patiemment écouté les doutes de cette inconnue, Nancy se tourna vers elle et lui dit :

« Vous avez pensé à aller consulter un voyant ? »

La neige était arrivée quelques jours plus tard par brassées denses que le blizzard dispersait le long de State Street. La cloche de la porte de la pharmacie, qui réveillait Carole chaque matin à 8 heures, avait fait place à la trompe entêtée des chasse-neige remontant et descendant la rue, recouvrant un peu plus à chaque passage les voitures garées qu'on ne repérait plus, finalement, qu'à la pointe de leurs antennes. À la fin novembre, Mark Lubbock l'avait invitée à la première du *Seigneur des anneaux* et la chaleur extrême du cinéma, associée à la complication du scénario et aux effluves de beurre chaud des pop-corn, l'avait rapidement endormie. Chaque mois, le département de langues modernes se réunissait chez les Clifford pour voir un film étranger. En dépit d'une sélection stricte qui éliminait d'emblée quatre-vingt-cinq pour cent des films français, *Ridicule* s'était retrouvé au programme car son histoire était contemporaine des

Liaisons dangereuses que tout le monde avait apprécié à sa sortie à Maxwell. Or, à peine avait-on pris place dans les fauteuils du salon et éteint la lumière que Carlo Brandt pissait déjà sur le vieux comte de Blayac ! Jane Clifford s'était jetée sur la télécommande mais, sans ses lunettes de lecture, prit la touche « arrêt sur image » pour « arrêt » et le membre de l'acteur – non circoncis ! – se planta au milieu de l'écran, parfaitement restitué par le support digital, un filet d'urine aussi immobile que l'eau s'écoulant de l'amphore du Poséidon sculpté par Guérin. On vit ensuite le jet remonter, comme absorbé par l'appendice aussitôt rentré dans la culotte du chevalier de Milletail, lequel quitta à reculons la chambre de son ancien tyran avant de revenir, au pas de charge cette fois et mû par un besoin extrêmement pressant, se soulager en deux secondes sur le vieillard gigotant. Jane Clifford s'écria : « Au secours ! » et tendit la télécommande à Mark Lubbock, qui était cramoisi. Klara Rubleva et Soledad Muñoz ne pouvaient plus cacher leur hilarité et la première raconta par la suite comment son grand-père, du haut de leur immeuble de Novgorod, avait pissé sur des agents du NKVD.

Le chauffage de l'appartement de Carole cessa de fonctionner peu avant Noël. Malgré le convecteur prêté par le pharmacien, la température descendit aux alentours de 12 °C, si bien que Carole se décida à retourner à l'université corriger les examens de fin de semestre. L'horloge du couloir indiquait 20 h 10 quand elle ouvrit la porte de son bureau. Elle ôta le bonnet, l'écharpe et le pardessus qu'elle portait sur un anorak fourré, retira ses bottes enneigées et sortit de sa serviette un dossier de carton contenant les quarante-cinq compositions de son cours d'introduction à la littérature française. La fierté de voir son nom en haut à gauche, précédé de l'auguste « Professor », se mua rapidement en attendrissement : elle imaginait ces fils et filles de fermiers, de forestiers et d'ouvriers des raffineries environnantes accrochés aux lèvres de Phèdre ou aux souliers de Fabrice, s'apitoyant sur le sort de la pauvre Boule de suif et du colonel Chabert, et tout cela dans le texte ! En quoi elle se trompait : dans la cave de McArthur's, le libraire situé à cinquante mètres de chez elle, des traductions écornées qu'on achetait et revendait pour presque rien tiraient d'affaire les étudiants du cours « French 221 » depuis les années soixante-dix. Les marges de ces livres fatigués regorgeaient de définitions et de remarques au stylo-bille et la plupart d'entre eux étaient attachés par un élastique à une brochure jaune rappelant davantage un manuel de machine à laver que le commentaire de texte érudit. Pas un classique n'échappait à cette collection qui rassemblait sur du papier de mauvaise qualité des études qui ne l'étaient pas moins. Les étudiants affectionnaient particulièrement les deux résumés (courts et détaillés), la liste des personnages, l'index des thèmes abordés et, surtout, la description claire et succincte du sujet de l'œuvre. « *Madame Bovary* est une étude de la stupidité humaine et du mal romantique, du désespoir et du malheur rencontrés par ceux qui ne sont pas capables ou désireux de résoudre les conflits entre leurs rêves et la réalité ; en termes modernes, on pourrait dire qu'il s'agit de l'étude d'une névrose. »

Carole écrivit « Bien ! » dans la marge d'une copie esquissant ce rapprochement avec la pathologie freudienne, d'autant plus surprenant qu'elle ne l'avait jamais abordé en cours. Sur la quatrième copie effectuant la même remarque, elle n'inscrivit plus rien, se contentant de souligner les anglicismes et autres incorrections en vert, car Jane Clifford lui avait déconseillé le rouge, par trop répressif et décourageant.

Charles Bovary, à en croire Jake, était un « caractère » aimable, contrairement à Emma, qui était « ennuyeuse » à Yonville, voulait « se coucher » avec les hommes, et finit par avoir une « affaire » avec Rudolph (*sic*). À la foire du comté, cet un l'attira dans un coin et la baisa. Carole barra l'impropriété deux fois et garnit la marge de points d'exclamation. Dans la forêt, il eut du sexe avec elle. C'est qu'après avoir marié le physicien peu attractif, expliquait Melissa, elle est devenue dépressée. Elle a mis le mariage-bouquet dans le feu ! Elle n'était pas satisfaite avec sa vie, sauf au bal, où elle avait eu le meilleur temps ! La conversation de Charles était plate comme une marche de côté (?). En tout cas moins intéressante que celle de Loulou, observait Luke, qui confondait visiblement roman et conte, et consacrait un paragraphe éloquent à cet « ami spécial » d'Emma, « la chose qu'elle peut s'occuper de quand Victor et Virginie ont mouru ». L'oiseau, pour tout dire, souvient son neveu à Emma. Il est comme un enfant à elle.

Il n'était pas rare de voir un personnage sauter d'un texte à l'autre, ou voler, tel le célèbre perroquet de Flaubert, de son pommier normand aux nuées surplombant les gouffres amers. Certains jours, la barque de Lamartine flottait sur le lac de Bienne tendrement regretté par Rousseau tandis que les roses de Saadi flétrissaient sous l'œil mauvais de Ronsard.

C'en était trop. Carole replaça la copie sur la pile et, après quelques secondes d'hésitation, sortit son paquet de cigarettes de la poche de sa serviette. À gauche de la fenêtre, un autocollant prohibait le tabac. Tant pis, on aérera. Dans son cadre, Jasper souriait. La professeure aspira une longue bouffée, fit basculer sa chaise en arrière et expira, profondément, les petites déceptions de la soirée. Lorsqu'elle rouvrit les yeux, elle aperçut une sorte de rondelle apposée à un tuyau de fer traversant le plafond. Au même moment, les baguettes qui reposaient paisiblement se mirent à tambouriner contre les globes d'acier des sonnettes d'alarme suspendues à tous les étages du bâtiment et un jet d'eau froide jaillit de la rondelle qui s'était mise à tournoyer. Enfin, la lumière des néons fit place au halo sinistre de l'éclairage de secours. Une pluie battante ruisselait sur le visage de Carole qui, avant même de comprendre ce qui arrivait, se leva d'un bond et jeta son manteau sur l'unité centrale de l'ordinateur. Sur son bureau, les piles de copies s'agglutinaient, les gouttes furieuses diluant ses commentaires dont il ne restait déjà plus, ici et là, que des auréoles vertes. Voulant sauver un de ces devoirs, Carole le déchira comme s'il s'était agi d'un mouchoir en papier détrempé. D'autres adhéraient à la table. Sur les rayons des étagères, les livres s'ouvraient comme de grosses fleurs. Carole saisit l'édition Pléiade de la *Trilogie* et la mit dans un tiroir, à l'abri de l'orage, aux côtés de la photo encadrée de Jasper. Au sol, sa serviette de cuir beige avait tourné au marron.

« *Everything alright, Ma'am ?* »

Le sergent Holland, équipé d'une Maglite géante et d'une casquette recouverte d'une espèce de bonnet de douche en plastique, venait d'ouvrir la porte. La sonnerie assourdissante et la pluie avaient cessé en même temps et les gyrophares des véhicules garés au pied du bâtiment baignaient le bureau de leur lumière pulsative rouge et blanche. Deux hommes emmitouflés dans des tenues de toile cirée doublée d'amiante attendaient devant un camion écarlate décoré des armoiries de Maxwell, une ruche dorée protégée par un pin. Les lèvres collées à son talkie-walkie, le sergent Holland informait ses collègues qu'une civière ne serait pas nécessaire. Carole Courvoisier, qui pleurait, baissa la tête. À ses pieds, son paquet de Camel light flottait sur le lino. La barque de Lamartine, elle, venait de sombrer dans le lac de Bienne.

John et Jane Clifford n'ayant pas réitéré leur invitation, Carole Courvoisier avait passé le week-end de Noël seule dans l'appartement avec deux cassettes vidéo (*Rio Bravo* et *Règlement de comptes à O.K. Corral*), une boîte de dix rouleaux de printemps congelés et une bouteille de scotch. En vertu d'une vieille règle concernant les examens perdus ou détruits, tous les étudiants de « French 221 » s'étaient vu attribuer la note maximale pour leurs dissertations. L'un d'entre eux dut même à ce coup de pouce inespéré de remporter son diplôme avec mention. Le 30 décembre, Mark Lubbock appela Carole pour l'inviter au réveillon du personnel de l'université qui se tenait chaque année au bowling de Maxwell, mais celle-ci ne décrocha pas le téléphone. Le 31, elle essaya plusieurs fois de joindre Lily Moore dans le Vermont, sans succès. En vérité, elle redoutait beaucoup la rentrée du 23 janvier. Par chance, les sprinklers ne s'étaient pas mis en marche dans les bureaux contigus, mais les quelque deux mille litres déversés durant les trois minutes de la catastrophe avaient causé d'importants dégâts : outre l'ordinateur, le téléphone et le répondeur, il avait fallu remplacer la moquette et le plancher ainsi qu'une grande partie du plafond de l'étage inférieur. Enfin, l'eau qui s'était accumulée dans les parois, juste derrière les boîtiers électriques, avait causé un court-circuit qui avait effacé, lorsqu'il le ralluma lundi matin, le contenu du disque dur d'un professeur assistant de sociologie. Selon les rumeurs, il aurait perdu au moins deux chapitres de son nouveau livre, un manuscrit d'article et six mois de courrier, et prévoyait de traîner en justice la compagnie électrique ou l'« idiot » qui était à l'origine du désastre. D'autres bruits venaient cependant démentir ces allégations, au moyen desquelles ce professeur paresseux essayait de sauver un dossier de titularisation particulièrement pauvre. Selon certains de ses collègues, ces écrits soi-disant disparus n'avaient jamais existé. Quoi qu'il en soit, pendant toute la première semaine des cours, Carole avait emprunté l'entrée sud du bâtiment qu'elle quittait exactement trente minutes avant le début du cours – « Loi et société » – de son infortuné voisin.

À la mi-février, enfin, un développement inattendu fit avancer l'enquête de Carole. Si jusqu'ici les biographes et les chercheurs avaient traqué

Sylvie Duval, personne ne s'était vraiment intéressé à la fille de cette dernière. Celle-ci, pensait-on, étant née après la sortie de *Palliante*, ne devait pas être dans le secret de la renaissance du phénix des lettres suisses romandes. Or la petite-fille de l'écrivain apparaissait sur des photos prises à Baranov. Lily s'était montrée évasive à ce sujet, affirmant dans son dernier message ne pas savoir ce qu'était devenue Mia Garman depuis qu'elle s'était installée à Austin, dans le Texas.

Carole n'avait trouvé personne sous ce nom dans l'annuaire de la capitale de cet État. Après son divorce d'avec John Garman en 1975, Sylvie était rentrée en Suisse avec sa fille de onze ans. Trois ans plus tard, elle se remariait à un Français et déménageait à Paris. Au dire de Luc Perrin, Mia avait passé son bac et réussi le concours d'entrée des Beaux-Arts, mais avait quitté cette école après deux ans pour rentrer à New York, ville qui avait conservé pour elle le goût de l'enfance et des vacances chez son père. Interrogé à propos du métier de cette unique descendante, le laconique biographe avait répondu : « Illustratrice ou quelque chose du genre. » Une recherche en ligne n'avait toutefois rien donné. C'est alors qu'un détail de sa conversation avec Lily Moore lui revint à l'esprit. Mia s'était mariée à un New-Yorkais qui l'avait quittée car elle ne pouvait avoir d'enfant. Sans trop y croire, Carole s'installa devant son portable et sélectionna « Littérature pour enfants » sur le site d'un libraire en ligne devenu si important qu'on s'en servait, sans l'avouer aux collègues, comme d'un fichier de bibliothèque. La page des résultats annonça plus de cinquante mille titres, chiffre qu'elle parvint à réduire à trois mille en cliquant sur des sous-catégories successives, mais aucune illustratrice nommée Garman ne figurait sur cette liste et une courte biographie permit d'éliminer d'emblée les deux Mia qu'elle contenait. Carole tapa « 1964 » dans la case d'un tableau de recherche avancée. En vain : seuls les jeunes artistes tenaient à publier leur date de naissance. « Paris » et « New York », eux, sélectionnèrent une quinzaine d'illustratrices. Une certaine Maggie A. Miramar, spécialiste du récit animalier, avait même vécu à Genève. Curieusement, le style de cette dessinatrice, des formes arrondies imbriquées les unes dans les autres, produisit chez Carole une impression de familiarité. Quel peintre entourait donc ses motifs rouge et vert jade d'une large bande d'encre noire ? Comme tous les fumeurs dont l'esprit vient de rencontrer un obstacle, Carole sortit une cigarette et l'alluma. Non, il ne s'agissait pas d'un tableau. Elle essaya de se rappeler les affiches de film du vidéo-club, en bas de chez elle, et les publicités des journaux parcourus au *diner* le matin. Soudain, pareille à la pointe incandescente de la cigarette sur laquelle elle tirait, la connexion se fit. Un tatouage de Jasper ! Une baleine qui enveloppait toute son épaule, aperçue la dernière nuit où elle l'avait vu, un dessin inspiré de l'art tlingit dont le bestiaire se trouvait amplement illustré dans les livres feuilletés chez Lily Moore. Le patronyme de l'artiste désignait-il, caché sous l'espagnol, la côte qui s'étend du sud de l'Alaska à la Colombie-Britannique ? Carole alluma une cigarette avec le mégot de la précédente. Elle attrapa un bout de papier et se mit à tracer des mots dont elle cocha les lettres les unes après les autres.

MIA GARMAN
MAGGIE ANNE MIRAMAR

Le premier de ces noms s'inscrivait aussi dans le second. Restaient les lettres :

GENEIMAR

Germaine ! Le prénom de l'épouse de Camille Duval, dont on avait sans doute baptisé son unique petite-fille. Carole consultait déjà le site de l'éditeur en quête d'une adresse ou d'un lien qui ouvrirait un cadre où formuler une demande. Le lendemain, une réponse de Mia Garman s'afficha dans sa boîte aux lettres. La déception de la descendante de Camille Duval fut patente, au téléphone, lorsqu'elle comprit que Carole n'était pas un écrivain recherchant une illustratrice. Mais le plaisir de parler français et, surtout, de revisiter ces étés insouciants reprit rapidement le dessus. Enfin, le joint que Mia se roulait sur le coup des 17 heures pour accompagner une tasse de thé la rendait volubile. Oui, on pouvait dire qu'elle devait son coup de crayon aux grandes vacances de Sitka. D'abord parce qu'il n'y avait rien d'autre à faire sur Cannon Island que couvrir de dessins les feuilles que lui donnait l'amie de sa mère. Ensuite, les totems tlingits, avec leurs fabuleuses bêtes superposées, peuplaient les premiers souvenirs de la fillette. Plus encore que le besoin de sens, ce sont eux qui lui avaient donné à comprendre le besoin humain de couleurs. Tout en prenant des notes, Carole se demandait pourquoi Lily Moore avait parlé d'un séjour unique alors qu'il s'agissait d'une coutume annuelle. Mia était catégorique : sa mère l'avait emmenée en Alaska presque tous les étés jusqu'à sa brouille avec la femme qui s'occupait de son grand-père au début des années soixante-dix.

Un voile idyllique recouvrait le souvenir des parties de pêche ou des pique-niques sur le canoë de Lily, de l'heure du coucher repoussée à 23 heures pour pouvoir contempler celui du soleil. Sa passion pour la faune datait de ces offrandes de biscuits et de framboises déposées chaque soir dans les fourrés pour une vieille ourse qu'elle ne vit jamais, mais qui devait exister puisque les friandises n'y étaient plus au matin. (Ce n'est que beaucoup plus tard qu'elle envisagea le rôle probable des écureuils dans cette disparition.) Quant à Camille Duval, sa présence n'était guère moins fantomatique que celle du plantigrade. L'aile de la maison occupée par le vieil homme était défendue à la petite car ce dernier ne supportait pas le dérangement. Les jours sans vent, il s'installait quelquefois sur le porche qui faisait face à la baie et contemplait, sans rien dire, l'île de Minkov où trônait une seule maison dont les fenêtres, au coucher, renvoyaient des reflets flamboyants. « Grand-père écrit » permettait à sa mère et à son amie de faire cesser le jeu devenu bruyant. L'homme se faisait apporter ses repas et, n'étaient les photos de lui qu'elle avait vues dans les journaux à sa mort et sur les couvertures de ses livres, elle n'aurait pu le reconnaître. Un jour, toutefois, elle avait transgressé l'interdit. Alors que sa mère aidait Lily à repeindre un canot juché sur des tréteaux dans le jardin, elle s'était glissée dans la chambre de Camille Duval. L'écrivain reposait sur un grand lit d'hôpital, ou qui lui avait paru tel à cause de l'étrier de plastique beige qui pendait au-dessus de sa tête.

Le lendemain matin, Carole trouva dans sa messagerie quelques lignes de Mia, qui s'excusait de s'être montrée si bavarde, mais tenait à ajouter un détail. Il s'agissait d'une remarque que son père, John Garman, avait faite une fois à propos de son divorce. C'était à cause de cette femme, l'infirmière de Duval. Il n'avait jamais voulu en dire plus et elle-même n'était pas sûre de comprendre le sens de cette brève confession.

« Mais enfin, s'impatientait Gérard Bonvin, ça vous avance à quoi ? Vous appelez ça une information ? Le souvenir d'une gamine de six ans !

Voilà une source au moins aussi fiable que votre gars secoué par la guerre et qui vous a en prime renversée sur la chaussée ! J'en viens à me demander si ce n'est pas vous qui avez pris un coup sur la tête... Vous savez comment on appelle ce genre de témoignage ? Des ragots ! Vraiment, Carole, cela me peine de vous parler comme cela, mais je trouve que vous vous égarez totalement. Et quand bien même cette femme vous aurait dit la vérité... Et alors, quoi, Duval dormait ! Comme vous et moi. »

Leur échange avait mal commencé. Les éditions Naville avaient décidé de ne pas honorer le contrat de publication signé l'année précédente. Au lieu de soutenir son ancienne élève, Gérard Bonvin s'était montré ironique en précisant qu'on ne publiait pas, en principe, les actes d'un colloque annulé. Carole lui rappela qu'il s'était agi non d'une annulation, mais d'une interruption (puisqu'on avait eu la journée du 10 septembre), motivée de surcroît par des circonstances exceptionnelles.

« Justement, éclata Bonvin, tout le monde est traumatisé. Les participants ne veulent plus entendre parler d'un colloque où ils auraient bien pu laisser leur peau. Ce n'est pas faute de vous avoir mise en garde... »

Carole savait exactement où il voulait en venir. Durant les cinq ans de sa thèse, le maître n'avait cessé de répéter, en la massacrant comme tout le monde, la fameuse phrase de Barthes sur l'inexistence du sujet, *a fortiori* celui de l'auteur.

« Et si la clé du mystère duvalien était qu'il n'existe pas, qu'il n'y a rien ?

– Rien n'existe pas », rétorqua froidement Carole.

Au fond, se dit-elle après avoir raccroché, le génie de Duval lui échappe. En l'absence de Jasper, elle n'avait décidément plus personne à qui raconter les progrès de sa recherche. Passé le bref plaisir lié à l'évocation, dans la conversation avec ses voisines, d'une fille docteur ès lettres et chercheuse en Amérique, Marie-Claude Courvoisier trouvait que tout cela ne faisait que retarder son entrée dans la « vie active ». Et si tante Lise lui demandait toujours gentiment si son livre avançait, il en allait moins d'un intérêt réel que de cette tendresse qui la poussait à s'enquérir, sur le même ton, de la guérison d'une grippe ou d'une entorse.

Quelque chose de plus grave, cependant, gâtait l'humeur de Carole Courvoisier, un désagrément plus profond, sans mots. Une pile d'ouvrages théoriques expédiés de Paris à grands frais demeurait intouchée depuis l'automne sur la petite table qui jouxtait la porte d'entrée de son appartement. *Poétique de l'échec*, *Le Personnage décomposé*, *L'idéologie comme intertexte*, etc. De tels titres, qui avaient toujours été synonymes d'un samedi soir réussi, comme pour d'autres le dîner en ville, le cinéma, une fille ou un garçon ramené chez soi, avaient perdu leur pouvoir enchanteur. Carole tenta deux ou trois fois de le raviver, mais la mise en scène (crépuscule, fauteuil tiré vers le radiateur) n'avait rien donné et, en dépit de l'ajout progressif d'accessoires (théière japonaise, assiettes de biscuits, couverture de laine), elle finissait par contempler la rue, avec ses voitures qui dérapaient doucement sur la neige épaisse.

L'école de danse, en face, offrait un spectacle encore plus captivant. Le soir venu, la grande salle dépourvue de rideaux se remplissait de fiancés mal assurés sur leurs jambes, comptant du bout des lèvres les pas d'une rumba, d'hommes cherchant des compagnes, et de femmes cherchant à perdre quelques kilos. Le mercredi, jour du jazz, Carole pouvait observer la déroute qui partait en principe du dernier rang, où se perdait la mesure, puis les figures que les uns copiaient bientôt sur les autres. Le chaos arythmique contaminait ensuite, ligne par ligne, le troupeau auquel le professeur commandait finalement de s'arrêter avant de lui assener des instructions muettes. Mais le manque de grâce chronique de l'espèce humaine n'était jamais mieux révélé que par le tango, le vendredi, où l'on pouvait voir un maestro argentin vieillissant manœuvrer des clientes aussi récalcitrantes qu'un chariot de supermarché dont une roue est grippée. Carole se demandait pourquoi on voulait savoir danser à Maxwell et cherchait à deviner, en les observant, qui rêvait des salons rococo d'un paquebot transatlantique et qui souhaitait simplement se dégourdir les jambes après une journée de bureau. Lorsqu'elle reprit son volume (*Narratologies contemporaines*), elle s'aperçut qu'elle avait lu huit pages de tout l'après-midi.

Plus insidieuse encore était l'indifférence qui s'était glissée entre ces ouvrages et la lectrice qu'ils avaient tant bouleversée. Là où jadis Carole Courvoisier avait admiré une puissance allégorique, éprouvé le déchirement de l'écrivain entre Judith et Lucrèce, elle ne voyait plus qu'un homme qui se gratte le derrière. Elle se surprit même à penser qu'il y avait des pommades pour ça. Pour cacher cette flamme péclotante, toutefois, elle redoublait d'enthousiasme en classe et, à l'entendre parler du baiser de maman, du peigne de Marion ou du camion de Franck, personne n'aurait deviné à quel point elle se moquait désormais de savoir s'ils étaient ou non dispensé, volé, ou tombé en panne.

Un malheur n'arrivant jamais seul, elle reçut au mois de mars une lettre de Banfield & Co, l'assurance de l'université. Le directeur du bureau de Salt Lake City regrettait très sincèrement de lui annoncer qu'une enquête visant à établir la cause de l'incendie survenu dans le bâtiment Willard avait été ouverte. Les experts ayant exclu la défectuosité du dispositif d'extinction et du système électrique, entièrement changés trois ans plus tôt, l'ensemble du dossier avait été remis à la police de Maxwell, à qui il incomberait de déterminer la nature – involontaire ou volontaire – de l'incendie provoqué par les occupants du lieu, en l'occurrence la destinataire de la présente.

Carole se remémora plus de vingt fois l'arrivée du policier derrière elle. Il était improbable qu'il ait pu repérer la coupable cigarette dans le halo des lampes de secours et les papiers flottant de partout. Était-il possible en revanche que celle-ci ait surnagé jusqu'à ses pieds, rapportée dans le sillage de ses lourdes bottes de caoutchouc ? Ses doigts tremblaient au-dessus des touches du téléphone. Comptant sur la solidarité d'une fumeuse européenne, elle voulut appeler Soledad Muñoz, puis se ravisa : n'aurait-ce pas été un aveu ? Elle composa le numéro de Mark Lubbock. Ce dernier arriva quinze minutes plus tard et, s'effondrant dans les bras qu'il n'osait pas refermer sur elle, Carole finit par tout avouer.

Dans les réfectoires du campus le mercredi suivant, penchés sur leur bol matinal de céréales, les étudiants de NUU découvraient l'incident. En tête du courrier des lecteurs du quotidien de l'université, la lettre d'un parent – qui avait préféré garder l'anonymat – dénonçait avec fougue le professeur – lui aussi anonyme – qui, non content de s'abandonner au tabagisme et d'enfreindre gravement aux règles de l'institution en se livrant à son vice *intra muros*, volait purement et simplement les étudiants en saccageant les biens acquis grâce à leurs frais de scolarité. Le lendemain, un autre lecteur lui emboîtait le pas, rappelant que la cigarette détruisait chaque année des milliers d'hectares de forêt en Californie et comparant à un routier jetant son mégot par la fenêtre l'enseignante de littérature française responsable de cette catastrophe. Il ne fallut plus que quelques heures pour que celle-ci soit identifiée et que son nom circule de bouche à oreille, des laboratoires de biologie aux dortoirs des premières années, et des salles de gym à l'église Saint Peter.

Carole maudissait Mark Lubbock, sa conversation insipide et leurs minables sorties du semestre précédent. Mais que pouvait-on attendre d'autre de la part d'un de ces fanatiques créationnistes qui se propageaient comme un virus de campus en campus ? En quoi Carole se trompait. Car non seulement Mark Lubbock, qui chérissait la compagnie de la jeune femme, ne l'aurait jamais trahie, mais il était précisément en train de composer un plaidoyer en sa faveur à paraître dans la feuille de chou de Maxwell. Contrairement à ce qu'elle pensait, ce n'était pas non plus le sergent Holland, bien trop myope pour distinguer dans la pénombre un mégot d'une souris, qui avait vendu la mèche. Le rapporteur était en réalité John Clifford qui, à force de répéter qu'il n'y avait pas de feu sans fumée, avait fini par convaincre sa femme de la responsabilité de leur nouvelle collègue dans ce sinistre méfait. Jane avait alors alerté l'assurance en laissant un commentaire anonyme sur son site internet. Tout cela ayant attisé son éloquence, la directrice du département écrivit dans la foulée au journal de l'université et, avant de refermer son ordinateur portable, à Carole, pour l'informer en des termes faussement dépités que son contrat ne serait pas renouvelé.

Une clochette fixée au battant de la porte annonçait le nouveau venu. La pièce, dépourvue de l'air pseudo-tzigane ou oriental qui s'y déployait d'habitude sous la forme de bâtonnets d'encens, de statuettes et de tissus colorés, évoquait davantage le bureau de l'assureur ou du garagiste. Une table en Formica, deux chaises pliantes ainsi qu'un fauteuil de style jardin en composaient tout le mobilier. Carole prit une des cartes réparties en éventail sur une soucoupe : Nathanael Middendorf, voyant, recevait tous les jours de 14 à 21 heures, sauf le lundi.

Sachant que la procession à la Vierge attirerait passants et étudiants sur Main Street, elle avait choisi un premier mai et s'était assurée que personne ne la verrait pénétrer dans la boutique du *psychic*. Elle qui ne s'était jusqu'ici jamais abaissée à lire son horoscope, même dans la salle d'attente du médecin, voilà qu'elle s'apprêtait à donner l'un des quatre billets de cinquante dollars qui lui restait en échange d'un rai de lumière. Lily Moore, à laquelle elle avait conté sa mésaventure dans une missive la plus légère et spirituelle possible, ne répondait plus depuis la fin du mois de février. Pour tout courrier personnel, elle n'avait reçu cette année qu'une lettre désinvolte de Gérard Bonvin lui apprenant que les éditions Naville, qui traversaient une très mauvaise passe, ne publieraient probablement pas non plus l'étude qu'elle était en train d'écrire. Dans la foulée, le professeur annonçait également avoir engagé Valentine Brasier comme assistante.

« Je puis vous aider ? »

Un homme d'une trentaine d'années était apparu dans une fente du rideau de perles qui masquait l'arrière-boutique. Des cheveux bouclés, châtain foncé, ceignaient un visage avenant d'où se détachaient des yeux d'ambre. Nathanael Middendorf portait un pull de laine verte et un jean retenu par une ceinture de gros cuir craquelé.

« C'est la première fois que... »

Sans attendre la fin de sa réponse, le voyant tendit à Carole un dépliant plastifié, semblable à un menu de restaurant, où figuraient ses méthodes et leurs tarifs respectifs ainsi que des offres promotionnelles : quatre séances donnaient droit à une cinquième gratuite. Des clients satisfaits, identifiés par leurs seules initiales, étaient cités dans des encadrés de couleur. Carole s'enquit des procédés offerts et, après lui avoir posé quelques questions, M. Middendorf suggéra le tarot, lequel convenait mieux aux horizons bouchés que la boule de cristal ou la psychométrie, habituellement réservées aux amours malheureuses ou aux objets perdus. Le chaman parlait avec un léger sourire qui laissait penser qu'il ne croyait pas davantage que vous à ce qu'il disait. Il se leva pour baisser les stores du magasin, sortit d'un tiroir un paquet de cartes jaunies et trois bougies qu'il disposa avec soin aux coins d'un triangle imaginaire. Il brassa ensuite les tarots et les étendit en arc de façon que la carte du milieu se trouvât au centre exact du triangle, puis il tendit les mains, invitant Carole à faire de même.

« Vous portez une bague à l'annulaire gauche mais vous n'êtes pas mariée », déclara-t-il après lui avoir examiné les paumes. Il ajouta enfin, comme si les deux choses allaient de pair : « Vous avez un frère. »

Carole calculait les probabilités d'erreur des deux assertions, mais elle était déstabilisée.

« Maintenant, concentrez-vous sur un désir, une quête, et tirez trois cartes que vous retournerez là – il montrait l'emplacement du doigt. La première symbolise votre recherche. La deuxième, le ou les obstacles qui s'y opposent, et la troisième, son résultat. »

Carole s'exécuta d'une main tremblante. Une femme aux cheveux bleus, corpulente comme une baigneuse de Renoir avec son abdomen rebondi et ses seins haut placés, versait le contenu de deux cruches rouges dans une rivière. Au-dessus de sa tête, ou plutôt au-dessous, car elle était à l'envers, la Suissesse dénombra huit étoiles. Au milieu, elle retourna une sorte de roi pareil à ceux des parties de jass avec tante Lise, à ceci près que celui-ci n'était pas coupé à la taille et dédoublé, mais accoudé avec désinvolture contre son trône, une jambe croisée sur l'autre à la façon d'une grue. Comme sa compagne bien en chair, le monarque avait lui aussi la tête en bas. Quant à la dernière carte, à l'endroit cette fois, elle représentait un valet à l'air ennuyé, perché sur un chariot à baldaquin tiré par deux minuscules chevaux bleus. On n'irait pas loin avec ça. Nathanael Middendorf fixait le trio, les yeux plissés, le menton logé entre le pouce et l'index.

« Votre quête n'avance pas, annonça-t-il finalement en indiquant l'Étoile renversée, car vous ne savez pas ce que vous recherchez. »

Et, de fait, Carole se reconnut dans cette femme agenouillée, occupée à « jeter de l'eau au lac », comme disait parfois leur père, toujours prêt à dénoncer l'inanité. Nathanael Middendorf hésitait sur le sens de ce souverain retourné, qui pouvait signifier qu'un homme influent empêchait le progrès de sa quête ou alors que sa cliente s'était jusqu'ici trompée, gravement, à propos d'une figure d'autorité. Gérard Bonvin ! pensa Carole avec la satisfaction qu'on éprouve à voir ses soupçons confirmés ou partagés. Heureusement, le Chariot, signe de l'avancement et du succès, contrebalançait l'errance liée à la première carte.

« Alors ? » demanda la cliente.

Nathanael Middendorf ne répondit rien, mais une certaine inquiétude transparaissait sur son visage.

Quelque temps plus tard, Jane Clifford annonçait à Carole Courvoisier l'ouverture d'un poste dans le Kentucky pour lequel elle lui écrirait une excellente lettre de recommandation. En réalité, le département de français de Stone University, dans la petite ville de Cambridge, n'en exigeait même pas, ayant besoin de remplacer d'urgence un suppléant qui avait disparu sans prévenir l'administration ni ses collègues. John Clifford s'était également offert pour aider Carole à charger ses meubles dans la remorque qu'elle attacherait à la Chevrolet. On était justement dans son garage en train d'installer l'attelage sur le châssis de cette dernière lorsque le téléphone portable de l'enseignante se mit à vibrer dans la poche de son jean. Un texto emplissait le petit écran :

APPELLE TT DE SUITE. YVES.

Carole s'excusa et fit quelques pas en direction de la forêt. Son frère décrocha immédiatement. Il y avait un problème avec « le père », comme tous deux l'appelaient.

Yves, qui se tortillait de manière audible, finit par annoncer que Denis Courvoisier était en garde à vue depuis jeudi. L'énoncé était tellement extravagant que Carole le lui fit répéter. Le père avait été arrêté durant la régate d'Évian avec Lüthi. Tout de suite, Carole en conclut à l'infraction d'une de ces règles absurdes de la Fédération internationale de voile. Le père n'avait pas respecté quelque édit concernant le hissage du spi ou le protocole du virement de bord à la marque. Mais cela n'expliquait pas l'arrestation, à moins que le ton ne fût monté et que le physicien et son collègue n'aient pris de haut les juges. Il y avait peut-être eu des coups de poing échangés.

« Est-ce qu'il va bien ? s'inquiéta Carole.

– Pas vraiment, c'est grave... Maman a contacté Grüber... Tu comprends, continua le frère, elle est trop gênée pour faire appel aux Desroches. »

Pierre Grüber, avocat, avait défendu le couple Courvoisier durant un procès intenté au syndic de leur immeuble. La femme d'Édouard Desroches, ancien camarade de Denis Courvoisier au Poly de Lausanne, était quant à elle avocate au criminel. L'affaire devait donc être sérieuse.

« Gênée ? demanda Carole.

– Eh bien, Lüthi et papa se sont fait arrêter avec des filles à bord... »

Carole sentit le sang s'écouler de son visage et dut réprimer une montée de salive, dans l'arrière-gorge, semblable à celle que provoquait la vue d'un oiseau ou d'un écureuil écrasé sur la chaussée. Elle se reprit :

« Bon, c'est gênant, mais ce n'est tout de même pas illégal.

– Avec des filles, si », protesta Yves.

Soudain, l'horrible ajustement sémantique se fit dans l'esprit de l'aînée : des « filles », pas au sens figuré, aucune joie ici, juste la littéralité de l'âge tendre. Quatre Lituaniennes qui avaient commencé par se dire majeures avant de craquer à la vue des uniformes, des matraques et des chiens, quatre fillettes tremblant sur la passerelle tendue entre le *Pauli* et la vedette de la police cantonale, éblouies par son phare, mal assurées sur leurs talons aiguilles trop hauts, le menton barbouillé de rouge à lèvres. Une fouille de la cabine, jonchée de bouteilles de bière et d'eau-de-vie, rapporta un butin de cassettes vidéo pornographiques et d'objets analogues allant des menottes au sexe postiche en caoutchouc. Au poste, l'une des gamines murmura « quatorze » en roulant le « r », mais l'un des policiers qui avait une fille de cet âge sut immédiatement qu'elle exagérait.

Accroupi devant la remorque, John Clifford demanda par gestes à Carole si tout allait bien et celle-ci fit oui d'un pouce levé.

Trente-six heures plus tard, elle se faisait un troisième café dans la cuisine familiale, le dos tourné à sa mère qui sombrait au milieu d'un essaim de boules blanches : les mouchoirs en papier tirés machinalement d'une boîte pressée contre son sein. Le téléphone sonnait pour la troisième fois. Marie-Claude hocha la tête de gauche à droite. C'était probablement tante Lise, qu'Yves avait informée de la catastrophe. Elle seule avait vu son frère dans l'hôtel de la rue de Lausanne où il s'était installé depuis sa mise en examen. Elle était venue chercher une valise de vêtements et Marie-Claude, qui redoutait le regard de sa belle-sœur, avait été étonnée par sa discrétion et sa douceur. Les deux femmes avaient plié, en silence, des chemises et des pantalons assortis comme pour un départ à un colloque. Ou à une régate. On n'osait plus dire ce mot, qui avait tourné d'un coup à l'euphémisme sordide. Depuis dix ans, Denis et son collègue Jean-Paul Lüthi s'étaient envolés en juin pour la côte balte, mais était-ce pour assister à l'arrivée de la régate Volvo ou pour prospecter, dans ces bouges infâmes qu'on voit dans les documentaires, wagons de train ou baraques d'ouvriers divisés par des rideaux derrière lesquels des gamines hagardes, parfois évanouies, cahotent sous les coups de reins. Marie-Claude était passée du déni à son contraire et ne croyait plus en la moindre motivation nautique à ces voyages continuels qui avaient supplanté les vacances familiales dès qu'Yves et Carole eurent l'âge de sillonner l'Europe munis d'une carte InterRail. Elle parlait de « lupanar flottant », de « poules russes », et usait d'adjectifs plus sévères pour qualifier son époux, excepté toutefois celui de « pédophile », réservé dans son esprit à ces messieurs douceâtres et torves qui attirent, à l'aide de sucreries, de petits garçons dans les buissons du parc des Bastions. Dans les moments de détresse extrême, lorsque des bulles de salive en venaient à remplacer les mots, elle évoquait sa vie intime avec le père, les signes avant-coureurs du désastre qui faisaient regretter à sa fille de ne pouvoir, à l'instar des loutres et des phoques, clore hermétiquement ses canaux auriculaires.

La rage l'avait emporté dans un premier temps et Marie-Claude avait cassé, entre autres, le vase Lalique bleu acheté par Denis chez un antiquaire du VIIe arrondissement parisien où les deux jeunes mariés déambulaient la main dans la main, ainsi que quelques photographies encadrées de la même époque. Non sans délectation, elle était ensuite passée à la réplique du *Duchesse Anne* offert à Denis pour ses cinquante ans par ses amis du club nautique de Versoix – ainsi que le stipulait une plaque dorée apposée au socle du modèle réduit. Comme la coque, recouverte d'une épaisse couche de laque, offrait de la résistance, elle avait achevé le bibelot au marteau, abîmant au passage la commode Louis-Philippe héritée de sa grand-mère.

La ménagère qui sommeille en toute femme suisse reprit cependant bientôt le dessus et Marie-Claude passa les deux jours suivants à essuyer les éclaboussures du papier peint du salon et à aspirer des interstices du parquet les bouts de verre et la terre des plantes en pot.

« Ça va se savoir », reniflait-elle à présent, le front appuyé sur ses deux mains jointes. Carole lui assura que non. Les membres des forces de l'ordre étaient tenus à la même confidentialité qu'un psychanalyste. La mère leva les yeux au ciel.

Me Berthier, expert en procès scabreux que lui avait recommandé Grüber, l'appelait au moins deux fois par jour pour l'informer des progrès de l'affaire. À l'entendre, on allait échapper au délit aussi aisément que s'il s'était agi d'un dépassement d'horodateur. Son GPS positionnait le voilier à quelques dizaines de mètres de la frontière suisse au moment de sa saisie par les garde-côtes et Me Berthier espérait prouver, grâce aux calculs de spécialistes, que la dérive survenue entre l'abordage de l'embarcation et la confiscation de son système de géolocalisation plaçait celle-ci en territoire français, c'est-à-dire hors de la juridiction genevoise, qui outrepassait ainsi ses droits. Me Berthier comptait aussi, avec le transfert de l'affaire à la préfecture de Haute-Savoie, sur la réduction de l'âge de la majorité sexuelle de seize ans à quinze ans, non qu'il crût que les quatre filles rapatriées dans leur Vilnius natal aient cet âge, mais il serait plus facile de plaider la méprise de ses clients. Le président du CERN était intervenu auprès du gouvernement helvétique, lequel faisait pression sur l'ambassade de Lituanie. « Dans un mois, promettait l'avocat, tout cela sera derrière vous. »

Une question demeurait : fallait-il divorcer ?

Carole prit une gorgée de café, espérant que celui-ci la tirerait enfin de la torpeur du décalage horaire, et réitéra son soutien au choix de la mère, quel qu'il soit. Bien qu'ayant recommandé libéralement le divorce à une bonne soixantaine de patients et de patientes, Marie-Claude hésitait à l'adopter. Ce geste qui, dans son discours bien rodé de thérapeute féministe, semblait aussi simple que d'ouvrir une porte et de partir, aussi naturel que l'éclosion du papillon, lui était désormais impossible. Elle étreignait sa boîte de Kleenex, soupirait, marmonnait, et, pour finir, reversa une grande rasade de scotch dans son café. La pendule indiquait 8 h 45. Au fond, Mme Courvoisier avait toujours tiré fierté de la distance parcourue, des obstacles surmontés et méprisait l'abandon autant qu'un ultra-marathonien. Il lui coûtait aussi de rejoindre les rangs des femmes de soixante ans qu'on a plaquées pour deux de trente (ou quatre de quinze, pensa Carole). Elle abhorrait la perspective de samedis soir seule devant la TSR, de l'absence de blaireau dans la salle de bains, de grandes chaussures plates dans les placards. Et qui allait percer le mur pour y accrocher des tableaux ? Carole s'évertuait à contrer chacun de ses griefs : combien de samedis solitaires avait-elle passés depuis vingt ans ? Yves maniait la perceuse à la perfection. Lorsque la mère l'y acculait, elle poussait à l'absurde le ping-pong argumentatif : qu'est-ce qui l'empêchait de se racheter un blaireau ? Finalement, cependant, le sauvetage du mariage l'emporta sur un smash de Marie-Claude : « Ton père ne sait pas faire des œufs au plat. »

La Chevrolet n'en pouvait plus. L'aiguille de la température, qui semblait s'être installée dans la zone orange du cadran, grimpait perceptiblement vers le rouge et Cheyenne était encore à une heure de route. Suivant le conseil de John Clifford, Carole tourna le bouton du chauffage au maximum et ouvrit la fenêtre. Une odeur d'herbe fraîche envahit l'habitacle. Dans son dos, le soleil s'abaissait derrière le repli des Rocheuses traversé par une mince route sinueuse et si bosselée par endroits que la remorque, qui sautillait dans le rétroviseur, avait bien failli se renverser. À chacune de ses ruades, le châssis de la grosse berline émettait un barrissement de désapprobation. Enfin, la plaine apparut et la Chevrolet se fondit dans le flot tranquille de l'autoroute I-80, si droite qu'elle paraissait tracée à la règle à travers la rocaille et les touffes de stipe et d'aristide brassées par le vent. De tout l'après-midi, Carole n'avait aperçu que quelques portails de ranch plantés sur des chemins poussiéreux et sans fin. L'attelage avait traversé Montagne-Froide, Pierre-Chaude et Rivière-Verte, et puis Buford, Wyoming, et sa population d'une âme. Entre les deux, les rares agglomérations étaient signalées par des pylônes géants surmontés d'enseignes de fast-food dont le rouge et le jaune criards devaient avoir été conçus pour tirer le conducteur de sa torpeur rectiligne. Une voix nasillarde jaillissait d'une grille de métal rivetée au milieu de photos de menus. Gobelets de carton, sachets de sauce tordus et papiers recouverts de coulures de fromage s'empilaient sur le tapis du passager avant. Carole reprit une gorgée du café aqueux offert par la maison, jeta le reste par la fenêtre et encouragea la voiture, vieux cheval épuisé, d'une exclamation suivie d'une tape sur le volant. Les derniers rayons du jour dessinaient des fissures de lave dans les nuages et des rafales d'air frais annonçaient la fin de l'été quand le convoi s'immobilisa sur le parking d'un motel d'Ogallala, Nebraska.

Carole prit une douche, essaya d'appeler Lily Moore, commanda une pizza par téléphone et déplia une grande carte du pays sur le lit. Elle n'avait parcouru que six cents miles aujourd'hui. Il faudrait encore un jour et demi pour atteindre la ville de Cambridge située à mille miles d'ici dans le Kentucky. Avec son voisin du dessous, le Colorado, le Wyoming était le seul État parfaitement rectangulaire, dépourvu autrement dit de frontières naturelles, ses fondateurs ayant décidé qu'il s'étendrait entre les 41e et 45e parallèles nord et les 104e et 111e méridiens. On aurait d'ailleurs pu les soupçonner de ne jamais y être allés et d'être restés à Washington avec les ingénieurs qui conçurent un réseau de routes elles aussi calquées sur les lignes imaginaires des cartographes. Au fil de son périple vers l'est, la géographie se remettait à coïncider avec la réalité géologique, le tracé autoroutier se complexifiait pour finir, aux alentours de Boston et de New York, par former le gribouillis décourageant dont le voyageur européen a l'habitude. Carole écrasa sa cigarette sur le carton de la pizza dans un sifflement de graisse brûlée. À la télévision, le président parlait de l'axe du mal et de la nécessité, pour la paix planétaire et la bonne marche des affaires, de se réserver le monopole absolu des armes de l'Apocalypse. Comme d'habitude, les phrases composées de plusieurs propositions désarçonnaient le Texan, dont le regard venait de lâcher celui du citoyen pour partir à la poursuite désespérée du prompteur. Ne pouvant parler en lisant, il accentuait les mots qui ne devaient pas l'être et mâchonnait les syllabes finales. Sur les autres chaînes, des invités suant sous leur maquillage riaient sur des plateaux aux couleurs tapageuses, Magnum faisait crisser les pneus de sa Ferrari au coin de Waimanalo Beach et de fortes pluies étaient prévues pour le lendemain sur les comtés de Lincoln, Dawson, Custer, Buffalo et Sherman.

La remorque tanguait de droite et de gauche sous les rafales annonciatrices d'une tornade, à en croire la chaîne KQFR qui conseillait aux automobilistes de rester chez eux. Un film d'eau se reformait sur le pare-brise avant même que les balais n'aient terminé leur arc de cercle et les pensées de Carole, épuisée par dix heures de navigation par gros temps, en imitaient les poussives allées et venues. Elle avait reçu une lettre de son père juste avant de quitter l'Utah. L'épaisse enveloppe adressée aux « États-Unis d'Amérique » était restée quelques jours sur son bureau, puis Carole l'avait jetée sans l'ouvrir dans la boîte à gants de la Chevrolet. Son contenu probable d'excuses et d'explications ne serait guère moins obscène que des photos prises sur le *Pauli*. À Hannibal, dans le Missouri, la Suissesse sortit de l'autoroute pour aller voir la statue – assez laide – de son célèbre rejeton, Mark Twain, et se dégourdir les jambes au bord du Mississippi. Les aires de repos se ressemblaient toutes avec leurs distributeurs de thé qui sent le chocolat chaud ou le cappuccino, selon ce qu'a pris l'usager précédent, et leurs casiers à prospectus touristiques convertis en poubelles de fortune. Quelque part dans l'Illinois, en proie au sentiment de faire du surplace dans l'immensité de maïs, elle mit son paquet de cigarettes devant le compteur kilométrique et ferma les yeux.

« Je ne vous mentirai pas : il n'y a rien ici. Le Kentucky est une immuable prairie. C'est pour cela qu'on y a inventé la chanson "Joyeux Anniversaire", sans laquelle il serait difficile de distinguer le passage des années », fit Michel Lannezan en lissant des doigts sa barbe striée de filaments gris.

Le directeur du département de français de Stone University arborait des cheveux longs et une chemise indienne de jute aux manches retroussées sur de lourds bracelets d'argent. Il était parti étudier la philo avec Marcuse en Californie en 1965 et n'était jamais revenu dans sa Normandie natale. Il avait beaucoup fait la fête dans la maison de Jefferson Airplane à San Francisco et en 1969, à Altamont, avait même vu ce motard poignarder le gars qui voulait tuer Mick Jagger. (Son ex-femme, qui enseignait dans le département, ne perdait jamais une occasion de démentir ce second exploit.) Carole avait trouvé le Français penché sur son bureau, une loupe d'horloger rivée entre l'arcade sourcilière et la pommette, appliqué à dérouler le ressort spiral d'une montre acquise la veille au mont-de-piété. La table était jonchée de tournevis, de pinces minuscules et de flacons de liquides de couleurs variées. Elle reconnut, sous un chiffon imbibé d'huile, l'enveloppe contenant le contrat signé qu'elle avait envoyé par courrier express de Maxwell. Comme elle débutait le soir même son cours de français pour réservistes de l'armée, Michel Lannezan tenait à la mettre au courant. Un bon quart des étudiants de Stone ne pouvait orthographier correctement le nom du diplôme pour lequel ils s'étaient inscrits, un autre quart ne savait pas écrire le mot « grammaire » dans leur langue maternelle et les plus élémentaires règles d'accord resteraient pour la plupart de ces futurs licenciés ès lettres un concept assez vague et dont l'ignorance, comme d'ailleurs celle de l'usage des accents, ne prêtait à aucune conséquence sérieuse.

« Tout d'abord, jamais de zéro, ça chasse le client. Si les notes que vous leur mettez abîment leur moyenne générale, ces gaillards iront faire de l'espagnol. Ils risquent aussi de vous assassiner dans les évaluations qu'ils remplissent à la fin du semestre. Cela pourrait être gênant au cas où vous decideriez de faire carrière dans ce pays. Évitez également tout ce qui est contraignant, comme la grammaire ou l'apprentissage par cœur.

– Mais comment vont-ils acquérir le vocabulaire sur lequel ils sont interrogés chaque semaine ?

– Ils n'en acquièrent point. Ils sont capables de distinguer entre eux des mots revus la veille et de les réintroduire dans un texte à trous. Afin de leur faciliter la tâche, vous pouvez indiquer le nombre de lettres du mot manquant par des tirets bas…

– Comme au pendu ? demanda la nouvelle venue.

– Exactement. Cela dit, vous verrez qu'ils seront plus assidus pour le quatrième volet du cours. Je suis désolé, il s'agit d'un arrangement avec la garde nationale… »

Carole feuilletait la brochure de « French 111 » : des schémas en coupe de mitraillette avaient succédé aux images usuelles des manuels de langue. Un précis d'armurerie remplaçait les listes de fruits et légumes et un tableau de grades militaires celui des professions. Sur une des illustrations, un soldat pressait le canon de son arme sur la nuque d'un prisonnier agenouillé, les yeux bandés, un rictus de terreur aux lèvres.

« C'est affreux, fit Carole. Et en plus, je n'y connais rien !

– Aucune importance : l'armée fournit les questionnaires à choix multiples et les corrigés », répliqua Michel Lannezan en haussant les épaules.

Carole était rentrée à pied chez elle, au rez-de-chaussée d'une résidence en préfabriqué à deux étages, avec une baie vitrée donnant sur un bout de jardin ombragé par un saule. Elle avait vidé la remorque le matin même et, comme il lui manquait une table pour accompagner le canapé laissé par les locataires précédents, s'était décidée à recouvrir d'une tenture les cartons d'ouvrages de théorie littéraire. Alors qu'à Maxwell le flanc des érables tournait à l'orange et l'aube enveloppait les carrosseries d'un imperceptible voile de givre, l'été redoublait ses assauts sur Cambridge, Kentucky. L'humidité, qui atteignait les quatre-vingt-dix pour cent, recourbait les couvertures des livres qu'on omettait de replacer sur les rayons serrés de la bibliothèque et faisait transpirer les cuirs qui prenaient, au fond des armoires, des tons vert-de-grisés. L'après-midi, tous les bruits de la petite ville disparaissaient sous le ronronnement des climatiseurs ou les stridulations des criquets. Le soir venu, Carole, qui s'était assise sur les dalles de pierre chaudes de la terrasse, sursauta à la vue d'une étincelle dans l'herbe. Lorsqu'un autre éclair apparut à quelques mètres, elle se leva pour vérifier s'il s'agissait d'une allumette jetée par ses voisins du premier étage. Une constellation de minuscules étoiles filantes se forma sur ses pas. Immobile dans ce jardin lilliputien, elle tendit une main, sur laquelle une luciole finit par se poser. L'insecte réarrangea ses deux ailes en forme de coquille et alluma son arrière-train. Carole se pencha pour détailler le corps du coléoptère mais le halo vert de quelques millimètres qui baignait les ridules de sa paume disparut bientôt.

« Allons donc », murmura-t-elle.

C'est alors que le mâle darda ses énormes yeux noirs sur la chercheuse et, pour l'impressionner, fit clignoter son abdomen à trois reprises.

Le bras tendu, Jeffrey Baker s'élança sur le ballon blanc qui émit un son de cloche étouffé avant de s'écraser dans l'herbe à égale distance de ses collègues Jack et Michel, et de Mina, la secrétaire. Les trois échangèrent un petit sourire : cette fin de match ne venait pas trop tôt. Sur des chaises en toile, l'ex-femme de Michel Lannezan, Corinne, et la médiéviste Diana Bobesco applaudissaient. Si toutes deux méprisaient le sport et ne consentaient à se joindre à cette partie hebdomadaire de volley-ball que face aux supplications d'équipes en sous-effectif, elles affectionnaient ces après-midi de fin d'été qui leur rappelaient leur vie estudiantine dans les jardins d'Aix-en-Provence et de Bucarest. De l'autre côté du filet, Jeff Baker jubilait, une main haut levée dans laquelle ses coéquipiers, son épouse et deux étudiants en maîtrise, vinrent tour à tour faire claquer la leur. « Trop bon ! riait-il. Ah ouais, trop des barres ! »

Jeffrey Baker avait entendu cette expression quelques semaines plus tôt dans le métro Étoile-Nation. Il avait tiré un petit carnet de sa poche et discrètement noté les formules d'une collégienne au téléphone avec sa meilleure copine. Il revenait toujours de ses étés parisiens la bouche pleine de mots des rues, de tics journalistiques, de blagues de bande FM et autres *soundbytes* dont il épiçait ses interventions par ailleurs proférées dans un français sans accent et durablement expurgé de tout anglicisme.

Il existe, dans tous les pays où l'on émigre, des indigènes qui manient votre langue à la perfection et brassent les faits de votre culture comme un croupier les cartes. Jeffrey Baker (il disait : « J'ai frais Béquerre »), originaire du Connecticut, était l'un d'eux. Rien, des coulisses du festival d'Avignon à celles des ligues régionales de football, en passant par le temps qu'il faisait dans la Drôme, n'échappait à celui qu'on appelait dans le métier, et surtout dans son dos, un « Français professionnel ».

L'antithèse du Français professionnel est l'Américain francophone que ses obligations familiales empêchent de retraverser l'Atlantique et dont le parler, corrompu par celui des étudiants, par l'oubli, dérive lentement dans une direction que l'Académie ne saurait approuver. On s'y retrouve entre faux amis, à l'imparfait, dans une litanie de voyelles nasales incertaines séparées par des « r » roulés à l'anglaise. Persuadé d'ailleurs qu'ils allaient le trahir, Jack McNeil s'accrochait, se cramponnait à cet « r » uvulaire mi-alsacien mi-belge, lequel finissait dans sa bouche par l'emporter à grand fracas sur toutes les variantes paisibles de cette consonne. Après avoir aidé Michel Lannezan à enrouler le filet, Jack s'approcha du petit groupe formé autour de Jeff et de Carole. Une animosité sourde circulait entre les deux hommes qui se tenaient l'un l'autre pour respectivement incompétent et ridicule. Jeff, surtout, qui expliquait à sa nouvelle collègue comment l'équipe de France de volley s'était qualifiée aux jeux Olympiques d'Athènes, se serait bien passé de cet embarrassant miroir de ses origines qui s'entêtait à lui parler anglais, voire à user de ce vocabulaire de vestiaires sportifs composé de claques dans le dos et d'invectives plus ou moins vulgaires. Bien évidemment, Jack McNeil prenait un plaisir certain à malmener son jeune collègue, dont il martelait les épaules comme si ces coups répétés, pareils à ceux qu'on inflige au cul d'une bouteille de ketchup retournée pour en extraire la dernière goutte, devaient décrocher ces piteux appendices de francité : sourire ironique, moue ennuyée, longue mèche rabattue en arrière, lunettes à grosse monture noire.

Une double file d'étudiants apparut au bout de l'allée : huit jeunes gens et deux jeunes femmes revêtus du treillis de combat beige et tenant, comme l'impose le règlement, leur sac à dos de la main droite. À la fine touffe blonde qui surmontait leurs crânes rasés de près, Carole reconnut les deux réservistes qui dictaient la cadence de la procession : Tony Casey et Tripp Wilson, élèves de son cours de langue, dont les frères avaient servi en Irak et qui attendaient eux-mêmes avec une impatience non dissimulée le prochain conflit qui leur permettrait d'exprimer leur dévouement patriotique. Habitués à se traîner dans la boue sous des fils de fer barbelés et à monter la garde au zénith ardent, ils se pliaient sans protester à l'apprentissage obligatoire d'une langue étrangère, bien que ni l'un ni l'autre n'en reconnût l'utilité. À leur avis, l'histoire s'acheminait vers une planète anglophone aussi sûrement que ce cortège rythmé vers le baraquement qui abritait les recrues-étudiants de la garde nationale. Carole se détendit : ils ne l'avaient pas vue.

À cause d'un incident à son cours, la semaine précédente, Tripp et Tony étaient cités à comparaître au conseil disciplinaire de la garde. Le père du premier avait laissé deux messages sur le répondeur de l'enseignante, la suppliant d'intercéder en faveur de son cadet. Michel Lannezan s'en était mêlé et avait écrit au lieutenant-colonel chargé de l'affaire une lettre qui exonérait sa collaboratrice tout en dénonçant la montée en épingle d'un épisode d'autant plus dérisoire qu'il lui avait été révélé sur le mode de la délation. Contrairement à la population habituelle du cours de langue étrangère, la classe de réservistes ne comportait que trois jeunes femmes sur vingt et un étudiants. Or chaque chapitre de la méthode de français prévoyait des sketches, dialogues compassés regorgeant de verbes réflexifs ou de subjonctifs. Jusqu'ici, la plupart des saynètes avaient ménagé la possibilité d'un remplacement de ses actrices par des acteurs : le réceptionniste, le marchand de légumes, l'hôte de l'air, l'infirmier. Mais la leçon 15, sur les constructions hypothétiques, se terminait par la mise en scène d'une conversation entre parents inquiets des performances scolaires de leur rejeton. *Si Jean-Pierre travaillait plus, il aurait de meilleures notes.* Instinctivement, Carole se garda de proposer aux soldats le contexte du mariage gay, mais elle commit l'erreur de demander à certains d'entre eux de bien vouloir jouer le rôle de Mme Normand.

Tandis qu'elle circulait entre les rangs, s'efforçant d'ignorer les voix haussées d'une octave auxquelles répondaient des ricanements étouffés, elle remarqua que deux soldats demeuraient immobiles, les bras croisés et le regard fixé sur le tableau noir. Carole les interpella jovialement, mais aucun n'abandonna la posture prescrite en cas d'interrogatoire par l'ennemi. « Ouhou », fit l'enseignante en agitant une main devant le visage de Tripp, qui s'écria :

« *Yes, ma'am, yes !* »

La classe se tut et les yeux se posèrent sur les deux récalcitrants.

« Mais enfin, que se passe-t-il ? demanda Carole.

– Je ne veux pas faire la femme, répondit Tony après un moment.

– Bon, et vous alors ? »

Tripp se contenta de hocher la tête, le regard toujours rivé droit devant, le cou et les joues couverts de plaques rouges.

« Et si vous imaginiez, reprit Carole Courvoisier, que vous étiez le père et le grand frère de cet étudiant ? »

Tony fit une moue qui voulait dire « Pourquoi pas ? » mais Tripp se raidit davantage. La fin du cours venue, il se leva, mit ses affaires dans son sac à dos et quitta la classe sans se retourner. L'incident en serait resté là s'il n'avait été signalé aux supérieurs des deux jeunes gens par un(e) camarade de classe troublé(e) par cette insubordination. Le lendemain, ni l'un ni l'autre ne se présentèrent au cours – ayant été assignés au nettoyage des latrines après un footing forcé de vingt kilomètres en tenue d'assaut – et Michel Lannezan reçut un fax du lieutenant-colonel Harrison.

L'albatros est un oiseau de la famille des diomédéidés autrefois très recherché pour ses plumes destinées à la fabrication d'édredons.

« Ce n'est pas faux, soupirait Carole Courvoisier, mais de telles remarques n'ont pas leur place dans une analyse de texte. »

L'étudiante haussa les épaules. Elle voulait savoir pourquoi la dissertation sur laquelle elle avait passé son samedi et son dimanche n'avait pas remporté la note maximale. Carole parcourut la copie et pointa du doigt, les unes après les autres, les façons dont Jessica avait orthographié le titre du poème : l'albatross, l'albotros, l'albaros et l'alboutross.

« Ça n'est plus de l'imprécision, c'est du tir à la carabine ! Quant à la grammaire... »

Carole relut à haute voix les premiers paragraphes du devoir : à l'exception de quelques tentatives d'accord infructueuses, verbes, noms et adjectifs y cohabitaient dans une profonde et mutuelle indifférence. Jessica admit qu'elle avait passablement oublié le cours de français intermédiaire suivi l'année précédente, mais le fit cependant sur un ton qui indiquait que l'attente de son professeur était un peu excessive, voire déplacée, comme une question sur la guerre de Troie dans un examen consacré à Napoléon. En revanche, pas de problème, elle voulait bien enlever les commentaires taxonomiques et commerciaux, mais cela ferait retomber le devoir au-dessous de la barre requise des cinq cents mots. Carole fit un geste de la main qui signifiait « aucune importance » et escorta la jeune femme jusqu'à la porte de son bureau.

Dans le couloir, deux autres étudiants attendaient leur tour. Le plus grand vint à elle la main tendue, lui demandant comment elle allait avec l'entrain d'un agent immobilier. Les oreilles tuméfiées du jeune homme, sa nuque en rondin ne laissaient guère de doute à son sujet : Nate Winkler était capitaine de l'équipe de lutte de Stone University. À ce titre, il bénéficiait d'un certain nombre de privilèges, dont celui d'obtenir son diplôme, quelle que fût sa part prise à cette réussite. Car Nate, qui s'était inscrit à ce séminaire d'introduction à la littérature donné les lundi et jeudi, avait manqué toutes les séances du début de la semaine et un bon tiers des autres. Tantôt l'autocar n'était pas rentré à temps d'une compétition dans le Tennessee, tantôt ses blessures avaient nécessité l'intervention urgente d'un physiothérapeute, lequel n'exerçait manifestement pas en dehors de ces deux jours. Carole ne comptait plus les lettres et les messages du coach de son équipe, qui lui avait même récemment offert trois places pour un tournoi à Cincinnati ainsi que des bons pour des hot-dogs et des sodas. Michel Lannezan s'y était rendu avec ses fils.

Ce dernier venait d'ailleurs d'apparaître dans l'encadrement de la porte, à laquelle il frappa légèrement d'un doigt replié.

« Entre !

– Je ne veux pas te déranger, fit le Français, visiblement agité. Il faut absolument que tu passes me voir quand tu auras terminé.

– Bien sûr, mais pourquoi ? demanda Carole, qui redoutait une réprimande professionnelle.

– Pas d'inquiétude... J'ai quelque chose pour toi. Une surprise », ajouta Michel Lannezan, en ponctuant le mot d'un clin d'œil avant de se retirer.

Le geste agaça Carole, d'autant plus que son étudiant l'avait aperçu et lui infligeait un sourire de connivence sexuelle. Elle coupa court :

« Vous n'avez remis qu'un travail écrit depuis le mois de septembre. »

Elle agitait tout en parlant une composition sur le bonheur selon Rousseau qui traitait surtout du bonheur selon Nate, découvert à l'occasion d'un séjour à Cancún durant le « congé de printemps » que la plume littérale et malheureuse de son auteur avait transfiguré en « rupture de ressort* ». L'expérience introspective que ce dernier associait à ces vacances entre copains était inventée de toutes pièces. À en croire Nate Winkler, Maya Beach, qui est au tourisme estudiantin d'Amérique ce que Pattaya est à la pédophilie, n'avait été que nuances de bleu et pensées profondes sur fond de crépuscule marin.

« Vous savez que la côte de Cancún est orientée à l'est », observa Carole.

Nate éclata de rire et leva les deux mains en guise d'admission de son petit mensonge.

« C'est meilleur comme ça.

– C'est "mieux" comme ça.

– Oui oui, renchérit l'étudiant, qui n'avait pas senti qu'on le corrigeait.

– Bref, monsieur Winkler, je ne peux pas vous attribuer de note finale satisfaisante. »

Le lutteur fronçait les sourcils. Il ne comprenait pas tout ce que racontait cette femme, mais le ton de sa voix ne présageait rien de bon. Or l'échec n'était pas envisageable car sa famille entière avait pris les dispositions nécessaires pour assister à la remise de son diplôme, dans deux mois. Nate

* En anglais : *spring break*.

Winkler opta donc pour une « sortie de pont » digne des plus grands Turcs.

« Je bouge le meuble.

– Pardon ?

– J'ai un camion ! dit l'étudiant, content d'exhiber l'étendue de son vocabulaire. Je répare le tien aussi. »

Il mimait la torsion de clés anglaises, puis le va-et-vient d'un chariot devant lui.

« Je peux tondre ton gazon !

– Ce n'est pas possible », soupira son professeur en se levant pour reconduire à la porte le lutteur qui assurait posséder une tondeuse, ainsi d'ailleurs qu'une panoplie complète d'outils de jardinage, dont un taille-haie et une motobineuse.

D'un geste de la main, Carole invita le dernier étudiant à prendre place dans le petit fauteuil de son bureau avant de refermer la porte au nez du lutteur-déménageur-jardinier. Elle appréhendait cette entrevue. Elle avait convoqué Josh Frankel Jr car elle le soupçonnait d'avoir triché. Au milieu de paragraphes bourbeux, aussi visibles que si elles avaient été imprimées à l'encre fluorescente, de subtiles remarques sur l'« aporie romantique » ou la « transformation radicale de l'esthétique dominante » signalaient sans aucun doute possible l'emprunt illicite, le copier-coller qui avait depuis plusieurs années supplanté la rédaction dans les travaux d'étudiants. Il faut dire que cela rendait la corvée des corrections nettement moins assommante. Au lieu de saluer la bonne tournure, l'idée pétillante ou l'audacieuse comparaison d'un « Bravo ! » inscrit en marge, on se précipitait sur Google pour en vérifier l'originalité et, plutôt que de rentrer bredouille, le professeur de littérature se muait en fox-terrier, recourait à des moteurs de recherche de plus en plus complexes qui l'entraînaient d'un site à l'autre aux trousses de cette maudite « aporie romantique ». La trouvait-il enfin qu'il lui suffisait d'imprimer la page concernée, de l'agrafer à la bien nommée copie de l'étudiant et de remettre le tout au doyen. La tâche aurait été relativement aisée si le doyen n'avait été Josh Frankel Sr, le père du tricheur qui avait commencé par nier en bloc.

« "La souffrance et le mépris des hommes constituent un signe d'élection pour le poète qui en tire la matière de son œuvre", fulminait l'enseignante, ne me dites pas que c'est de vous !

– Si, murmura le garçon, un petit brun emballé dans un sweat-shirt portant le logo de l'université.

– Vraiment ?

– Oui, j'ai écrivé ça. »

Carole exultait.

« Et ça : "Charles Baudelaire sort des impasses du romantisme en le radicalisant", vous l'avez aussi "écrivé" ? Et quelles impasses d'abord ?

– Ceux du romantisme, comme je dis.

– C'est votre idée ?

– Elle est mienne, mentit le garçon.
– Et une “aporie”, vous pouvez me dire ce que c’est ? »

Il hésita quelques secondes et, à la surprise de l’enseignante, lâcha :

« Ça, non.
– Vous avez trouvé cela sur Internet, n’est-ce pas ?
– Non, pas de tout ! » s’écria Josh, comme s’il existait une gradation de la tricherie, un code d’honneur du plagiaire auquel il n’entendait pas déroger.

Carole acquiesça d’une manière qui invitait le garçon à poursuivre.

« C’est ma petite amie, admit-il, en recourant à cette appellation ridicule et surannée que les manuels de français continuaient à promouvoir.
– Ah. Je présume qu’elle se passionne pour les apories…
– Tout à fait, répondit-il sans comprendre, les joues marbrées de honte.
– Écoutez, monsieur Frankel, vous savez que cela est très sérieux. Pour tout dire, vous risquez une sanction très grave, voire l’expulsion. »

Le fils du doyen, qui redoutait surtout l’ire paternelle, faisait oui de la tête. Carole le congédia après lui avoir annoncé qu’elle prendrait sa décision avant lundi.

Au fond, une partie d’elle-même jugeait que c’était cher payé pour ces vers éculés qu’elle aurait volontiers retirés du programme. Elle allait demander conseil à Michel. Elle le trouva penché sur le mouvement d'une Rolex Oyster de 1962 qu'il tenait sous le halo d'une lampe articulée. Il retira sa loupe d'horloger et la replaça dans un tiroir dont il sortit une boîte en carton de petit format.

« Si tu savais le mal que j'ai eu à nous dénicher ça... »

Carole n'eut pas le temps de s'étonner. Michel Lannezan fit glisser la boîte dans la poche de son manteau et continua :

« Allez, viens, c'est presque midi et demi, je t'invite à déjeuner. »

Le restaurant était à deux cents mètres du bâtiment, de l'autre côté de l'esplanade centrale du campus recouverte de trente centimètres de neige fraîche. Les semelles crissaient sur le sel des allées et les étudiants, reconnaissables à leurs bonnets péruviens, hâtaient le pas pour échapper aux rafales de blizzard qui décrochaient les congères des gouttières et des branches de frênes. Michel Lannezan choisit une table à l'écart, se glissa sur la banquette recouverte de skaï beige et commanda un T-bone et des patates douces frites tandis que Carole se rabattit sur une salade César.

Elle lui raconta sa matinée, en particulier son dilemme à propos du tricheur.

« C'est comme le cyclisme professionnel, conclut le Français. On ne punit jamais les fautifs, juste les idiots ou les défavorisés dont les équipes ne peuvent s'offrir le dernier cri en manière de dopage. »

Il déchira des incisives un morceau de bœuf et poursuivit tout en mastiquant :

« Sais-tu combien de sites internet te vendent des dissertations, des chapitres, des thèses même ? »

Carole haussa les épaules.

« Des centaines, ma pauvre ! Un gars de Yale a soumis tout un mémoire de sociologie sur la violence carcérale qu'il avait acheté en ligne. On ne le sait que parce qu'il s'est repenti et a avoué, car, en principe, ces copies sont impossibles à détecter. Mettons que tu aies besoin d'une dissertation sur *L'Illusion comique*. Tu envoies le titre à l'un de ces sites avec ton numéro de carte de crédit et, vingt-quatre heures plus tard, pouf, tu reçois tes cinq pages, bien ajustées à ton niveau présumé.

– Mais elles sortent d'où, ces pages ?

– De partout : c'est bien le problème. À l'autre bout du fil un thésard fauché te rédige deux, trois paragraphes qu'il combine avec des emprunts de sources tirées de publications qui croupissent dans les réserves des bibliothèques… Comme le disent les sites : “100 % authentique”, c'est-à-dire absolument intraçable sur Internet. Et, du coup, ce sont les étudiants qui ne peuvent s'offrir ces services qu'on attrape ! »

Carole sentit son estomac se nouer. Elle retira un à un, machinalement, les anchois de sa salade.

« À ta place, je laisserais ce garçon en paix, continuait Michel Lannezan, qui avait retrouvé ses convictions trotskistes. Tu as mieux à faire. Il faut finir ton livre sur Duval, travailler à défendre ton hypothèse sur la transe créatrice.

– Oh, tu sais, soupira la Genevoise, je ne sais plus trop où j'en suis...

– Eh bien justement, je t'ai apporté de quoi faire repartir la machine », annonça-t-il en sortant la mystérieuse boîte de sa poche. Il en ouvrit le couvercle avec la cérémonie d'un maître d'hôtel soulevant une cloche d'argent. Carole aperçut, déposés sur un mouchoir en papier, des boutons végétaux, sortes de cactus miniature et doux qui rappelaient par leurs cinq plis en forme d'étoile les boutons de cuir ornant le manteau de mouton retourné de son père.

« Cultivés par un collègue du département de botanique... un spécialiste de l'asperge, figure-toi ! Mais motus...

– Il t'a donné ça ? demanda Carole en tournant le petit cactus de peyotl entre ses doigts.

– Oui, enfin, ça m'a coûté une caisse de bordeaux. »

La serveuse était venue débarrasser leurs assiettes et leur proposer le dessert du jour et du café.

« Non, du thé, s'il vous plaît, pour les deux », interrompit Michel Lannezan.

« Abracadabra », fit le Français en plaçant son poing refermé au-dessus de la tasse de sa collègue. Il ouvrit la main et le plouf très léger de deux boutons tombant dans l'eau se fit entendre. Il répéta la manœuvre de son côté de la table et recouvrit les deux tasses des soucoupes sur lesquelles elles avaient été servies.

« Mais tu es complètement cinglé ! s'écria Carole. Je travaille cet après-midi !

– Tu ne travailles pas vraiment : tu supervises le laboratoire de langues.

– Tu plaisantes ? Et si je tombe malade ? Ça m'a toujours fait baisser la tension ces choses-là... Ça ne me réussit pas du tout.

– Rien avoir avec le shit, fit le vieux baba cool. Des civilisations plus anciennes que la nôtre s'en servent depuis toujours pour s'éclaircir l'esprit et, comme disait Huxley, ouvrir les Portes de la Perception.

– Oui, d'accord, mais pas pour enseigner les Règles de la Prononciation.

– Écoute, je trouve essentiel que tu expérimentes l'altération de la personnalité... Imagine la puissance que cela donnera à ton argument ! C'est ce qui le rendra décisif, infiniment plus convaincant que les éternelles spéculations de tes homologues carrés au chaud devant leurs ordinateurs.

– Je veux bien, admit Carole, qui ne croyait guère aux mérites de cette approche symbiotique, mais je préférerais quand même attendre vendredi…

– Tu te trompes : l'expérience n'aura de valeur qu'en situation. Il faut que tu sois plongée dans ton quotidien, il faut un cadre de référence… Ça ne sert à rien de faire l'essai seule dans ta chambre un dimanche. »

Nonobstant le sourire amusé et sceptique de sa collègue, Michel Lannezan prit une longue gorgée de la décoction brunâtre dont l'aigreur le fit grimacer. Il versa trois sachets de sucre dans sa tasse et la finit en renversant la tête en arrière. Sans vraiment savoir pourquoi, par défi sans doute, Carole Courvoisier fit de même. Le goût de la potion, qui rappelait le savon industriel et le raisin de juillet, était tout bonnement atroce. Une vague de sueur nauséeuse lui descendit des tempes aux reins. « Respire », lui répétait Michel Lannezan, dont le visage avait également pâli.

Une heure plus tard, alors qu'elle ajustait les curseurs de la console qui lui donnaient accès aux micros des étudiants, la sagesse du projet de Michel lui apparut dans son éclatante évidence, par ailleurs indissociable de la rencontre de cet homme. En vérité, la contingence s'était évanouie de son univers et tout, des rangées d'étudiants qui lui faisaient face à celles des boutons du panneau de commande qu'elle fixait depuis plusieurs minutes, tout s'imposait à elle comme strictement nécessaire et réglé par un ordre implacable. Elle ferma les yeux et se délecta de cette idée. Du sens, il y en avait après tout ! Elle tourna un bouton et la voix d'un étudiant vint, à défaut d'un meilleur terme, « auréoler sa conscience », car les sons et l'espace partageaient désormais leur essence profonde. Le pauvre garçon décrivait ses maux à un hypothétique médecin.

« J'ai mal au dos, mon dos me fait mal, je me suis fait mal au dos.

– Je vous plains », dit l'enseignante, après avoir remonté le curseur de son micro au maximum.

L'étudiant, un grand rouquin, fit un bond et arracha les écouteurs de sa tête avant de rechercher la source de l'hallucination auditive. Il aperçut, sur la chaire, la Suissesse au sourire dilaté qui lui faisait « coucou » de la main. Puisqu'elle allait lui décerner la note sur laquelle il comptait pour rehausser sa moyenne générale, il agita les doigts comme les adultes prenant congé des tout-petits.

Carole se connecta ensuite à l'ensemble des micros des élèves et, les deux mains sur les oreilles, s'émerveilla de l'harmonie et des échos qui s'établissaient entre les vingt-quatre voix. Celles-ci, du reste, avaient cessé d'être superficiellement rattachées à leurs émetteurs respectifs, dont elles exprimaient au contraire des caractères plus profonds, eux-mêmes indissociables de telle chevelure blonde, de telle carnation, dentition, voussure.

La dernière partie de la leçon était basée sur l'écoute de chansons sélectionnées pour leurs vertus grammaticales : l'impératif (*Chante*), le futur (*Tu verras*), la subordonnée hypothétique (*Si j'avais un marteau*). À l'œil exorbité qu'il provoquait chez le fan de Linkin Park et Stone Temple Pilots, on savait exactement quand arrivait Claude François. Et pour suivre l'adage pédagogique qui veut que seule la pratique produise des résultats, l'écoute des chansons était suivie d'un karaoké des plus pénibles auquel les étudiants se pliaient en murmurant les paroles affichées sur leur écran. En général, Carole, qui chantait mal et ne se risquait pas hors de l'intimité absolue de sa baignoire ou de sa voiture, les laissait faire, mais aujourd'hui, au contraire, il lui paraissait essentiel qu'ils terminent correctement l'exercice. Afin de donner l'exemple, elle se mit à fredonner la rengaine de Nougaro en ayant pris soin non seulement de brancher son propre micro sur les écouteurs de ses élèves, mais de désactiver leur capacité d'en contrôler le volume. Les sourires se propageaient sur les vingt-quatre visages tournés vers elle. Nate Winkler, qui trouvait cette femme décidément dérangée mais divertissante, se mit à battre des mains et fut bientôt imité par ses camarades. Encouragée, le professeur roulait les « r » comme un acteur des années vingt, et promettait à sa compagne de la réveiller, de crever leur sommier, etc., jusqu'à la fin des mondes. Elle termina aussi fort que sa voix le lui permettait, en dédoublant, à l'instar de son auteur, la syllabe du dernier mot, avant de se fendre d'une profonde révérence accueillie par des applaudissements.

Au début du mois de janvier 2003, le sous-secrétaire à la Défense déclara que partir en guerre sans les Français c'était comme aller à la chasse au cerf sans accordéon. Du Nevada au New Jersey, les restaurateurs vidaient dom pérignon et château margaux dans les toilettes tandis qu'une station de radio retransmettait l'exaltation des citoyens assistant au broyage de pots de yaourt Yoplait, de baguettes et de bouteilles de Perrier sous les chenilles d'un tank M1A2. Les désinscriptions commencèrent peu après. Les étudiants rencontrés dans les couloirs évitaient votre regard ou vous annonçaient qu'ils ne pourraient suivre la seconde partie de votre cours pour cause de « conflit horaire ». Même le cours « Rap et poésie » de Jeff Baker tomba sous la barre des dix inscrits, et l'on dut annuler, faute de participants, le séminaire sur Camille Duval que venait de proposer Mlle Courvoisier. D'autres membres du département trouvèrent des graffitis grossiers sur le tableau noir de leurs salles de cours et la carte géante de l'Hexagone suspendue dans le couloir se vit lacérer sans merci. Mais c'est au mois de mars que les choses se gâtèrent.

Un étudiant dont le grand-oncle était mort à Omaha Beach prit violemment à partie Michel Lannezan qui s'était déclaré pacifiste. L'affaire se serait arrêtée là si Corinne Minard n'avait eu à peu près au même moment un geste humiliant pour une étudiante venue en classe à l'occasion du mercredi des cendres le front dûment croisé de noir. Or celle-ci était non seulement amie avec le petit-neveu en question, mais également la filleule du lieutenant-colonel Harrison, auquel elle s'était dépêchée de rapporter l'incident qui avait pris des proportions inattendues et résumait, dans l'esprit de la majorité des résidents de Cambridge, Kentucky, le « problème français », en l'occurrence l'athéisme. Corinne Minard, elle, n'avait cessé de présenter des excuses et de clarifier ce qui relevait d'un malentendu, ou plus exactement d'une distraction de sa part qui lui avait fait prendre le symbole du sacrifice chrétien pour une simple tache de rimmel ou de cambouis. Si Bethany n'était pas arrivée en avance en classe, d'ailleurs, mais accompagnée de ses camarades pareillement marqués, le Pr Minard se serait souvenue du rituel pascal et ne lui aurait pas offert un Kleenex pour s'essuyer le front.

Dans une lettre ouverte au président de Stone University, le lieutenant-colonel s'était écrié qu'on n'effacerait pas la foi comme cela. Il invitait l'université entière à se méfier de ces enseignants français qui, après avoir banni de leurs classes de pauvres filles voilées, cherchaient à infliger le même sort aux étudiants chrétiens de l'université. Avec la verve enragée du prédicateur, il condamnait une culture qui encourageait l'avortement et l'homosexualité – une référence, sans doute, à l'incident survenu dans le cours de Carole quelques mois plus tôt. À le lire, on aurait pu croire que les Français avaient inventé l'adultère. Est-ce un hasard, demandait le lieutenant-colonel, si l'anglais ne possédait pas de mot pour le concept de « ménage à trois » ? Celui-ci exhortait pour finir le président de Stone à fermer temporairement le département de français. Or Wilbert Wagstaff n'en fit rien, non qu'il fût francophile, mais parce que cette mesure ne devait déboucher que sur le chaos. Si l'on annulait les cours de français, on s'exposait à la colère des étudiants déjà inscrits auxquels des crédits chèrement payés seraient « volés ». Et si l'on décidait de leur accorder ces U.V. *in absentia*, il faudrait affronter le mécontentement des autres étudiants de l'université qui, eux, s'étaient échinés à étudier l'allemand ou les statistiques pour le même résultat. Bref, c'était échanger son cheval borgne contre un cheval aveugle.

Le lieutenant-colonel s'arrangea pour coincer Wilbert au *faculty club* et lui demander si on ne pouvait pas malgré tout inciter les étudiants à suivre les cours d'une autre langue que le français. Le président se tourna vers son vieil ami Frederick Wells, dentiste, avec qui il déjeunait le mardi, et lui demanda ce qu'il en pensait. Fred déclara que cela ne pouvait être l'espagnol, trop ancillaire, et les deux hommes approuvèrent en silence. Langue des ancêtres de la plupart des ressortissants du Kentucky, l'allemand fut également écarté car trop difficile avec ses verbes en queue de train. Le militaire exclut à son tour les langues de l'ancien bloc de l'Est et, pour des raisons analogues, le japonais. Aucun ne songea au chinois, même si tous les trois portaient une culotte assemblée dans la province du Fujian. Il ne restait donc que l'italien, âme d'une culture dont même les étudiants de Stone, observa Wilbert Wagstaff, connaissaient les icônes : la chapelle Sixtine...

« Léonard de Vinci, la Ferrari, renchérit Fred Wells.

– La pizza », acheva le militaire.

Michel Lannezan, dont la réponse enflammée venait de paraître dans le *Stone Chronicle*, était assailli de toutes parts : trois biologistes et un chimiste membres du Comité national des scientifiques chrétiens se fendirent d'un plaidoyer aussi douceâtre que spécieux en faveur de la recherche guidée par la foi ; d'autres étudiants et membres du personnel brandirent la mémoire de tel ou tel ancêtre terrassé sur une plage de Normandie. Mais la lettre la plus ennuyeuse provint d'un enseignant d'histoire et rappelait que le soi-disant sauveur des États-Unis, le marquis de La Fayette, avait gagné la côte américaine travesti en femme après avoir abandonné la sienne, enceinte de surcroît !

« Vous avez vu qu'un groupe de crétins du Tennessee veut nous rendre la statue de la Liberté ? annonça Corinne Minard en enlevant son manteau.

– Hmm hmm, répondit Jack McNeil, encore heureux qu'ils soient trop radins pour payer les frais d'envoi ! »

Ses collègues accueillirent la boutade d'un rire bref. Michel Lannezan avait tenu à réunir d'urgence le département afin de discuter de la stratégie à adopter face à la montée d'hostilité dont ils faisaient l'objet.

« Un mot d'ordre : le charme. Soyons aussi gracieux que des hôtesses de l'air en attendant la fin de la turbulence. Ajustez vos barèmes : nous ne pouvons pas nous permettre de contrarier le moindre des étudiants qui nous reste.

– Puisque tu parles d'hôtesses, Michel, pourquoi ne pas leur servir des choses agréables de temps à autre ? suggéra Diana Bobesco, qui était un bec fin.

– Tu es folle, ils ne sont pas en âge de boire du vin ! protesta le chef du département.

– Mais non… je veux parler de friandises. Il y a cette épicerie française à Cincinnati qui vend des fromages importés, des calissons, du Nutella et…

– Le Nutella, c'est dégueulasse et c'est même pas français ! s'interposa Corinne. C'est genre cinquante pour cent de matière grasse, un truc à vous rendre obèse…

– Et à base d'huile de palme », renchérit Jeff Baker, qui se piquait de développement durable.

La médiéviste roumaine leva les mains :

« OK, OK. Et des biscuits "Petit écolier" ? Ils en vendent aussi… »

Michel Lannezan rappela ses collègues à l'ordre.

« Et si on trouvait quelque chose de plus sérieux… Des idées… Une série de conférences sur des idées françaises qui se trouvent au cœur de la culture américaine… Je ne sais pas : l'influence du *Contrat social* sur la Constitution des États-Unis ?

– C'est une bonne idée, remarqua Jack McNeil, mais on risque de nous reprocher de minimiser l'impact de Locke ou de Kant.

– Et puis Rousseau était helvète, précisa Carole, laquelle s'était d'ailleurs lâchement cachée derrière cette origine depuis le début de la crise, car beaucoup d'étudiants de Stone plaçaient la Suisse dans les Alpes de Scandinavie.

– Oh, c'est comme Godard, personne ne le sait, fit Corinne Minard.

– De toute façon, annonça Jeff Baker, je crains que cela ne débouche sur un débat compliqué. Restons simples. Pourquoi ne pas nous en tenir à des inventions françaises ?

– Comme quoi ? Le Concorde ?

– Mais non, Jack, soupira le jeune spécialiste de théorie littéraire. La photographie ! Le cinématographe !

– On sait, on sait...

– La pile électrique ! L'allumette ! Le stéthoscope ! »

C'était une éjaculation, pensait Jack, consterné par la base de données inutiles qui tenait lieu de cerveau à son collègue.

« Le braille, la pasteurisation !

– Ça suffit, Jeff, dit Michel Lannezan qui commençait à regretter cette réunion, dont rien ne bon ne sortirait.

– La montgolfière !

– Ah oui, très utile, ça », persifla Corinne Minard.

Jeff ferma les yeux, puis s'exclama :

« La déconstruction ! »

On pouffa.

« Eh quoi ? Tu crois sincèrement qu'un colloque sur Derrida va faire remonter nos effectifs ? demanda Carole.

– Vous pensez que c'est de la confiture aux cochons ? s'enquit Jeff, toujours ravi d'étaler son savoir idiomatique.

– En parlant de cochon, reprit Diana, je suis certaine qu'on irait plus loin avec une dégustation gastronomique. J'ai une recette de pâté en croûte…

– Vraiment ? s'enquit Corinne, qui était lyonnaise d'origine. C'est vrai qu'un bon cervelas truffé ou de la rosette… »

La nostalgie de la charcuterie s'empara des deux femmes. Une demi-heure plus tard, elles avaient convaincu leurs collègues de la nécessité de réhabiliter la France par le palais. En dépit de la résistance de Michel Lannezan et de Jeff Baker (qui était végétarien), les enseignants convinrent de se répartir les tâches. Diana ferait son pâté, Corinne se porta volontaire pour commander de Paris par FedEx du pain Poilâne et Jack apporterait une tarte tatin. Quant à Carole, elle demanderait à sa mère de lui envoyer un paquet de caramels à la double crème de Gruyère sur lesquels la dent dure de leurs adversaires ne pourrait que fondre.

En sortant de la réunion, Carole Courvoisier repassa au bureau central et jeta un coup d'œil à son casier. Une lettre qui n'y était pas à 9 heures ce matin attira son attention. Elle reconnut le nom de l'expéditeur, l'ouvrit d'un pouce glissé sous le rabat, en tira une page qu'elle déplia. La secrétaire, qui déjeunait devant son ordinateur, accourut lorsqu'elle la vit s'effondrer dans un fauteuil.

TROISIÈME PARTIE

L'Ourse était une femelle grizzly de deux cent trente kilos. Elle avait été heurtée par un camion sur l'autoroute de Klondike, quelque part entre le lac Lewes et Carcross. Il n'avait pas été difficile de suivre les traces ensanglantées dans la neige et, jugeant ses blessures guérissables, deux rangers avaient choisi de la tranquilliser, puis de la faire héliporter dans une clinique vétérinaire de Whitehorse, capitale du Yukon. Même si l'on était habitué aux ursidés, la présence d'un grand brun dans un endroit que fréquentaient surtout les *mushers* et leurs malamutes, akitas ou huskies dérangeait la routine. Les chiens, alertés par l'odeur de plantigrade, n'en finissaient plus de chanter leur inquiétude. Pendant ce temps, secrétaires et assistants se relayaient pour se prendre en photo devant la bête assoupie, une main légère sur son garrot ou la joue rapprochée de sa lippe molle d'où pendait une énorme langue rose. Une fois la plaie de sa patte arrière gauche recousue, l'Ourse fut installée dans la plus grande cage du chenil. Durant quatre jours, elle refusa de se nourrir, et détournait ostensiblement la tête de tout visiteur. Le sol de son enclos était jonché de carottes, de pommes, de biscuits, et d'autres aliments que le personnel de la clinique jugeait bon pour elle. Mais l'Ourse dédaignait même les beignets au sucre. Un jeune aide du nom de Roy, idéaliste perdu dans cette contrée de chasseurs de gros gibier, en vint à penser qu'elle y reconnaissait le vil appât dont se servaient les braconniers pour massacrer ses semblables. Un matin, cependant, la femelle s'était levée en poussant un soupir proportionnel à sa taille, s'était approchée d'une orange qu'il lui avait apportée et l'avait auscultée d'un museau vibrant, aussi mobile que celui d'un tapir, avant de poser délicatement une patte sur le fruit dont la pulpe jaillit de toutes parts. Sans se dépêcher, l'Ourse en recueillit le suc, puis, usant de ses griffes comme d'une fourchette, elle attrapa le melon que Roy avait fait rouler jusqu'à elle et le dégusta en laissant de côté pépins et écorce. Elle respirait bruyamment, haletait presque, sous sa profonde robe amande et miel. Le ranger qui l'avait repérée avait immédiatement reconnu la femelle à la façon dont sa fourrure dessinait un éventail, voire un cœur, autour d'un museau plus court que celui du mâle, et souvent moins balafré. Sa lèvre inférieure, relâchée, formait un « u » qui soulignait l'étonnement de ses petits yeux ronds. À la fin de l'été, trois employés du bureau de la pêche et de la chasse avaient retrouvé la directrice de la clinique de Whitehorse dans la salle d'attente. Le quatrième fumait une cigarette, le dos appuyé à la portière du *pick-up truck* d'un parc national voisin, auquel était attelée une remorque à deux roues surmontée d'un cylindre d'acier peint en blanc. Une grille épaisse en bouchait un côté, tandis que l'autre portait une sorte de cadre de guillotine dont le couperet aurait été remplacé par une plaque de tôle. Un système de poulies permettait aux rangers de se tenir à l'abri, dans l'habitacle de leur camion, alors qu'ils rendaient les ours captifs à leur habitat naturel. Terrorisées, les bêtes attendaient rarement que le battant soit entièrement remonté pour bondir hors de cette capsule. Certaines se jetaient même sur le plus petit rai de lumière avec tant de force que la remorque tout entière rebondissait sur ses pneus.

Mais l'Ourse ne bougea pas.

On patienta. Au bout de quelques minutes, l'un des rangers tira une balle de caoutchouc en l'air ; un autre, au mépris des consignes de sécurité, assena un grand coup de pelle à neige sur le cylindre. En réponse, l'Ourse expira furieusement.

On décrocha le plateau-remorque du camion de façon à le faire basculer de dix degrés en espérant que l'inconfort délogerait la bête. Celle-ci carra aussitôt ses talons dans un creux de la tôle ondulée et demeura immobile. Le commandant du parc étant inaccessible, on rappela la directrice de la clinique vétérinaire qui se montra intraitable. Elle ne voulait plus de ce loup dans sa bergerie. Les deux rangers avaient certainement eu vent du carnage survenu à la course de Susitna, où un ours polaire que le réchauffement poussait vers le sud en quête de pitance s'était sustenté des vivres d'une équipe et des deux braves chiens qui s'étaient interposés. Non, l'Ourse était bien gentille, mais elle nuisait aux affaires.

Le refuge d'Anchorage était plein et il était improbable que les grizzlys du zoo de Fairbanks ou de Calgary, à en croire le directeur de ce dernier, acceptent de céder une portion de leur territoire à une nouvelle venue âgée d'une dizaine d'années. Roy avait entendu parler d'un type, à Sitka, un vétéran du Viêtnam un peu cinglé qui accueillait des animaux blessés dans son refuge. Sitka avait beau être la quatrième ville d'Alaska, il ne fut pas difficile d'y retrouver Douglas Fern. Non seulement l'agglomération ne comptait que mille neuf cent deux habitants, mais l'homme avait ses partisans, dont les restaurateurs et hôteliers qu'il débarrassait de leurs détritus périssables, et ses détracteurs, en l'occurrence des voisins angoissés par la perspective de retrouver un loup ou un puma échappé sur le pas de leur porte. Coup de chance : Douglas Fern venait de faire piquer Lester, un ours noir arthritique de trente-deux ans qui léguait ainsi son enclos spacieux et équipé d'une piscine ronde à la nouvelle arrivante.

Pas de salle d'arrivée ni de convoyeur à bagages. Le pilote vous laissait là, sur le tarmac, après avoir extirpé votre sac de la queue de l'avion et dit au revoir avec la désinvolture d'un chauffeur de taxi. On ne le considérait pas autrement, du reste, dans ce coin du pays dépourvu de routes. Les autochtones faisaient appel à lui pour rendre visite à une sœur sur l'île de Ketchikan, au sud, ou aller consulter un radiologue à Juneau. Carole avait passé cinq heures dans l'aéroport de cette ville avant de pouvoir embarquer, suffisamment pour apprendre par cœur le contenu des rayons de l'unique boutique qui proposait cartes postales, aspirine, porte-clés, lunettes solaires et romans sentimentaux sur le même présentoir rotatif. En quête d'un souvenir à envoyer à tante Lise, elle examina longuement les objets confectionnés par les artisans des tribus inuits et aléoutes avant de se rabattre sur un ours polaire taillé dans du jade.

Elle prit soin de gratter, de l'ongle, l'autocollant doré qui en déclarait la provenance (chinoise). Enfin, sur une carte de la ville de Juneau, une douzaine de rues réparties des deux côtés du fin bras de mer qui séparait le continent de l'île Douglas, elle repéra l'hôpital où Lily Moore s'était éteinte une semaine et demie auparavant, et Camille Duval un jour de novembre 1974.

Lily n'avait donné qu'à son frère les détails de l'avancée de son cancer, dont les métastases avaient gagné le cerveau. Au printemps, alors que Carole la croyait installée dans la maison de Cannon Island, elle suivait un traitement expérimental à l'hôpital universitaire de Seattle où Frank Moore dirigeait le service orthopédique. Profitant d'une diminution des nausées qui l'accablaient depuis le début de l'année, Lily avait demandé à rentrer chez elle afin de mettre de l'ordre dans ses affaires. Frank et sa femme l'y avaient accompagnée, et ce sont eux qui avaient apporté à Me Siminski le carton destiné à Carole. L'accalmie fut de courte durée. Les convulsions ayant succédé aux vomissements, on avait commandé un hélicoptère qui s'était posé sur le toit de l'hôpital de Juneau quarante minutes plus tard. Lily, victime d'une hémorragie cérébrale, n'avait pas repris conscience. Libéré des serres de la douleur, son visage était serein, rajeuni presque, et, n'étaient les saccades de son thorax gonflé et dégonflé par le respirateur, on aurait pu la croire endormie. Au même moment, Susan arrivait au guichet d'embarquement du vol Orlando-Seattle et, le lendemain, les deux cadets Moore prirent chacun une main de Lily lorsqu'un médecin vint, sans un mot, éteindre la machine. Pendant quelques secondes, la prise se raffermit, et Susan pria pour que sa sœur ne fût pas comme ces condamnés à mort qui traversent, paraît-il, d'atroces souffrances sous un masque impassible, les muscles faciaux paralysés par une injection de pancuronium.

Les trois survivants s'étaient rendus d'un pas mal assuré dans un bar qui jouxtait l'hôpital. Après quelques gorgées de scotch, Susan avait rompu le silence : elle pouvait prendre quinze jours de vacances et rester en Alaska jusqu'à la fin du mois pour s'occuper de la succession de leur aînée. Frank sortit son portable afin de contacter le notaire mais n'obtint pas de réception, car on était au fond de la vallée de Gastineau. Sa femme, Jill, leur rappela qu'il ne faudrait pas tarder à réserver des places sur le ferry de Sitka, pris d'assaut par les touristes à l'approche des fêtes du Memorial Day*. Tout était bon, et l'agitation pratique et l'alcool, pour tromper la mort qui flottait au-dessus de la table. Restait la question de la maison de Cannon Island. Frank et Jill, qui en avaient parlé quelquefois depuis l'annonce de la maladie, furent soulagés de voir que Susan ne tenait pas

* Le « Memorial Day » est un jour de congé officiel aux États-Unis, célébré chaque année le dernier lundi du mois de mai.

particulièrement à ce lopin situé au bout du monde. Enfin, Frank se chargerait d'avertir cette spécialiste de littérature suisse à laquelle Lily avait légué un carton de notes.

Carole avait loué une chambre dans une caserne du début du siècle transformée en hôtel et perchée sur une butte de terre où, çà et là, à l'ombre des bâtiments et des véhicules, gisaient de grandes plaques de neige. La forêt d'épicéas géants, au balancement mou, formait un rempart contre la brise arctique. Sa valise à peine déposée, elle ouvrit les fenêtres au triple vitrage, alluma une cigarette et saisit l'annuaire qui se trouvait sous une bible et des brochures touristiques périmées. Les abonnés aux noms commençant par « sim » n'occupaient qu'une page, dont le cinquième correspondait à une publicité pour Garrett Siminski, avocat du barreau de l'Alaska, expert en droit familial (divorce, pensions alimentaires, violences conjugales, succession). Comme Carole l'avait redouté, un message enregistré annonçait la fermeture du cabinet pour le week-end de fête. Elle se résolut néanmoins à composer le numéro d'urgence indiqué par le répondeur. Un homme décrocha après six ou sept sonneries et elle dut éloigner de son oreille le fracas dans lequel se noyait sa voix. Me Siminksi, qui pêchait le flétan à deux milles de la côte, se radoucit lorsqu'il comprit qu'il avait affaire à un héritier. Il présenta ses condoléances à Carole entre deux rafales de vent et lui donna rendez-vous le mardi suivant à midi.

On était vendredi. Carole Courvoisier descendit au port où elle prit un sandwich, le col remonté, sous des nuages si bas qu'ils effleuraient les sommets de l'archipel et décoraient de bandes grises leurs sombres flancs d'épines. Le ciel avait la teinte de l'eau. Un totem tlingit, devant la vieille église Saint-Michel en bois, témoignait autant du désir de s'élever au-dessus de ce paysage écrasant que d'un besoin de couleurs, dont les longs hivers et les printemps boueux privaient les habitants de la région. Sur une carte accrochée à la façade de l'office de tourisme, Carole repéra l'île où Camille Duval avait acheté sa dernière résidence en 1965. Cannon Island était attachée à la grande île de Baranov par deux ponts qui prenaient appui sur un îlot sans nom auquel elle arriva un quart d'heure plus tard.

Comme les autres îles disséminées dans la baie de Jamestown, Cannon Island formait une bosse surmontée d'une touffe de hauts pins qui lui donnait l'air d'une plante en pot. La route n'étant plus goudronnée, Carole continua en zigzaguant entre les fondrières remplies d'eau, enjamba la chaîne barrant le sentier qui traversait la forêt et entreprit de monter jusqu'au cœur de l'île. Durant la descente sur le rivage, de l'autre côté, elle manqua plusieurs fois de glisser sur des racines que l'humidité du nord-ouest rendait savonneuses, tout comme les pierres enduites de lichen qu'elle finit par contourner prudemment. Son pantalon était maculé d'éclaboussures et ses paumes colorées par l'écorce des branches auxquelles elle se rattrapait. Des fougères géantes enveloppaient la base des troncs où d'énormes champignons avaient accroché leurs dentelles de caoutchouc.

C'est alors qu'elle apparut, à une trentaine de mètres : petite bâtisse à un étage recouverte de bardeaux de cèdre noircis, plus vieille et fatiguée que sur les photos que Perrin avait fait publier dans sa biographie, encore que celles-ci, en noir et blanc et prises depuis la rive, ne montraient pas la mousse qui dissimulait par endroits le toit, les bardeaux manquants ou l'affaissement général de la charpente qui faisait qu'aucune fenêtre n'était exactement parallèle à ses voisines. Carole parvint à l'une d'elles en se faufilant entre une pile de pots de terre et les nœuds d'un long tuyau d'arrosage.

Ses yeux une fois ajustés au contre-jour, elle reconnut la cuisine à son réfrigérateur aux angles arrondis. Sur la table se dressait un vase vide et, en pressant son visage contre la vitre, on discernait l'évier de faïence où Lily avait déposé sa dernière tasse de café. De l'autre côté de la pièce, une porte et deux fenêtres donnaient sur un porche qui s'étendait sur toute la longueur de la maison. C'était le décor d'une des rares photographies de Duval, assis sur l'un des deux fauteuils à bascule qui en composaient tout le mobilier. À travers la porte vitrée, Carole examina le salon, la cheminée au manteau couvert de livres, l'escalier de bois, un canapé encombré de cartons. Elle frappa à un carreau, puis recula d'une vingtaine de mètres pour voir les fenêtres du premier étage, dont l'une était ouverte. C'est en se retournant qu'elle aperçut le long canoë vert reposant sur une bande de sable, une pagaie en travers comme si l'on venait d'accoster. Le vent s'était levé et ses rafales recouvraient les piaillements des sternes arctiques, haut dans le ciel.

Au moment où Carole distingua le ronflement d'un moteur, une Honda Passport rouge surgit au tournant de la maison, brinquebalant dans les ornières profondes avant de s'arrêter. Une femme en descendit, le visage masqué par des lunettes de soleil et de longues mèches de cheveux bruns agitées par la bourrasque.

« Je puis vous aider ? lança-t-elle avec l'ironie de la vendeuse s'adressant à un chapardeur potentiel.

– J'ai connu Lily, fit Carole, que l'embarras privait de voix. On m'a contactée. Elle a laissé des documents pour moi… »

Susan Moore ôta ses lunettes et s'avança, la main tendue :

« Pardonnez-moi, nous sommes tous un peu fatigués. Et puis ma sœur était très discrète, elle ne parlait presque jamais de ses connaissances. »

Cette rémission de solitude enchantait Susan, qui invita la Genevoise à s'installer sur la terrasse pendant qu'elle préparait du thé. La cadette Moore, qui continuait sa description tout en ouvrant les placards à la recherche d'une passoire, puis de sucre, était aussi prolixe que Lily avait été silencieuse.

« On ne savait quasiment rien de Lily mais, tant qu'elle était en vie, il y avait toujours la possibilité qu'elle se raconte. Maintenant, c'est trop tard... C'est ça, la mort. »

Susan décrivait à quel point le mystère de cette grande sœur les avait travaillés, Frank et elle. Comme elle n'avait jamais ramené de garçon à la maison, les deux cadets la plaisantaient cruellement sur sa virginité.

« Mais on a arrêté quand elle a fêté ses trente ans, car cela était peut-être encore le cas... Elle me disait : "Tu fais ça pour deux." »

Susan sourit, puis reprit :

« Elle est toujours venue seule à Burlington pour Noël. Ni homme, ni femme, personne. Enfin, à part ses chats.

– Et Duval ?

– Ça non, c'est sûr. Elle savait ce qu'on racontait à ce propos et cela l'amusait, mais je ne l'ai jamais entendue parler de lui qu'avec dureté, mépris même, pour un vieux tyran qui perdait la boule... D'après ce que j'ai compris, il exploitait notre sœur, qui lui servait d'infirmière, de valet, de secrétaire. Elle a fait beaucoup de recherches pour ses romans, ici et en Europe. Elle a passé des nuits à taper les notes de cet homme ou ce qu'il lui dictait. Vers la fin des années soixante, elle en a eu assez, mais elle était coincée : elle n'a jamais voulu avoir de métier, elle ne tolérait pas les horaires, les obligations. L'écrivain lui a laissé cette baraque et quelques sous, j'imagine, qu'elle faisait durer en passant l'hiver en Thaïlande ou à Baja, ou chez notre mère, en récupérant les fringues dont on ne voulait plus... Elle vivait entièrement de son jardin, là, et nous disait qu'elle n'avait pas assez de bras pour cueillir les framboises et les myrtilles du solstice d'été. Tenez... »

Susan se leva d'un bond, retourna dans la cuisine et en revint avec deux pots de confiture.

« Souvenir de Sitka ! Je sais que cela ne va pas faire avancer votre étude... J'espère que vous trouverez des choses plus intéressantes chez cet avocat. Dites-moi, je peux ?

– Bien sûr, fit Carole en lui tendant son paquet de cigarettes.

– Je ne sais pas comment elle a pu supporter cela, continua la sœur en expirant la fumée en direction des nuages qui roulaient maintenant de grandes taches d'ombre sur l'herbe. Ce climat, l'horreur. Une nuit de quatre mois. Le vide : un virgule deux habitant au kilomètre carré. Et ni téléphone ni Internet bien sûr. J'ai l'impression d'être ici depuis six semaines, pas huit jours... »

Elle rit doucement et Lily apparut dans les plis de ses joues. Susan était plus frêle, plus « féminine », diraient certains, et se teignait les cheveux. On bavarda encore un peu et, profitant d'une retombée de la conversation, Carole rapporta le plateau sur la table de la cuisine. Ses yeux croisèrent le vase aperçu tout à l'heure de la fenêtre, et qui n'en était pas un.

« Oui, je sais, fit Susan qui l'avait suivie, je suis désolée. J'aurais dû enlever ça. Je l'ai posé ici en rentrant avant-hier et, pour ne rien vous cacher, je n'ai pas osé y retoucher. »

Les deux femmes regardaient le récipient d'acier inoxydable décoré d'une petite plaque où l'on pouvait lire : Delilah G. Moore Dec. 24, 1935-May 15, 2003.

Un peu plus tard, l'urne serrée entre ses genoux, Carole se tenait au siège de bois du canoë que Susan poussait à la mer. En voyant l'incertitude passer sur le front de sa passagère, l'océanographe tenta de la rassurer :

« Cela fait quarante ans que je flotte sur ce genre d'embarcation. Nous n'allons pas couler. »

Elle expliqua ensuite que le canoë était son cadeau pour les soixante ans de Lily, qui n'avait cependant pas dû beaucoup s'en servir. Pagayer lui faisait mal au dos. Elle avait souffert toute sa vie des conséquences d'un accident de cheval et préférait la barque à moteur que Carole avait entraperçue dans le cabanon sur pilotis situé au bout du jardin.

L'évocation de cette douleur émut la sœur cadette, qui enfouit son visage dans un châle de laine. Carole l'entendit balbutier : « Merci. » Jamais elle n'aurait eu le courage de faire cela toute seule. Les rafales du Taku décrochaient l'écume de la pointe des vagues et les montagnes enserrant la baie accentuaient encore le sentiment de petitesse qui avait gagné les deux femmes. Susan tendit une main tremblante vers l'urne que Carole avait ouverte et l'on vit une volée d'hirondelles descendre du ciel pour inspecter les particules que le vent dispersait à la surface de l'océan.

Susan Moore insista pour ramener Carole, et les deux femmes se firent servir un cognac qu'elles burent en silence au bar de l'hôtel. La nuit, Carole se réveilla brusquement d'un rêve où, redevenue petite, elle aidait sa mère à confectionner un gâteau et se voyait fortement tancée pour avoir renversé la farine. Tandis qu'un courant d'air soufflait la poudre blanche dans tous les recoins de la cuisine, l'ire maternelle s'était transmuée en une sorte de dogue enragé dont il fallait fuir les crocs. Après avoir repoussé les couvertures de son torse détrempé, Carole s'aperçut que les aboiements étaient bien réels. Il s'y mêlait des hurlements, ou plutôt des chants semblables à ceux des loups ou des coyotes, ce qui était d'autant plus étonnant qu'ils ne provenaient pas de la forêt qui bordait le nord et l'est de l'hôtel. Le radio-réveil indiquait 3 h 52 mais un rai de plein jour divisait les rideaux. Sans qu'elle sût pourquoi – et elle se demandera longtemps ce qui l'avait rendue si téméraire ce matin-là – Carole enfila son jean, une paire de bottes, un sweater à capuche, glissa une barre de céréales dans sa poche et descendit l'escalier de bois de l'hôtel en faisant grincer les marches le moins possible. Lorsqu'elle atteignit la rive, le soleil émergeait de la cime des sapins.

Elle n'avait pas fait attention, la veille, à une bifurcation de la route sur l'îlot qui servait de culée naturelle aux deux ponts reliant Cannon Island à la côte. Les aboiements, qui émanaient d'une clairière en contrebas, redoublèrent à l'approche de l'étrangère et les pattes des chiens faisaient trembler les grilles des enclos. Le refuge de Douglas Fern, avec ses cabanes de bois en préfabriqué séparées les unes des autres par des clôtures de fil de fer, rappela à Carole les jardins familiaux de Genève où les habitants des grands immeubles venaient planter leurs tomates. Alors qu'elle s'approchait d'eux en leur parlant, quatre bâtards habitués à la collaboration humaine abandonnèrent leurs postures menaçantes au profit d'un accueil jovial et non moins strident, se poussant les uns les autres pour lécher les doigts qu'elle fit passer dans les losanges du grillage. Elle les retira pour déballer la friandise au miel, mais lorsqu'elle en plaça un morceau à portée des animaux, ceux-ci se mirent à humer l'air en tous sens et à quadriller la cloison de leur truffe. L'un d'entre eux, un mélange d'akita et de berger allemand, attrapa finalement la sucrerie tandis que ses compères continuaient à la chercher et Carole comprit à ses cornées laiteuses qu'il était, comme les autres, aveugle. Des jappements indignés s'élevaient des enclos voisins où la promeneuse alla répartir les restes de son petit déjeuner entre des huskies perclus de rhumatisme, des pitbulls arrachés à des rings clandestins et des chiens dont la compagnie avait simplement cessé d'être désirable. Un peu plus loin, deux rennes aux bois endommagés lors d'un cortège de Noël par un automobiliste éméché regardaient la scène avec la componction propre aux cervidés. Contrairement aux autres, le dernier enclos avait un toit et Carole s'en approcha pour voir quelle créature justifiait cette précaution.

Elle fit un bond en arrière. L'énorme animal se tenait à plat ventre, le menton sur une patte terminée par des griffes de quinze centimètres auxquelles le grillage, pensa Carole, opposerait autant de résistance qu'un ruban de paquet-cadeau. Mais partir en courant réveillerait sûrement le prédateur qui sommeillait sous l'épaisse fourrure. La biographe recula à pas légers dans la direction d'un jeune pin dont elle pourrait, au besoin, escalader les branches basses. Il restait à espérer que la lourde bête ne soit pas bonne grimpeuse. Celle-ci ne bougeait pas, se contentant de flairer cette visiteuse imprégnée de tabac, d'avoine et d'adrénaline et dont la chevelure rendait des effluves de camomille mêlés d'une multitude d'autres arômes, car le traversin d'hôtel est à la truffe de l'ours ce que la *Troisième Symphonie* de Mahler est à l'oreille du mélomane. Au bout d'un moment, la bosse qui surmontait les épaules de l'Ourse s'éleva, puis retomba dans un soupir qui envoya virevolter les feuilles et les brindilles qui tapissaient la dalle de ciment sur laquelle elle reposait. Enfin, la grande femelle s'assit, regarda à gauche et à droite avant de prendre son élan pour se dresser sur ses pattes arrière et toiser Carole Courvoisier du haut de ses deux mètres soixante.

« Gentil nounours », fit cette dernière, par réflexe et pour étouffer, surtout, la sensation ressentie au contact des petits yeux bruns, tout ensemble résignés, doux et pressants, une sensation de honte de sa propre liberté face à la bête encagée. Quelques instants plus tard, un homme apparut à l'autre bout de la clairière, une tignasse blonde et grise retombant sur un T-shirt élimé et les bras chargés d'un carton blanc et de sacs en plastique.

« Alors, vous aimez les ours ? » lança Doug Fern, de retour d'une boulangerie qu'il débarrassait de ses invendus. La visite aurorale d'une inconnue n'avait pas l'air de le surprendre. Il déposa son butin à terre pour tendre une main chaude et sèche à Carole. Sur ses avant-bras, des tatouages décolorés signalaient le vétéran du Viêtnam. L'Ourse, qui avait reconnu les chaussons aux pommes, les petits gâteaux au son et les bagels cannelle-raisin bien avant que les deux humains n'entament la conversation, s'était mise à arpenter son jardin de long en large en expirant de grosses bouffées d'air à chaque passage devant eux.

« C'est beaucoup dire, répondit Carole. Je n'en ai jamais vu de si près. Dans la capitale de mon pays, continua-t-elle par politesse, il y a une fosse pleine d'ours que les écoliers et les touristes vont voir après la visite du Parlement.

– Une fosse ? C'est plutôt là qu'on devrait mettre le président et ses ministres ! »

Carole sourit à cette sage boutade, souvent proférée en Suisse depuis la création du palais fédéral.

« Mais alors, reprit l'homme, comme s'il n'existait guère d'alternative, qu'est-ce qui vous intéresse ? »

Carole réfléchit un instant et répondit qu'elle aimait les histoires, ou plus exactement les récits. Son interlocuteur fit mine d'apprécier la nuance puis déclara sans la moindre ironie :

« Vous savez, dans cette partie du monde, il n'y a pas d'histoire sans ours. C'est un personnage aussi important que l'homme. »

Un franc sourire dessinait de profondes rides sur son visage buriné par le soleil de Saigon et vingt hivers au nord du 60e parallèle. Carole lui raconta en quelques phrases son enquête sur Camille Duval, une chasse dont le trésor était peut-être tout proche. Doug Fern, qui connaissait bien l'avocat

Siminski avec qui il allait quelquefois pêcher, lui recommanda d'aller le voir aussi tôt que possible car l'homme, mal remis de son divorce, commençait la journée à l'irish coffee. Lasse de le voir préférer à la sienne la compagnie de créatures à fourrure et à plumes, la femme de Doug Fern l'avait également mis à la porte. Après quelques meublés blafards, il s'était décidé à s'installer sur place.

« C'est plus pratique pour nourrir les bêtes et ainsi je suis au courant de ce qui se passe au refuge », ajouta-t-il comme s'il s'était agi d'une colonie de vacances.

Carole finit par comprendre qu'il occupait la cabane voisine de celle des chiens aveugles, qu'un pylône d'où partait un câble électrique distinguait des autres. Une famille de loups y avait résidé jusqu'à sa réintégration dans une réserve du Yukon, l'année dernière. L'Ourse, qui se serait bien passée de ces longues explications, avait cessé de faire les cent pas et se tenait, bien campée sur ses quatre piliers de fourrure, les yeux rivés sur le carton de pâtisseries, de longs fils de salive dégouttant de ses babines relâchées. Finalement, Doug se décida à l'ouvrir et saisit plusieurs muffins au son, qu'il déchira pour les faire passer à travers le grillage. Bien qu'elle préférât les chaussons aux pommes, l'Ourse engloutit tous les morceaux les uns après les autres.

« C'est bon pour elle, car elle sort de quatre mois d'hibernation et ses fonctions digestives ne sont pas encore complètement réactivées. Je vois que vous n'avez jamais entendu parler du pet de l'ours », poursuivit l'homme face à la moue étonnée de Carole. M. Fern se réjouissait de pouvoir lui révéler la façon ingénieuse dont la nature avait résolu le conflit potentiel de l'hibernation et de l'hygiène ursines. Lorsque le sommeil commence à leur peser sur les paupières, le grizzly et son cousin noir d'Amérique incorporent dans leur régime des aiguilles de conifère, de l'écorce de pin blanc et autres substances indigestes qui s'agglutinent au fond de leurs intestins et y forment un bouchon qui les dispense d'avoir à se réveiller et à braver – 40 °C pour aller à la selle. Le printemps venu, au contraire, l'ours sorti de sa tanière se précipite sur des mets riches en fibres qu'il accompagne de grandes bolées de neige afin de se débarrasser dudit bouchon à la faveur d'une vesse tonitruante dont le folklore a recueilli l'écho.

Lorsqu'elle parvint à la porte de son cabinet, Garrett Siminski refermait une flasque qu'il replaça dans un tiroir de son bureau. Il se leva d'un bond et vint à sa rencontre d'un pas exagérément décidé, comme ces automobilistes soupçonnés d'ébriété auxquels un gendarme a demandé de marcher sur une ligne blanche. Les documents remis par le frère de la défunte avaient été déposés au garage et il fallut cinq bonnes minutes à l'avocat pour retrouver et extirper le carton d'un amas de jerrycans et de glacières empestant le poisson. Sa secrétaire avait préparé une pile de feuilles qu'il fit glisser rapidement sous la plume de Carole en désignant d'un index tremblant la ligne où elle devait apposer sa signature ou ses initiales. Comme elle hésita à parapher le formulaire stipulant l'interdiction de la revente du legs, car elle pouvait en exclure la publication, Me Siminski ajouta d'une voix morne que les morts avaient en général du mal à faire respecter leurs dernières volontés.

Le carton qu'elle rapporta à l'hôtel était de ceux que les Américains appellent « boîtes de banquier » : un casier rectangulaire percé de deux anses et surmonté d'un couvercle au dos duquel Lily avait pris la peine de scotcher une carte postale, une vue du château de Tournon (Ardèche, XIVe s.).

> Je ne vous ai pas donné cela plus tôt car je n'étais pas sûre que cela vous serait utile. J'espère que vous me pardonnerez.
>
> LM

Le mot était daté du 5 mai, soit dix jours avant son décès. Certaines lettres, douloureuses à tracer, étaient enfoncées si profondément dans la fibre du papier qu'on les repérait au toucher sur la façade du château. Carole sortit délicatement de la boîte quatre enveloppes épaisses et un album de photos qu'elle posa côte à côte sur le lit de sa chambre. Elle demeura immobile, longtemps, assise en tailleur sur la moquette, égarée dans le vide qui séparait les phrases de Lily de la poudre éparpillée à fleur d'eau. Elle hésitait à franchir un pas qui, s'il devait consacrer sa quête, allait aussi l'anéantir.

Lorsqu'elle ouvrit l'album, sa reliure en cuir desséché émit un geignement. L'*ex-libris* de l'écrivain, inspiré du blason de sa famille (un chevron entouré des initiales C-F-D), avait été tamponné au verso de la couverture, en bas à gauche. Carole souleva doucement la feuille de papier de soie qui protégeait la photographie en noir et blanc d'une cavalière juchée sur un petit cheval à robe claire. Elle reconnut sa fille Sylvie derrière de lourdes Ray-Ban, et détailla un instant son pantalon fuseau, ses sandales et le paysage des marais qui s'étendait indéfiniment sous un ciel mitigé. On avait retiré de l'album la plupart de ses photos, dont seuls subsistaient les coins adhésifs. Carole tourna quelques pages vides avant de tomber sur une seconde photo de Sylvie, chaussée de skis cette fois, devant un chalet que l'illustre silhouette du Cervin, au second plan, plaçait à Zermatt. Il ne restait qu'une photo sur la page de droite : Sylvie assise sur un banc en compagnie d'une autre femme. Un château médiéval, pris entre un lac et un massif montagneux, formait le décor lointain de ce petit tirage aux bords dentelés. L'image suivante fit monter en Carole le trouble qui accompagnait la vue des scènes interdites, même si ce cliché de Sylvie riant, au lit, les draps remontés sur la poitrine – nue – ne comportait rien de foncièrement indécent. À moins que l'indécence ne soit du côté de l'objectif paternel, et que ne soient fondés les ragots d'inceste qui circulaient depuis toujours sur leur compte. Et puis, que figurait sur les photos qu'on avait éliminées de cette section de l'album ? La fille de l'écrivain réapparaissait deux pages plus loin, gonflant ici les joues de façon à imiter une tête sculptée sur une façade, et posant, là, au pied d'une colonne surmontée d'une Vierge à l'Enfant. Carole dégagea ce dernier tirage en couleur et le retourna. De sa plume épaisse, Camille Duval avait tracé « Vienne, mai 1964 » sur le papier glacé à l'estampille de Kodak. Lui-même n'apparaissait qu'une fois dans l'album, quelque peu avachi dans un des fauteuils aperçus sur le porche de la maison de Cannon Island, un bras pendant le long de l'accoudoir, les yeux clos, cillant sans doute à l'instant du déclic. Ses pieds étaient cachés par une boule de fourrure grise, le chiot aperçu ailleurs entre les bras d'une fillette qui devait être Mia.

Carole reposa l'album sur le lit et saisit la première des enveloppes. Elle déroula le fil qui reliait son rabat à une sorte de bouton de papier épais et en retira un bloc de feuilles que l'humidité avait scellées les unes aux autres et dont la première page, solennelle et dérisoire avec ses caractères de taille unique et soulignés à la règle, annonçait :

Camille Duval, <u>L'attente</u> (roman)

Le tapuscrit ! Instinctivement, Carole écarta les doigts pour n'infliger à l'objet sacré que l'empreinte la plus légère, pareille à celle du photographe maniant un tirage humide. Le papier, vieux de quarante ans, rendait une odeur de sous-bois. Carole tournait avec précaution les feuillets tantôt friables, tantôt agglutinés à leurs voisins, et relut le chapitre qui raconte le périple des Cheynel, la longue marche de Lyon à Genève sous un soleil accablant de fin août. Certaines phrases disparaissaient sous les zébrures rouges d'un crayon gras : des détails sur la fatigue et la soif des enfants, un arrêt dans une auberge. Au grand soulagement de Carole, la deuxième et la troisième enveloppe contenaient les volumes ultérieurs de la *Trilogie* et une chemise en carton glissée dans celle-ci renfermait les contrats des Éditions de Minuit signés par l'auteur d'une plume décidée.

Pourquoi Lily Moore avait-elle menti au sujet de ces manuscrits ? Les avait-elle déclarés détruits pour préserver la mémoire de leur auteur, pour épargner à son *corpus* d'être écartelé par les spécialistes ? À l'immense bonheur qui explosait en elle se mêlaient une gratitude et une admiration de plus en plus fébriles pour la femme qui s'était sacrifiée à cette œuvre, l'avait protégée de toute sa solitude alors que tant d'autres à sa place auraient monnayé ces originaux, ces reliques sur lesquelles Carole Courvoisier passait une paume tremblante, pas tout à fait sûre de leur existence.

Elle n'aurait pu dire combien de temps elle était restée, assise au sol, le troisième volume de la *Trilogie* pressé contre son cœur, essuyant de temps à autre une larme sur l'épaule de son pull, quand elle se leva pour aller au bar commander un magnum de champagne. Le patron de l'hôtel Halsingland n'en avait pas, mais consentit à sortir de sa réserve une bouteille de vodka sibérienne que Carole proposa aux clients de l'hôtel en train de dîner dans la grande salle. Après avoir délaissé leur fricassée de flétan pour écouter poliment le toast de la Suissesse, ceux-ci levèrent leur verre à son succès et des applaudissements retentirent jusqu'au fond de la cuisine. Bien qu'il fût 4 h 30 du matin à Genève, Carole décida d'appeler Gérard Bonvin. Ce n'est pas tous les jours qu'on retrouve les manuscrits de l'écrivain du siècle. Après trois coups, une voix de femme se fit entendre dans le récepteur et Marianne Bonvin, exaspérée, passa sans dire au revoir le téléphone à son époux. Celui-ci, que la nouvelle bouleversait, se répandait en interjections. Carole reconnut le chuintement d'une main dont on étouffe le combiné et entendit son directeur expliquer la cause de cet appel nocturne. La réponse de l'épouse, elle, demeura indistincte. (« C'est fou » ou : « On s'en fout. ») Comme toujours, Gérard Bonvin se montra paternel :

« Ne faites rien ! Ne dites rien ! Ne bougez pas ! Je m'occupe de tout ! »

Vers 2 h 50 du matin, une sonnerie la tira du sommeil épais où l'avait plongée une seconde bouteille d'altaï. Une standardiste de la Télévision Suisse Romande lui annonça gaiement qu'Alain Orange l'attendait pour une interview en duplex au journal de 13 heures. Au nombre des rares journalistes lettrés de sa génération, M. Orange maîtrisait de surcroît parfaitement l'œuvre de Duval, auquel il avait consacré plusieurs tables rondes. Il s'excusa par avance de ne disposer que de deux minutes avant de lancer, d'une voix qui avait retrouvé l'aplomb du direct :

« Carole Courvoisier, près de trente ans après la mort de Camille Duval, vous venez de découvrir en Alaska les manuscrits de ses plus grandes œuvres qu'on croyait perdus à jamais. Est-ce une mine d'or ? »

Carole, prise au dépourvu par la métaphore, et souffrant de lourdeurs céphaliques, se montra prudente :

« Je ne le sais pas encore. Avant de pouvoir vous répondre, il me faudra passer ces textes au tamis. Tout ce que je puis affirmer, c'est qu'ils comportent de nombreuses ratures et que nous allons savoir, enfin, ce que Camille Duval ne voulait pas dire. Ce sont ses choix esthétiques, pratiques ou moraux qui deviennent tangibles.

– Avons-nous la certitude de ne pas avoir affaire à des faux ? demanda le journaliste.

– Ces documents m'ont été légués par la secrétaire de Duval, décédée il y a deux semaines. Je ne vois pas quel intérêt aurait eu cette femme à commettre une chose pareille…

– Cette découverte va-t-elle révolutionner la manière dont on lit cet auteur ?

– Certainement. La question de la genèse de la *Trilogie rhodanienne* divise comme vous le savez les spécialistes. J'espère que ces manuscrits, qui contiennent des informations inédites sur la fabrication de l'œuvre, permettront de les réunir, de dépasser ce vieux débat.

– Vous parlez de spécialistes, mais, si vous me permettez, quelle importance cette découverte a-t-elle pour M. Tout-le-monde ? »

Quel salaud, pensa Carole Courvoisier. Il sait bien qu'elle n'en a aucune. C'était énervant, à la fin, cette exigence qu'on faisait peser sur les études littéraires quand des millions étaient dépensés chaque jour pour identifier de nouvelles molécules ou protoétoiles dont l'inutilité n'était jamais dénoncée. Tout en y songeant, elle balbutia une ou deux phrases sur le patrimoine, le génie helvétique, et termina par quelques remarques vagues sur la régénérescence des grandes œuvres que l'ingénieur du son fit disparaître dans un enchaînement avec les gros titres : Alessandro Petacchi remporte la 16e étape du Tour d'Italie, plus de cinq mille voyageurs peut-être atteints de grippe aviaire mis en quarantaine au Canada, confirmation, par le président Bush, de la découverte d'armes de destruction massive en Irak et sortie ce soir dans les salles suisses romandes de *La Matrice rechargée*.

« LA CHERCHEUSE MANQUE DE PÉRIR
ENTRE LES CROCS D'UN GRIZZLY ! »

Tante Lise l'avait réveillée à 4 heures du matin ce samedi 31 mai, affolée par la manchette du *Matin bleu*. Carole ne se rappelait plus à quel journaliste elle avait parlé du refuge de Doug Fern. Il faut dire que le téléphone ne cessait de sonner depuis quatre jours. Le *Magazine littéraire* voulait un numéro spécial, et, pour son émission nocturne, Philippe Lefait avait sollicité la participation de la chercheuse suisse en duplex. La maison d'édition qui avait refusé de publier les actes du colloque de New York était non seulement revenue sur sa décision, mais lui proposait maintenant un contrat pour une nouvelle édition annotée de la *Trilogie*. Sans révéler sa source, Howard Berger l'avait appelée une heure plus tard pour lui offrir une préface. Mais le coup de fil le plus réjouissant était venu de Berne l'avant-veille. Le Dr Urs Otto Schlaepfer, président de la fondation Pro Romanica, avait tenu à informer personnellement le Dr Courvoisier que la somme de cent cinquante mille francs suisses lui avait été attribuée en vue de la publication d'une nouvelle étude sur le grand écrivain helvète. Et voilà que l'appareil de plastique blanc se remettait à trembloter sur le petit bureau de la chambre.

« C'est papa », fit une voix d'homme.

Carole, qui ne lui avait pas parlé depuis la catastrophe de juin précédent, resta silencieuse.

« J'ai introduit les coordonnées de Sitka dans mon calendrier solaire qui me donne l'aube civile à 3 h 15 et aucune nuit au sens nautique du terme, ça doit être extraordinaire. Est-ce que tu arrives à dormir ?

– Oui, répondit Carole en sachant fort bien que la question portait moins sur son confort que sur les théories de l'adaptation du rythme circadien.

– Je suis très fier de cet accomplissement », enchaîna Denis Courvoisier.

Sans lui demander s'il parlait de sa découverte ou de la grasse matinée, Carole le remercia sèchement, mais ses mots tombèrent dans l'oreille de sa mère, à qui l'homme s'était empressé de passer le combiné.

« Et à part ça, quoi de neuf ? » lança gaiement Marie-Claude, comme si on retrouvait tous les jours les manuscrits disparus du plus grand auteur de son pays.

En fait, cette dernière brûlait d'annoncer à sa fille une nouvelle d'une importance égale, sinon supérieure : Yves se mariait.

« Tu me disais que cette Marion lui faisait du bien, répliqua la sœur de l'intéressé. Tu dois être contente.

– Oui, enfin, c'est que ce n'est pas à elle qu'il a demandé sa main…

– Penses-tu ! lâcha Carole, à qui la surprise rendait ses manières suisses romandes.

– Eh oui. Il s'est entiché de son professeur de qi gong. »

Elle prononça ce mot de façon à en souligner l'extravagance phonétique.

« Quoi ?

– Tu sais, la gym chinoise.

– Mais bon sang, s'écria Carole, et Marion ?

– Je crois qu'elle était trop limitée pour ton frère », répondit la mère.

Pour Yves ! Qui n'avait jamais fini un livre de sa vie ! Mais cela ne servirait à rien de discuter. Mme Courvoisier avait fait son choix et s'était d'ailleurs lancée dans le panégyrique de Xiao Jen. C'est à peine si Carole entendit la voix de son père s'élever du salon (« Ça veut dire *fenouil* ! »). Depuis son arrestation et son acquittement, cependant, tout le monde se passait de son avis. Lorsque Yves avait annoncé que Claire – comme elle tenait à être appelée – avait six ans de plus que lui et deux enfants adolescents, Denis Courvoisier s'était contenté de hocher la tête. Bref, le mariage aurait lieu le 2 août car Claire était enceinte et avait besoin du permis C.

« Enceinte à quarante-quatre ans ? s'exclama Carole.

– Écoute, fit la mère, ne te sens pas obligée de prendre le relais de ton père. Je m'accommode tout à fait de son silence. »

Peu après la fin de cette conversation, on vint frapper à la porte de sa chambre.

C'était le réceptionniste ukrainien de l'hôtel : la situation était intenable. Jamais aucun client, à l'en croire, n'avait monopolisé à ce point la troisième ligne téléphonique de l'établissement et le gérant redoutait que la concurrence n'en profite en cette période de fête. Au moment où il proposait un arrangement, l'appareil émit son affreuse sonnerie métallique. Carole décrocha et leva la main pour indiquer à l'homme de se taire : Susan Moore était en route.

C'est elle qui avait suggéré que Carole s'installe dans la maison de sa sœur. Non seulement la cadette Moore ne supportait plus la vie fruste de Baranov et les longues soirées dans une maison qui craquait de toutes parts, mais elle préférait ne pas la laisser inhabitée après son départ, le 22 juin. On avait fait trois supérettes en quête de fruits et de légumes frais, tout ça pour deux kilos de pommes et de patates qu'on pouvait à peine distinguer les unes des autres.

« Et tu as vu le reste des rayons, maugréait la conductrice. Il y a des pâtisseries sous plastique consommables pendant trois ans.

– C'est une station-service, protestait Carole.

– Ça ne s'améliore pas au centre-ville. On trouve plus facilement des munitions ou du mortier qu'un café. Et un *latte*, tu peux oublier. Quant aux mecs, soit il leur reste vingt dents, soit ils sont recherchés dans vingt autres États… »

Elle claqua la portière de la Honda et saisit la valise de Carole qu'elle déposa dans le bureau, au pied d'une étagère dont les planches fléchissaient sous les livres. Mis à part ceux-ci, Lily Moore possédait peu de chose, et les deux femmes eurent vite fait de vider ses armoires et d'empiler les articles qui pourraient intéresser les survivants : quelques bijoux d'argent tlingits ou haidas, une paire de bottes neuves, une parka imperméable. Toute la journée du lendemain fut consacrée au tri du mobilier, épuré des objets dont la laideur n'échappe qu'à l'œil de leur propriétaire et que nous ne croyons neufs que parce que, comme notre reflet dans le miroir, nous ne les avons pas vus s'avachir ou s'ébrécher. Tasses auréolées de thé ou de café, tissus constellés d'accrocs minuscules, fourchettes dont la crasse interstitielle aurait repoussé les convives finirent dans de grands sacs en plastique.

Mercredi après-midi, le postier apporta une lettre recommandée de Pro Romanica et un paquet de tante Lise qui contenait une carte musicale et une grosse boîte de boules Lindor vertes. Carole n'avait jamais eu le courage de lui dire qu'elle détestait le chocolat à la menthe. Elle ouvrit l'enveloppe beige de l'organisme culturel suisse et chacun exprima son ébahissement à la vue du chèque de 115 562 dollars. Susan dénicha une bouteille de chardonnay d'Oregon et trois verres qu'on leva à ce grand succès sur la véranda ensoleillée. Greg, le postier, se réjouissait tout particulièrement d'une entorse à la routine qui lui valait en outre la compagnie de ces dames cosmopolites. Gaillard d'un mètre quatre-vingt-dix, il troquait dès le mois de mars son pantalon pour un short qui mettait en valeur ses mollets sculptés par une tournée quotidienne de trente kilomètres. Pour arrondir ses fins de mois, il administrait également le musée de la Ruée vers l'or, dont la collection tenait dans un bâtiment d'une pièce attenant à la poste. C'était, expliquait-il, la seule attraction de Sitka depuis la disparition du cinéma. Une compagnie de croisières ouvrait aux résidents les portes de ses salles de projection géantes lors de ses escales en ville, mais on s'était brouillé avec elle après avoir découvert que le capitaine en profitait pour lâcher ses ordures sanitaires dans la baie.

L'homme, qui était bavard, déboucha une deuxième bouteille et remplit les trois verres à ras bord. Les joues de Susan avaient rosi et elle riait désormais à toutes les anecdotes de son hôte, amusantes ou non. Ni l'un ni l'autre ne s'aperçurent que Carole était descendue vers le rivage avec son colis sous le bras. De longues torsades blanches, haut dans le ciel, épousaient la forme de la baie. Carole y compta neuf îlots entre lesquels se faufilaient les embarcations de pêche et, de temps à autre, une baleine curieuse. Le vent était tombé et le silence, davantage lacustre qu'océanique, n'était troublé que par les cris des mouettes se disputant un poisson.

Lorsqu'elle arriva au refuge, Doug Fern était en train de nourrir ses animaux. Comme tous les mercredis, le gérant du Quick Mart de la route 28 avait apporté une caisse de hamburgers et de hot-dogs périmés. Les chiens y prenaient tant de plaisir qu'ils s'agitaient dès le mardi soir et ne prêtèrent aucune attention à la nouvelle venue. Quant aux rennes, c'est à peine s'ils levèrent le museau de leur auge débordant de feuilles de saule et de bouleau. Carole trouva l'homme agenouillé face à l'Ourse.

« Allez, fais-moi plaisir, essaie. »

L'Ourse fit un pas et, de la pointe d'une griffe, souleva le petit pain rond qui recouvrait le bifteck haché et le retourna. Elle inspecta de la truffe la rondelle de cornichon collée à la viande mais renonça à y goûter. C'était toutes les semaines la même comédie.

« Madame est trop bien pour le fast-food ? » demanda Doug Fern.

L'Ourse tourna la tête, se rendit dans la petite cabane en bois qui lui servait de tanière et en revint avec une longue branche de sapin qu'elle lâcha sur la pile de sandwichs.

« Elle enterre sa nourriture ? demanda Carole.

– Si seulement ! Hélas, ce n'est pas du tout ça... En fait, elle me signifie que sa litière est sale et qu'elle souhaiterait en être débarrassée, comme des restes de viande. »

En disant cela, Doug Fern était allé saisir une brouette remplie de branchages. Il déroula la chaîne qui retenait le battant du portail et pénétra dans l'enclos du plantigrade.

« Assis ! » dit-il, et l'Ourse s'exécuta dans un coin, non à la façon des chiens, mais comme les jeunes enfants, bien carrée sur son séant et les jambes tendues devant elle. Tandis que Doug Fern retirait une à une les branches garnies de touffes de poils et des reliefs de repas que l'Ourse apportait au lit, celle-ci le regardait faire en s'étirant la jambe à la façon d'un yogi, les griffes de la patte antérieure crochetées autour de celles des orteils. M. Fern ramassa ici et là des pelures d'orange et de pamplemousse et les jeta au fond de la brouette. Il chargea ensuite la litière souillée et les hamburgers dédaignés avant de ressortir.

« Mais alors, que mange-t-elle ?

– Elle aime bien la laîche, mais je n'ai pas eu le temps d'aller en cueillir. Et je n'ai pas les moyens de lui payer du saumon. En fait, si je la laissais faire, elle ne vivrait que de pâtisseries...

– Justement, j'ai apporté des chocolats...

– Elle n'en a jamais goûté, je crois.

– Ils sont à la menthe.

– Les ours, comme les Anglais, n'ont pas peur des mélanges. Ils terminent volontiers un repas de charogne de baleine avec un kilo de myrtilles et trouvent que le miel se marie à merveille avec les palourdes fraîches. »

L'Ourse, alertée par les effluves de beurre sucré, s'était approchée du grillage et avançait les lèvres pour recueillir la bouchée de chocolat fin. De par sa petite taille et une couleur qui se confond avec le pelage qui l'entoure, l'œil du grizzly est hélas inexpressif et ne donne pas à lire le plaisir pris à l'arôme du cacao ou de la menthe poivrée. Sa truffe, en revanche, oscillant à la manière d'une antenne parabolique, signalait l'intérêt de l'animal pour l'expérience. Elle happa instantanément une deuxième boule, puis une troisième.

« Allons, fit Doug Fern, si vous voulez qu'elle vous soit reconnaissante, il faut que vous lui en donniez une vous-même. »

Carole redoutait cette invitation. Certes, cela ferait une bonne histoire à raconter, mais valait-elle le risque d'y laisser deux doigts croqués par inadvertance ?

« Vous n'avez rien à craindre. Le grizzly est principalement végétarien. »

Et, de fait, l'Ourse prit si délicatement la friandise que ses lèvres ne touchèrent pas la main de Carole. En guise de remerciement, une fois la boîte terminée, elle posa une patte contre le grillage et laissa les deux humains la gratter entre les coussinets.

« Elle n'a pas de nom ? demanda Carole.

– Pas que je sache. Mais elle est tellement en confiance avec nous qu'elle a dû être élevée par un homme ou une famille... Cela arrive souvent, dans le Nord, qu'on adopte les oursons d'une femelle abattue. Ça vous ferait plaisir de la baptiser ? »

Carole expliqua qu'elle avait retrouvé des textes importants de l'écrivain suisse évoqué l'autre jour et que, étant donné son prénom épicène, on pourrait peut-être appeler l'Ourse Camille. Duval, qui était misanthrope, se serait assurément réjoui d'un tel hommage. Doug Fern acquiesça gravement. Camille, elle, gardait les yeux rivés sur la boîte en carton qui avait contenu son goûter.

Elle ignorait, comme ses compagnons, que le refuge était menacé. La municipalité, propriétaire de ce bout d'île anciennement consacré à un camp scout, avait reçu une offre d'une chaîne d'hôtels de luxe qui envisageait d'y construire un terrain de golf pour les résidents du quatre étoiles situé à trois cents mètres d'ici sur la côte. Le maire de Sitka attendait l'approbation d'un permis d'élargissement du pont pour initier la vente. Comme il n'était pas sans cœur et appréciait le travail de Doug Fern, il avait proposé le déplacement de ses animaux sur la petite île déserte de Minett, au sud-ouest de Cannon Island, et offert à cet effet une subvention de vingt mille dollars. Malheureusement, l'établissement d'un refuge, avec ses bâtiments et ses canalisations, allait chercher dans les cent mille dollars et aucune banque ne prêterait la différence à un sexagénaire sans domicile ni revenus fixes. Avec l'aide de l'église orthodoxe russe de Sitka, Doug Fern avait collecté quatre mille cinq cents dollars et il comptait faire de son abri une attraction payante.

« Je pourrais très facilement apprendre quelques tours à Camille. Ça serait une aubaine pour les femmes et les enfants qui s'ennuient à l'hôtel pendant que leurs maris et pères jouent au golf. Les gens qui viennent en Alaska veulent voir des grizzlys. »

À son retour, Carole trouva sur la table un mot de Susan qui était sortie dîner avec le postier. Le rez-de-chaussée de la maison se constituait de trois pièces en enfilade. La dernière, aménagée en bureau, comprenait un canapé étroit où Carole avait déplié son sac de couchage. Ses murs étaient chargés de livres dont elle parcourut les dos, la tête inclinée. Tolstoï, Faulkner, Proust : tous les maîtres supposés de Camille Duval étaient là. Carole ouvrit un exemplaire défraîchi de *Light in August* et reconnut, dans un coin de sa garde blanche, les initiales de Lily suivies d'une date. Les volumes voisins, tirés les uns après les autres, avaient été pareillement marqués. Qu'était-il advenu de la bibliothèque de Duval ? *L'Œuvre au noir* que son auteur lui avait dédicacée en août 1971 portait aussi les initiales de Lily et la date à laquelle celle-ci avait dû lire ce roman. Tout au bout des rayons de littérature, où les classiques français et anglais côtoyaient les polars de l'été aux jaquettes criardes, Carole trouva plusieurs exemplaires de *Palliante* et des volets de la *Trilogie* ainsi qu'une vieille édition de *Lac gelé*.

Les étagères qui recouvraient la paroi sud de la maison formaient l'autre pan de la vie de Lily. De nombreux ouvrages sur le bouddhisme, le yoga, et plus généralement la vie solitaire – *Comment faire son pain*, *Guérir avec les plantes* –, témoignaient de ses longs séjours en Asie. Entre une collection de guides bleus et verts sur la France et d'autres récits de voyage en anglais, Carole reconnut *L'Usage du monde* d'un compatriote de Duval. Les rayons inférieurs, plus profonds, confirmaient la curiosité naturaliste qui perçait dans les commentaires que Lily avait faits à l'occasion de leurs promenades dans les environs de Burlington. Une encyclopédie de la flore américaine en douze tomes, hérissée de signets, côtoyait d'épais volumes sur les mammifères terrestres et marins de la région.

Carole dégagea un gros ouvrage sur l'ours, s'installa sur le canapé et sourit à la lecture d'une épigraphe indienne :

« Quand l'aiguille de pin tombe sur la taïga, l'aigle la voit, le cerf l'entend et l'ours la sent. »

Depuis sa rencontre avec l'Ourse, une étrange intuition perdurait dans son esprit, une sensation qui aurait été une certitude si Camille avait été une femme : celle de la connaître déjà. Le premier chapitre du livre, consacré à notre parenté avec l'ours perçue par tant de peuples, confirmait cette impression. Pour les Indiens Abénaquis, Tsimshian et Tahltan, l'ours est un « cousin ». Il est le « grand-père » des Pentagouets, le « vieux père » des Samoyèdes et le « petit oncle » des Hutsuls des Carpates. Les Indiens Cree des plaines, eux, l'ont baptisé « homme à quatre jambes » et les Kets de Sibérie, « père à fourrure ». Un chroniqueur indiscret du XIe siècle, Saxo Grammaticus, révélait qu'un des bisaïeuls du roi danois Sven II était un ours, ce que prouvaient sans conteste les oreilles velues du souverain. Un siècle plus tard, dans son *De universo creaturarum*, Guillaume d'Auvergne plaidait l'exception ursine en matière d'interfécondité. Rien, selon lui, ne distinguait le sperme d'ours de celui de l'homme, ce qui expliquait qu'une pauvre bergère de Saxonie, engrossée par un plantigrade, ait mis au monde des bébés parfaitement humains. Ces dames du Moyen Âge furent du reste nombreuses à s'empresser de faire la Belle pour une telle Bête, succombant à sa force légendaire, à son pelage chaleureux, et pour tout dire à l'infaillible vigueur que l'animal devait à son os pénien, dont le mammifère humain est si stupidement dépourvu. À en croire l'auteur du livre, même le bon roi Arthur, dont le nom descend tout droit du mot signifiant « ours » dans toutes les langues celtiques, avait du sang ursin dans les veines, lui qui avait écrasé son ami Lucan dans ses bras comme le plantigrade étouffant sa proie.

Carole ne vit pas le temps passer. Il faut dire qu'à l'approche du solstice le soleil baignait encore la pièce à 22 heures et la physiologie du plantigrade n'était pas moins passionnante que son histoire. La condition de l'ourse était à bien des égards plus enviable que celle de la femme. La nature qui avait donc pourvu son compagnon d'une indéfectible érection avait eu le fair-play de lui assurer un accouchement sans douleur. L'ourson grizzly pèse en moyenne une livre à la naissance, ce qui, aux proportions d'une femme comme Carole, équivaudrait à expulser un nourrisson d'une centaine de grammes – soit une pomme de terre nouvelle ou une carotte de quinze centimètres. D'ailleurs, les oursons viennent très souvent au monde à l'insu de leur mère et doivent s'époumoner pour la réveiller. Celle-ci ne sort alors de sa léthargie hivernale que le temps d'ajuster son ou ses descendants sur ses tétines, de s'abreuver d'un peu de neige et de se remettre à ronfler. Comme la nature a décidément tout prévu, le nombre même de ses enfants est strictement lié à la quantité de lipides nécessaire à la production d'un lait digne de la double crème de Gruyère. L'automne fût-il trop maigre que les embryons conçus durant la belle saison seront en partie ou totalement rejetés. Le zénith du planning familial !

Le chapitre suivant, copieusement illustré, donnait à voir les nombreuses sous-espèces de l'*Ursus arctos*. Aussi le Brun du *Roman de Renart* ne l'est-il pas toujours : le grizzly doit son surnom à la pointe grise de ses mèches, l'ours du Kamtchatka porte une robe chocolat, et se distingue également du précédent par son nez allongé. À son museau aplati, bordé d'une épaisse fourrure mordorée, on reconnaît le kodiak, dont la taille excède par deux fois celle de l'ours pakistanais qui, lui, tire sur le roux. À quoi il faut ajouter les variations saisonnières, et l'assombrissement collectif des mois d'hiver suivi d'une mue spectaculaire durant laquelle le plantigrade ressemble à Rod Stewart. Quant à l'ours d'Hokkaido, on le reconnaît sans erreur possible à ses oreilles de panda, rondes et liées au crâne par une attache plus étroite que celles de ses cousins. Tout cela était décidément fascinant.

Mais c'est par son intelligence, hélas démentie par de petits yeux bruns souvent injectés et une allure qualifiée par Baudelaire de « dandinement stupide », que l'ours se distingue des autres mammifères nordiques. Carole trouva cependant la comparaison avec un enfant de six ans agaçante. Certes, elle-même lisait à cet âge et était capable d'identifier les trente-six cartes du jass, mais c'était faire peu de cas de la sagacité ursine que de la mesurer à l'échelle d'un écolier encore incapable de lacer ses souliers et bien plus encore de subsister tout seul. À trente-cinq ans passés, son frère Yves était à tous égards moins compétent que les oursons photographiés dans des pommiers ou affairés à dépiauter les restes d'un saumon trouvé sur la plage.

Affligé d'une dent creuse permanente, l'ours est passé maître dans l'art de s'introduire dans les cuisines, les greniers, les silos, les ruches et les poulaillers. Un coffre de voiture ne lui offre guère plus de résistance qu'une palourde et les fermetures les plus sophistiquées n'ont jamais freiné ses razzias dans les bennes à ordures. Capable de finesse, on l'a vu attendre patiemment que des babouchkas sibériennes aient terminé leur cueillette de myrtilles pour leur subtiliser leur panier. De même, l'ours est connu des chasseurs toungouses, koryaks et chouchkis pour se constituer, en se roulant dans la neige, une carapace imperméable aux flèches.

De l'autre côté de la baie, le soleil qui descendait derrière l'île Kruzof faisait rosir les flancs du mont Edgecumbe. À l'approche du solstice, l'astre rebondissait juste au-delà de l'horizon et l'aube relayait en quelque sorte le crépuscule. Carole se leva pour s'étirer les jambes et remettre en place le livre qu'elle venait de terminer. N'étant pas fatiguée, elle décida de poursuivre son instruction ursine et saisit un exemplaire de *Mes ours et moi*, récit d'un chercheur d'or qui choisit d'élever trois oursons noirs abandonnés par leur mère. Alors qu'elle feuilletait ce volume, une enveloppe glissée dans le repli de la couverture en tomba.

La lettre, adressée à Miss Lily Moore, 12, Lakeview Terrace, Burlington, Vermont, avait été postée de New York le 23 ou le 29 juin 1961, on ne pouvait trancher, le chiffre ayant été tamponné dans la chevelure d'Abraham Lincoln dont le profil ornait un timbre rose de quatre centimes. L'expéditeur était resté anonyme, mais Carole reconnut son écriture avant de déplier la page de vélin crème délicatement tirée de l'enveloppe. « Mon mari et moi avons été heureux de faire votre rencontre et vous sommes infiniment reconnaissants du soin que vous prenez de mon père, qui va mieux et vous envoie ses bonnes salutations. » Carole se rapprocha de la fenêtre pour continuer sa lecture. « Sachant combien sa maladie doit vous peser, nous comptons sur un diagnostic complet et, surtout, une guérison rapide. John est en contact avec le chef du département neurologique de son hôpital et nous vous communiquerons les résultats des tests dès que nous les aurons. » Sylvie Garman-Duval achevait sa courte missive dactylographiée par un conventionnel « Sincèrement vôtre » suivi de son adresse à Manhattan et d'un de ces numéros de téléphone composé de lettres et de chiffres. Une barre oblique entourée de deux points renvoyait toutefois sa lectrice au verso de la page, où elle avait griffonné un post-scriptum. « Nous arriverons par le *Vermonter* de 8:44 pm le 3 juillet. J'ai hâte de vous revoir. » Carole posa la lettre sur le bureau et laissa échapper un soupir de perplexité.

Qui était ce dernier « nous » : le couple Garman ou la fille et le père ? Elle opta pour la seconde possibilité : Sylvie avait dû accompagner l'écrivain à l'hôpital new-yorkais où travaillait son époux. Camille Duval était-il en proie à un accès de dépression, une crise de démence ? La référence au service neurologique et à la sévérité de la situation le laissait entendre. Le ton du post-scriptum, lui, donnait à penser que l'infirmière et la fille s'étaient parlé au téléphone entre le moment où celle-ci avait terminé de taper la lettre et le moment où elle l'avait postée, probablement pour discuter du retour du malade dans le Vermont après son hospitalisation. Mais que faire de cette dernière phrase dont la familiarité proche de la ferveur tranchait avec le reste du message ? Était-elle la raison pour laquelle Lily avait conservé une lettre par ailleurs banale ? Ou est-ce que celle-ci s'était simplement trouvée sous sa main en quête d'un marque-page ? Carole vérifia la date de publication du livre qui l'abritait. 1974 : on ne laisse pas traîner autour de soi des papiers insignifiants pendant treize ans.

Il était 8 heures passées, le lendemain matin, quand la Honda rouge apparut au coin de la maison. Ses cheveux blonds tirés en arrière, encore humides de la douche matinale, Susan monta lentement les quatre marches. Sur la table où Carole prenait son petit déjeuner, elle déposa une épaisse part de tarte aux pommes rapportée de son dîner avec le postier.

« Merci. C'était comment ?

– Quoi ? Le musée de la Ruée vers l'or ? demanda ironiquement la cadette Moore.

– Non, le restaurant, répondit Carole en souriant.

– Pas mal : le seul du bled avec des couverts non jetables et des clients qui ne viennent pas en salopette de chasse. Quant au musée, je n'avais jamais vu autant de piolets rouillés et de raquettes à neige défoncées... »

Susan vint s'asseoir avec une tasse de café fumante et l'on se mit à bavarder. Elle accueillit joyeusement la nouvelle du baptême de l'Ourse et Carole profita de cet instant de détente pour lui parler de la lettre retrouvée la veille et l'interroger à propos de sa sœur et de Sylvie Duval.

« Je n'y ai jamais pensé, dit Susan après un moment. Ce n'est pas que je sois conservatrice, mais... Tu as des frères et sœurs ?

– Un frère cadet, répondit Carole.

– C'est différent. Lily m'avait précédée en tout : elle pouvait voter, se marier, conduire alors que j'étais encore à l'école primaire. À l'adolescence, j'ai repassé ses 45 tours en boucle, Fats Domino, Hank Williams ou B. B. King quand tout le monde écoutait Dylan, les Beach Boys ou les Beatles. À l'université, ma chambre était couverte de ses photos du Népal. Un aîné, surtout s'il a dix ans de plus, c'est quelqu'un… je ne trouve pas le mot… quelqu'un d'indiscutable, voilà. Elle incarnait pour moi l'autonomie, l'indépendance totale. Il m'aurait été impossible de la concevoir différente, de l'imaginer avec d'autres personnes. Et puis Sylvie Duval, c'était avant tout la fille de son employeur. Leurs liens étaient peut-être devenus amicaux, mais ils demeuraient régis par toutes sortes de nécessités pratiques. Il est vrai que Lily en parlait volontiers alors que je ne l'ai jamais entendue dire quoi que ce soit qui puisse relever du domaine sentimental, de l'affection… Si cela n'était pas si péjoratif, je dirais qu'elle faisait partie de ces gens dont on affirme qu'ils sont “sans histoire”… »

Susan s'arrêta et passa la main dans ses cheveux, rudement, avant de reprendre :

« Ça n'existe pas, évidemment… Il y a quand même eu un épisode, maintenant que j'y pense. Frank doit en savoir plus que moi. Je n'avais que sept ans. Lily a été renvoyée ou retirée de son lycée de Boston et notre famille s'est installée dans le Vermont. Je ne sais pas dans quelle mesure l'un a causé l'autre. Notre mère y a fait allusion quelquefois, mais c'est tout. Quant à Sylvie, elle est effectivement venue avec sa petite à mon premier mariage, en 69, mais je crois que c'était une coïncidence : elle se trouvait à Burlington à ce moment-là et Lily l'a invitée.

– Et son mari ?

– Je ne sais pas où il était. Probablement coincé à son hôpital, comme notre père. Elles étaient déjà venues une ou deux fois pour Noël avant cela. Lily a aussi passé du temps avec la famille Duval, en Suisse. Mais je ne me rappelle plus si c'était avant ou après… »

La pauvreté de ces souvenirs déroutait Susan, qui retenait ses larmes.

« Ce n'est que bien plus tard, quand j'ai eu quarante ans, que j'ai compris que je n'étais pas l'envers de Lily, sa copie en négatif, et que nous formions les deux côtés d'une même feuille de solitude : elle, l'ermitage, Sitka, et moi, les mariages ratés, les coups d'un soir… »

Le voile fin qui passait sur la baie s'était mis à moutonner et traînait derrière lui de grandes taches d'ombre qui glissaient lentement sur l'herbe en direction de la maison.

Juin touchait à sa fin. L'humidité faisait déborder le jardin de trolles orangés et d'ancolies bleues, et de longs épilobes, emblème de l'Alaska, se balançaient sous les épicéas. Une explosion de rhubarbe fut l'occasion d'une diversion au régime de pommes de terre auquel Carole s'était habituée. Les plus grandes casseroles de Lily ne pouvant contenir les kilos de tiges rouges empilées à la cuisine, elle décida d'en apporter une brassée à l'Ourse, à qui cette friandise croustillante et juteuse plut beaucoup, mais colla cependant une diarrhée monumentale qu'il fallut rincer au jet.

Carole se rendait désormais au refuge sur une bicyclette tout-terrain trouvée dans la cabane du jardin et remise en état avec l'aide du postier. Au lieu de suivre la côte de Cannon Island, elle coupait à travers bois, le long d'un sentier étroit emprunté depuis des siècles par les animaux et les pêcheurs. Le plaisir pris à cette escapade croissait à mesure qu'elle améliorait sa technique. Elle apprit à faire basculer son poids en arrière pour enjamber les obstacles, à user de ses bras et de ses jambes comme s'il s'était agi de ressorts de suspension et, surtout, à sélectionner à temps, en tournant les cylindres de caoutchouc logés dans le prolongement des poignées, la vitesse correspondant à la pente qui se dressait devant elle. En faisant retomber la chaîne sur le plus petit des trois plateaux, que les Américains surnomment le « plateau de grand-mère » car il permet aux jambes les plus flageolantes de conquérir les montées les plus ardues, cette grande fumeuse parvenait à atteindre le sommet de Cannon Island sans devoir mettre pied à terre. Durant la descente, elle se penchait chaque jour un peu plus dans les virages, les mollets fouettés par les fougères, et se réjouissait du rafraîchissement que lui valait la traversée, à marée basse, de la crique qui séparait Cannon Island de l'îlot abritant Doug Fern et ses animaux.

Le reste du temps se passait à la table de Lily Moore, où elle comparait minutieusement, page après page, les textes publiés avec les manuscrits retrouvés et repassait au crible les autres documents de ce legs inattendu. Elle tenait entre ses doigts la carte postale laissée par Lily : une vue en noir et blanc du château de Tournon, avec sa muraille et sa tour ronde, ramassé au pied d'un massif et séparé d'un cours d'eau par une rangée de platanes. Que venait faire ici ce château ? Fallait-il déchiffrer un sens caché dans son nom ? « Tournons » ? Qui nous ? Et quoi ? De beaux vers, un pot de terre ? Les talons, sa veste ? Carole fit pivoter la carte et relut le dernier message de la défunte.

« J'espère que vous me pardonnerez. »

Quoi donc ?

Elle reposa la carte sur un coin du bureau, à côté d'une vue d'Annecy retrouvée entre les pages d'un roman. Depuis sa découverte de la lettre de Sylvie Duval, elle avait inspecté l'un après l'autre tous les livres de la bibliothèque. Parmi les signets de fortune (tickets de caisse, coupures de presse), dont la plupart étaient ultérieurs à l'arrivée en Alaska, elle avait trouvé une photo de Camille Duval, la carte de visite d'un restaurant lyonnais et celle de l'hôtel Splendid d'Évian. Aucune des trois ne comportait de date, mais les numéros de téléphone à six chiffres dénotaient les années soixante.

Carole saisit la photo de l'écrivain, debout devant la baie, et ouvrit l'album légué par Lily à la page qui contenait l'autre image de l'homme, assis sur la véranda. Il aurait été difficile de dire laquelle était la plus récente. Opaque. L'adjectif vint à l'esprit de Carole au bout d'une minute de contemplation. Même dardés sur l'objectif, comme ils l'étaient sur la photo de droite, les yeux de l'écrivain ne dévoilaient pas davantage que sur celle de gauche, prise alors qu'il clignait des paupières. Plus que la distraction, voire l'ennui intense, le regard affichait l'absence, une vacance d'être à laquelle répondaient bras ballants et épaules affaissées. Carole se concentra sur la première image et se rendit compte que ce qu'elle avait pris pour l'ombre du pilier de la véranda était celle du photographe. Elle dégagea délicatement l'image de ses quatre coins, mais aucune mention ne figurait sur son dos. Pour en avoir le cœur net, elle extirpa les huit autres photos de leur case. Seule celle de Sylvie riant dans un lit présentait une inscription, au crayon, en bas à gauche : « 5/5/62 ». Quelque chose ne collait pas. Carole prit la loupe pour examiner à nouveau la pièce tapissée de rayures et les épaules satinées de la jeune femme. Sur la table de chevet où trônaient une lampe imposante et un téléphone de bakélite blanc, elle reconnut le présentoir de carton, monté en triangle, où les hôtels font imprimer les numéros importants. Mais alors qu'elle se demandait où Duval aurait bien pu descendre avec sa fille, elle fit un bond en arrière. C'était impossible ! En mai 1962, l'écrivain était interné à Bellevue, sans aucun droit de sortie. Qu'il n'ait pas été l'œil rivé à l'objectif, insinué dans l'intimité filiale, Carole trouvait au fond cela rassurant. Seulement, si la photo n'était pas de lui, qu'en était-il des autres, et de cet album tout entier, lequel portait certes ses initiales, mais pouvait très bien avoir été recyclé, ce qui expliquerait les nombreux vides. Carole revint à la photo de Duval. Tout s'éclaircissait : il était improbable que son modèle, avec ses yeux fermés, son air hébété, l'ait retenue pour la postérité. Et si c'était le fait de Lily, comme tout portait à le croire, Lily que Sylvie avait eu « envie de revoir » l'année précédente, il fallait se rendre à l'évidence : il y avait eu entre les deux femmes bien davantage que l'une et l'autre ne l'avaient admis.

« Mais ça va faire vendre ! s'exclama Gérard Bonvin.

– Cela n'a aucun rapport avec ma thèse sur la rupture duvalienne...

– Je ne suis pas d'accord : on peut très bien concilier analyse et biographie. Voyez *L'Idiot de la famille.* Et puis ne me dites pas que vous n'êtes pas tentée à l'idée d'avoir un lectorat, même tout petit. Cinq cents personnes... mille peut-être ! Des gens cultivés, de gentils retraités, des curieux auxquels vous ouvririez des horizons de pensée, pas seulement des collègues aigris qui ne vous lisent que parce qu'ils doivent se coltiner une recension ou pour mieux vous écorcher dans un article à paraître...

– Et la mémoire de Lily Moore ? Et la vie privée de Sylvie Duval ?

– Employez un pseudonyme pour la première. Quant à l'autre, elle n'est qu'une teigne qui vous a de surcroît menée en bateau. Bon, réfléchissez, vous avez là de quoi décupler votre tirage, je vous le promets. Au fait, comment va Camille ? reprit le professeur, que le baptême de l'Ourse amusait follement. Vraiment, vous ne manquez pas de culot, là. Ne racontez jamais cela à la Société de lecture : ils me radieraient ! Et une femelle, en plus ! Mais enfin, il y a du vrai là-dessous : Duval en faisait un beau, d'ours. »

Carole raccrocha et sortit de la cabine de la poste où elle venait passer ses appels et relever son courrier électronique sur un PC au clavier poisseux. Voilà une semaine qu'elle l'avait contactée et toujours aucune réponse de Sylvie Duval. Greg allait et venait depuis dix minutes entre la réserve et le parking, les bras chargés de palettes de boîtes de sardines qu'il empilait sur la plateforme de son *pick-up truck*. Pour plaire à Susan, qui s'était entichée de l'Ourse, le postier surveillait désormais les envois de marchandises périssables, saisissant celles dont la date de péremption était atteinte. Ou presque. Ce zèle avait déjà rapporté un lourd butin de gâteaux, d'*empanadas* et d'assortiments de confiseries expédiés par leurs familles aux recrues de la base militaire de Port Alexander ou aux récents diplômés du campus de Sitka. Ce qu'il y avait de bien avec Camille, c'est qu'elle n'était pas regardante. Ce nez si fin, capable de distinguer la luzerne du trèfle à cinquante mètres, affectionnait les remugles de chair en décomposition et dépistait, pour s'y rouler avec le même plaisir, une carcasse de baleine vieille de trois semaines et du linge séché au soleil de printemps. Camille engloutit donc, noyaux compris, une cargaison de dattes richement peuplée de vers, des biscuits durs comme des cailloux et un chorizo dont l'odeur avait fait reculer les chiens. Doug Fern disait qu'elle anticipait la visite de Carole et, vers 15 heures, commençait à parcourir des kilomètres de toundra imaginaire dans son enclos. Elle y mettait ensuite un peu d'ordre, poussant dans un coin son ballon bleu et un fémur d'élan, puis s'asseyait et attendait, car l'ours sait qu'une poignée de patience vaut mieux qu'un boisseau de cervelle.

Mais la vérité était que l'argent se faisait rare, et la ménagerie de Doug Fern consommait davantage que ne parvenait à récolter ce dernier, qui passait pourtant ses journées à sillonner les cuisines de restaurant. Lui-même d'ailleurs maigrissait. D'un voyage en ferry à Vancouver, Susan, Greg et Carole avaient rapporté quarante kilos de nouilles âprement marchandées à Chinatown dont Camille vint à bout en une dizaine de repas. Elle ne fit que quelques bouchées d'une journée entière de cueillette de framboises à la fin juin. À vrai dire, elle se serait bien croqué les deux rennes, dont les effluves irritaient sa narine à longueur de temps. C'est ainsi que Carole prit l'habitude de laisser cinquante ou cent dollars dans la boîte à lettres du refuge les jours où Doug n'y était pas.

Théoriquement, c'était l'argent de Pro Romanica, et la probité de la Suissesse se rebellait contre ce détournement de fonds. Susan, dont le métier d'océanographe était largement financé par des bourses, eut vite fait de balayer ces scrupules : combien de subventions à la recherche payaient des loyers à Manhattan, des week-ends à Honolulu, des sièges d'avion pour épouses et rejetons ? Or les deux femmes coupaient le bois dont elles se chauffaient le soir et vivaient presque exclusivement du stock de mauvaises nouilles canadiennes. Et puis, si le livre marchait comme prévu, Carole pourrait toujours rendre la différence à Pro Romanica. En vérité, Susan avait hâte de regagner la Floride et le confort de son condominium. Le 22 juin, Carole l'accompagna à l'embarquement du ferry pour Juneau, d'où elle reprendrait l'avion. La jeune sœur de Lily lui fit promettre de lui envoyer des nouvelles de ses recherches et, surtout, de Camille.

Carole referma l'album de photos, leva les deux bras et s'étira en geignant. Elle avait installé son ordinateur sur le bureau de Lily, une longue table accolée au mur de la véranda. Une paire de jumelles avait été laissée sur le bord de la fenêtre et Carole s'en servait pour scruter la danse des sternes et des aigles de mer à la symbolique tête blanche, autant dire pour tuer le temps, tromper l'intranquillité qui était revenue dans le sillage de l'éphémère célébrité. Gérard Bonvin avait raison : la découverte ne fournirait aucune preuve en faveur de ce qu'il appelait ironiquement l'hypothèse du coup sur la tête. Les tapuscrits, qui devaient être ceux de la dernière version révisée par l'éditeur, ne présentaient que des différences infimes avec les textes publiés et n'apportaient donc pas de quoi éclairer le changement qui avait commandé à la genèse de *Palliante* et de la *Trilogie*. Ils ne justifiaient certainement pas une nouvelle édition de celle-ci, pour laquelle Pro Romanica avait versé son généreux subside. Et puis, ombres inquiétantes autour de l'œuvre, il fallait maintenant compter avec la fille et l'infirmière… Carole repensait à ce legs aussi inattendu qu'indéchiffrable : si l'album de photos avait bien été compilé par Lily, il restait à savoir pourquoi. Carole ne pouvait se résoudre à croire que cette femme avait simplement tenu à lui remettre ces clichés en guise de souvenirs. Que voulait-elle donc lui montrer ?

Une deuxième journée entière passée à rechercher d'autres traces de Sylvie Duval dans la maison, d'autres indices de la nature de leur relation, n'avait rien rapporté de concluant. Carole était toutefois tombée sur quelques agendas de Lily Moore, cryptiques comme le sont ces documents pour tout autre que leur possesseur, et un journal de voyage. Ce cahier noir au dos rouge, glissé entre deux annuaires téléphoniques, avait accompagné Lily, alors âgée de vingt-quatre ans, dans le nord-est indien. Elle avait évoqué plusieurs fois ce séjour d'un an sur les flancs de l'Himalaya, entre le Bhoutan et le Népal. En vain M. et Mme Moore avaient essayé de l'en dissuader, alléguant tantôt l'accident de cheval dont elle aurait pu rester paralysée l'année précédente, tantôt la guérilla antichinoise qui faisait rage dans ces régions depuis le printemps. Lily, au contraire, accablée par la convalescence et un retour forcé au bercail, plaçait dans ce voyage tous ses espoirs de guérison. Elle avait fini par croire que les douleurs qui lui déchiraient les membres provenaient moins de deux vertèbres cervicales fracturées durant sa chute équestre que de l'atmosphère de la maison familiale, minée par les sempiternelles recommandations médicales de son père, par la puberté de Susan et les éclats de voix à l'encontre de Frank Jr, qui venait d'interrompre ses études de droit. Dans les dix premières pages du journal, la description minutieuse des sensations de brûlure typiques du traumatisme médullaire alternait avec celle du paysage défilant le long du train de Delhi à Gorakhpur, et des rues de Sunauli, où elle avait pris le bus qui l'avait conduite à Katmandou. « Autre nuit passée dans un nid de flammes. » Carole sourit à ce détournement d'un vers de Rimbaud. Car le journal passait également de l'anglais au français, la langue de la mère, que Lily parlait avec l'accent montréalais.

Carole alla s'installer sur un fauteuil de la véranda et alluma une cigarette. Elle se laissa bercer par la mythologie des hauts sommets dont les noms émaillaient les impressions recueillies à intervalles irréguliers : Annapurna, Dhaulagiri, Kanchenjunga et, les dominant tous, Chomolungma, le nom que Lily tenait à rendre au mont Everest. Mis à part celles qui avaient trait à l'économie quotidienne et concernaient les roupies dépensées ou les biens à acquérir au prochain village, la plupart des notations étaient sibyllines ou minimales : « Arrivée à

Lhassa, pluie depuis trois jours, habits ne sèchent pas. » Lily ne retrouvait pour ainsi dire la voix que pour décrire les monastères cramponnés aux parois de roche et les nuances d'orange et de rose des cimes à l'approche du soir. Trois mois après son départ, une glissade sur le sentier qui conduisait à un monastère raviva ses douleurs dorsales et leurs émanations sournoises décrites comme autant de balles de feu, de coulées de lave. C'est à partir de ce moment que Lily se décida à alléger son sac à dos de tout ce qui n'était pas de première nécessité et manqua périr dans le Ladakh, après qu'une erreur d'orientation eut transformé une excursion journalière en une errance de quatre jours entre le Namkila et un col dont Carole ne put lire le nom. Dans un refuge de Rumtse, à la lumière d'une lanterne, la jeune femme avait relaté avec minutie les vertiges, les convulsions, les tiraillements de la famine et l'euphorie qui leur avait succédé au moment de son sauvetage par un groupe de trekkeurs anglais.

Carole referma le journal, se leva et regagna le bureau d'un pas pressé. Elle saisit le tome de la Pléiade consacré à la *Trilogie* et tourna les pages fines jusqu'au deuxième chapitre de *L'Attente* sur l'exode des protestants lyonnais à Genève. Éconduits par les fermiers et les villageois, les Cheynel et leurs compagnons avaient souffert du manque de nourriture et une relecture du passage confirma son intuition : les états successifs de l'inanition avaient été projetés sur chaque membre de la famille. Tandis que Pierre titubait sur la route de Bellegarde, ses deux enfants succombaient aux crampes et son épouse, elle, aux cris de ses coreligionnaires et aux relents ferrugineux du sang que des rafales de bise apportaient à ses narines. Carole glissa le cordon d'or entre les deux pages, rouvrit le livre aux trois quarts de *Midi revient*, le deuxième volume de la *Trilogie*, et retrouva d'un doigt leste la fameuse description des dernières heures de sainte Blandine dans l'arène, passage dont la nature graphique ne cesserait jamais de l'indisposer. Or ce classique de l'explication de texte, avec ses phrases de dix lignes et un va-et-vient subtil entre le passé et le présent de la jeune martyre, son point de vue et celui des lions qui avaient refusé de se jeter sur elle, faisait la part belle au champ sémantique du feu. L'horreur de la chair transpercée s'y disait dans les mots de l'incandescence, les cornes du taureau par lequel on avait remplacé les fauves cléments étant comparées à des « pieux de fer rouge ». C'était là exactement l'expression employée par Lily pour décrire, dans son journal de voyage, les douleurs neurogéniques qui taraudaient ses reins et ses cuisses.

Carole sortit dans le jardin et s'assit sur une pierre, près de la cabane à outils.

Comment expliquer cette coïncidence ? De toute évidence, Lily avait dû se raconter et ce tête-à-tête de quinze années s'était peut-être écoulé de la plume de l'écrivain. Mais pour s'imprégner à ce point des histoires de l'autre, ne fallait-il pas cette perte des contours du moi propre à la relation amoureuse ? Lily avait-elle été, après tout et même si le mot faisait sourire, la muse du vieil Helvète ? Était-elle à l'origine de cette nouvelle voix, qui avait incité le romancier à sortir de sa réserve métaphorique, à déployer ses phrases comme les pygargues leurs ailes au-dessus de la baie de Jamestown ?

Il fallait faire part de ces recoupements à Gérard Bonvin. En fin d'après-midi, Carole se rendit au bureau de poste pour lui envoyer un message. Elle devait aussi une réponse à Michel Lannezan, qui voulait savoir si elle comptait rentrer à Stone University pour le semestre d'automne. Un vent chaud déroulait des senteurs de pin et de sel dans les rues de Sitka. Sa décision était prise. Michel comprendrait et, derrière elle, quinze docteurs ès lettres animés d'une ferveur de croisés de la culture francophone, ou se proclamant tels, se battraient pour un poste dont le salaire horaire se situait quelque part entre celui du gardien de parking souterrain et de la shampouineuse. Elle calcula le nombre de sacs qu'il lui faudrait pour rapporter ici les affaires laissées à Cambridge et réserva une place sur un vol Juneau-Seattle-Houston-Lexington le 2 juillet. Alors qu'elle rédigeait un avis de résiliation à son syndic, la clochette ridicule qui signalait l'arrivée d'un nouveau message retentit. Il s'agissait d'une courte lettre d'un certain Me Matthey de l'étude Sabot & Associés exigeant la restitution immédiate de tous les documents légués illégalement par feu Mlle Delilah Moore à la destinataire de la présente. Ladite disposait de sept jours à compter de la réception de ce message pour s'exécuter, sans quoi plainte serait déposée, saisie ordonnée, etc.

« En Alaska, tu as cinq ans pour faire valoir tes droits sur un héritage. Après vingt-huit ans, la fille Duval n'a aucune chance ! »

Jeff Baker avait consulté son frère, l'avocat.

« Certes, fit Corinne Minard, mais que se passe-t-il si l'héritage en question a été dissimulé à son bénéficiaire ?

– L'homme avait légué sa maison et son contenu – il insista sur ces mots – à l'infirmière. Ces manuscrits étaient, *de facto*, à elle !

– Oui, répéta Carole, l'infirmière gardait la maison et les biens mobiliers et la fille, elle, a reçu les biens monétaires et les droits d'auteur. »

Garrett Siminski, appelé d'urgence la semaine précédente, avait confirmé cet état de fait. Selon lui, un recours était fort improbable et, dût-il arriver, on pourrait faire traîner l'affaire des années, assez longtemps en tout cas pour permettre à Carole d'utiliser les documents retrouvés en toute impunité.

« Cela dit, je ne comprends pas très bien ce qui motive Sylvie Duval, enchaîna Jeff Baker. Pourquoi chercherait-elle à entraver la publication d'une nouvelle édition de la *Trilogie* qui risque de lui rapporter pas mal d'argent ?

– Et pourquoi vient-elle, trente ans après, réclamer des objets abandonnés sans broncher à un moment où elle aurait pu les obtenir sans peine ? »

Diana Bobesco, qui bavardait à l'écart avec Michel Lannezan, s'était jointe à la conversation. Les anciens collègues de Carole Courvoisier se passionnaient visiblement pour les derniers rebondissements de l'affaire Duval. Ils s'étaient réunis ce soir pour lui dire au revoir et tous avaient l'air sincèrement déçus par sa démission. Jeff et Kate, les hôtes de la petite fête, s'étaient montrés quant à eux très « excités » par les découvertes de la Suissesse – « Un pas de géant pour les études duvaliennes » – et l'avaient assaillie de questions sur l'approche généticienne qu'elle comptait adopter, l'un soutenant la théorie d'Almuth Grésillon et l'autre celle de Louis Hay. Ils faillirent même se disputer à propos de la coïncidence observée par Carole entre les écrits de l'infirmière et ceux du romancier, laquelle était pour Kate un signe catégorique de plagiat, accusation qui suscita l'indignation de son mari, pour qui il était hautement improbable que le journal de voyage d'une amatrice, production doublement mineure, ait pu fonctionner comme l'hypotexte d'un chef-d'œuvre.

Pour dissiper le silence qui s'ensuivit, ce dernier se tourna vers Carole.

« Alors, as-tu pris garde aux Indiens Yeehat ? »

La Suissesse n'avait aucune idée de ce dont il parlait. Elle avait trop bu : le martini à la grenade, longuement agité dans sa bonbonne d'inox, quelques verres de côte-de-beaune et le fontpinot que Jeff avait tenu à sortir après le dessert faisaient onduler les tuyaux qui décoraient le plafond du loft. Avant qu'elle ne puisse répondre, Kate se rapprocha de son mari et lui administra une tape sur la nuque :

« C'est complètement raciste !

– Non, c'est *L'Appel de la forêt*, rétorqua Jeff.

– Jack London était totalement raciste, c'est bien ce que je dis. D'ailleurs, les résidents de la capitale du Yukon n'ont pas voulu d'une avenue portant son nom. Nous prenons à tort pour une "communion" ce qui n'a été qu'asservissement de la nature et de ses autochtones. »

Jeff fit « Je sais, je sais » de la main, se recala dans le canapé et croisa les jambes. Lui qui n'aurait jamais enseigné sans cravate, même son cours de 8 h 10 fréquenté par des étudiants en pantoufles et pantalons de flanelle à motifs que rien ne distinguait du pyjama, affectait, à la maison, un déguenillement concerté. Une sandale allemande dont la semelle de liège ne mesurait plus que quelques millimètres pendait à son pied, ses genoux blancs saillaient hors d'un jean balafré et le col en V de son chandail laissait voir un T-shirt effiloché par des milliers d'heures de séchoir. Derrière lui, sur des toiles suspendues à des filins d'acier, sa collection de lettrisme urbain manquait rarement de susciter l'intérêt des invités. On y retrouvait le célèbre blaze d'un graffeur marseillais marchandé dans une galerie d'Aix-en-Provence ainsi que des reproductions photographiques grand format de la colère que Jeff traquait avec son Canon durant ses congés sabbatiques. Un splendide « FUCK » exécuté au pulvérisateur constituait la pièce maîtresse de la décoration, et tous trouvèrent dommage que l'œuvre ait été souillée par le gribouillis d'un idiot ou d'un jaloux, en l'occurrence les mots « colabo » et « PD » qui barraient en partie le K final. Mais leur déception fit sourire Jeff Baker.

N'ayant pu supporter la vie à Cambridge, sa femme et lui avaient acheté ce loft de Cincinnati l'année précédente et faisaient chaque jour le trajet entre la grande ville du sud de l'Ohio et le campus de Stone University situé à quarante-cinq kilomètres, dans un vallon du Kentucky. Derrière les hautes fenêtres au cadre noir se profilait le pont Roebling qui enjambait la rivière marquant la frontière entre ces deux États. À la veille du 4 Juillet, un éclairage teintait de bleu les énormes culées de l'édifice et l'on avait entouré ses câbles porteurs de guirlandes lumineuses. Durant le tour du propriétaire, au début de la soirée, Jeff avait longuement évoqué la carrière de son créateur, un ingénieur allemand auquel on devait également le pont de Brooklyn. Le malheureux, hélas, n'en avait pas vu l'achèvement, ayant succombé à la gangrène après s'être fait écraser les orteils par un ferry qui accostait au moment où il mesurait l'emplacement de sa grande œuvre.

« À John Roebling ! lança sarcastiquement Jack McNeil, en levant son verre à cocktail.

– À Camille Duval ! firent en chœur Diana et Kate.

– Aux ours ! » enchaîna Michel Lannezan, auquel Carole avait décrit ses dernières semaines.

Un rire traversa la petite clique et l'on voulut en savoir plus. Carole, qui avait terminé la lecture de tous les volumes de la bibliothèque de Lily Moore consacrés à ce sujet, avait énormément de choses à raconter sur l'*Ursus arctos*. Elle ne se fit pas prier et se lança dans une histoire qui remontait à l'ours des cavernes pour se dérouler jusqu'à l'ours en peluche emporté sur la lune par Neil Armstrong et ses coéquipiers, en passant par Piscator, l'ours polaire offert au roi d'Angleterre par

Haakon IV, la fondation de l'abbaye de Saint-Gall – par un ours – et, bien entendu, la terrible méprise des naturalistes concernant l'accouplement de cet animal dans la position du missionnaire. Dans son apologie, elle s'emporta contre saint Augustin qui avait injustement comparé l'ours au diable et contre le *Roman de Renart*, où celui-ci était dépeint comme un balourd. Prenant le silence des convives pour de l'intérêt, elle enchaîna sur l'excellence physiologique du plantigrade et s'attarda sur la question de son pet printanier.

Elle se garda en revanche d'évoquer une expérience commencée il y a une quinzaine de jours. Sentant que Camille aimait qu'on lui parle, mais ayant épuisé le stock des phrases bébêtes réservées aux animaux de compagnie, elle s'était décidée à lui faire la lecture. Vers 16 heures, lorsqu'elle calait sur la rédaction de sa biographie, elle remplissait un sac à dos de pommes et de livres choisis dans la bibliothèque de Lily, et enfourchait le vélo pour se rendre au refuge. Doug Fern laissait la clé sur le cadenas qui fermait l'enclos, les grosses pattes de Camille ne possédant pas la dextérité nécessaire pour l'ouvrir. Ce n'était pas qu'on craigne que l'Ourse s'enfuie, mais les rennes auraient fait une crise cardiaque à la vue d'un prédateur allant et venant librement dans la clairière. Camille se laissait désormais caresser et levait ou baissait sa grosse tête ronde pour rendre son cou ou la base de ses oreilles accessibles. Carole adorait malaxer ces disques de fourrure, poignées de paille chaude et vibrante, et elle en guettait les frémissements au fil de sa récitation. L'Ourse, cela ne faisait aucun doute, était sensible au rythme de la phrase, à l'intonation chantante de la Suissesse, et elle avait écouté sans broncher, ses petits yeux bruns rivés sur la bouche de sa lectrice, tout le chapitre relatant la soirée des Bovary à la Vaubyessard. La poésie emportait néanmoins sa préférence et les vers de Lamartine, Baudelaire ou Verlaine, même les plus faciles, étaient accueillis par de longues exhalations et un balancement rythmé de la tête. Dès la première strophe de « Spleen », elle s'allongeait presque toujours sur le dos et étirait ses jambes comme pour repousser le couvercle du ciel, ses quatre pieds noirs bien parallèles au sol. Il fallait se rendre à l'évidence : la littérature exerçait sur elle un pouvoir bien supérieur à celui qu'elle avait eu sur les étudiants de Carole. Les goûts de Camille n'étaient toutefois pas irréprochables, et rien ne l'amusait plus que les fables de La Fontaine, lequel avait écrit des choses assez méchantes sur l'ours et ne s'intéressait pas vraiment aux animaux. L'*incipit* du « Pot de terre » lui valait de véritables convulsions de plaisir accompagnées de dégoulinements de salive. Comme il était probable que la leçon sociale lui ait échappé, Carole en vint à se demander si elle n'entendait pas par erreur les mots « pomme de terre », dont elle lui avait récemment servi des kilos. Camille, enfin, n'avait pas paru transportée par *Palliante*, et les plus belles pages de la *Trilogie* n'avaient tiré d'elle que des regards inquiets et une agitation nasale mêlant vifs renâclements et soupirs profonds, comme lorsqu'elle flairait l'arrivée d'inconnus dans l'enceinte du refuge. Cependant, au dire de Doug Fern, cela n'était pas forcément un signe d'ennui. Cette fin juin nous apportait des températures inhabituelles et l'Ourse devait étouffer sous son armure de graisse et de fourrure.

D'autres soucis incommodaient le propriétaire du refuge, que Carole trouvait décharné et plus hirsute encore qu'à l'ordinaire. Doug Fern n'avait recueilli que six cent quarante-six dollars supplémentaires en vue du déplacement de son arche sur l'îlot Minett. À moins d'un miracle, il faudrait amener les chiens à la SPA et faire euthanasier les rennes. Seule Camille avait encore une chance d'être adoptée par un zoo, mais elle était mince : les ours sont profondément territoriaux et l'introduction d'un nouvel individu dans une communauté établie exige, de la part des soigneurs et gardiens, des compétences de hauts diplomates. Il n'est pas rare, hélas, que ces brouteurs placides et dodelinants, coqueluches des parcs animaliers, se transforment en démons pour mettre en pièces le nouveau venu et le manger tranquillement sous l'œil horrifié des écoliers et de leurs mamans. Plus il y pensait, plus Doug Fern voyait dans le dressage de l'Ourse sa dernière chance. Si l'on exceptait les criminels cherchant à se soustraire à une peine prononcée dans les « États d'en bas », la plupart des visiteurs de l'Alaska comptaient s'y amuser ou s'y frotter avec la nature : casinos, parcs nationaux, expéditions de chasse et ports de croisière représentaient une source de revenus qui rivalisait avec les puits de pétrole du Nord. Avec Camille, on pouvait faire d'une pierre deux coups : divertir la foule en l'initiant à la vie sauvage. Les montreurs faisaient cela depuis le Moyen Âge et Doug affirmait posséder quelques idées de bons tours. Il promit d'en apprendre à l'Ourse pendant l'absence de Carole.

Michel Lannezan était venu chercher celle-ci à l'aéroport de Lexington dans sa vieille BMW décapotable. L'humidité, qui frisait les quatre-vingt-quinze pour cent, flottait comme un voile sur la nationale menant à Cambridge. On parla de choses et d'autres, et surtout de l'ajustement du département à la tourmente francophobe du printemps dernier. La baisse des inscriptions avait entraîné le renvoi des trois vacataires qui assuraient les cours de langue pour débutants, remplacés par une méthode sur DVD. Pour une raison difficile à percer, les étudiants avaient pour ainsi dire migré vers la section d'italien, dont les deux enseignants, totalement pris au dépourvu, se retrouvaient face à des classes de soixante à soixante-dix âmes. Quant aux effectifs des cours de littérature et de culture françaises, ils n'avaient été maintenus jusqu'à la fin du semestre que grâce à la dégustation de plats maison inaugurant chaque leçon. La solution étant trop dispendieuse, on s'était résolu à redéfinir le catalogue de cours en répondant au mot d'ordre d'« utilité immédiate » imposé par Wilbert Wagstaff. Le président de Stone University, dont le nouveau slogan était : « *Hodie disce cras utere** », souhaitait en effet que soient proposés d'autres séminaires dans la lignée du fameux French 111 (*L'interrogatoire du suspect de langue française*). Corinne Minard s'était donc chargée d'un atelier sur la négociation interculturelle pour étudiants en marketing et business de deuxième année. Le plus difficile, comme elle l'expliquerait à Carole au cours de la soirée, était de brider l'enthousiasme et l'hyperbole chez ces ressortissants du Midwest habitués à déclarer à tout inconnu qu'il était « formidable de faire sa connaissance ». Et comme ceux-ci n'avaient que faire, au fond, des raisons de la froideur française, Corinne finit par leur remettre des listes d'expressions à exclure absolument de la communication professionnelle (« Je vous aime », « Dieu vous bénisse », etc.). À la fin des deux mois de cours intensifs, ses étudiants avaient en outre appris à remplacer l'accolade par

* « Utilise demain ce que tu apprends aujourd'hui. »

une poignée de main (ferme), à s'asseoir de façon à maintenir, entre les cuisses et le torse, un angle inférieur à 95°, et à éviter, lors des repas d'affaires, de commander un plat destiné à être consommé sans couverts. Cette étude des bonnes manières à table s'accompagnait d'un volet consacré à la phonétique et dont le seul but était la prononciation correcte de termes figurant sur les menus de restaurant (« bœuf bourguignon », « homard thermidor », « soupe à l'oignon », « filet mignon » – et non fillette mi-guenonne). Les étudiants de Diana Bobesco, eux, maîtriseraient bientôt le lexique du nettoyage et de l'entretien des textiles et des surfaces, du rasage et de l'épilation, de la prévention des pellicules et de la plaque dentaire. Ils pourraient également localiser les succursales françaises des vingt-trois marques de Procter & Gamble au chiffre d'affaires supérieur à un milliard de dollars. La compagnie de Cincinnati, vieille rivale de L'Oréal, comptait damer le pion à celle-ci sur son propre territoire. La bourse qu'elle s'était engagée à verser annuellement à l'université couvrait largement le salaire de l'enseignant du cours de traduction en cosmétique et l'on s'en était également servi pour équiper les salles du département de matériel audiovisuel dernier cri. Par ailleurs, les étudiants recevaient régulièrement des échantillons de pâte dentifrice ou de fond de teint et n'avaient plus besoin d'acheter de lessive ou d'assouplissant. À chaque début de cours, le Pr Bobesco leur remettait des sachets en plastique reçus par cartons entiers à son domicile et assistait, résignée, à l'échange de denrées qui s'opérait aussitôt : rasoirs contre tubes de mascara, déodorant contre tampons, etc.

À la rentrée, Michel Lannezan offrirait son « Introduction à l'ironie ».

Pour impressionner son rival, le mâle grizzly fend l'air de sa patte antérieure, mimant la claque sanglante à laquelle s'expose quiconque se rapprocherait davantage. Preste et puissant, le geste s'accompagne en principe d'un grondement propre à hérisser les cheveux de toute une salle de cinéma. Or non seulement Camille ne grognait pas – ses très rares émissions vocales, dont il était difficile de connaître la cause, tenaient plutôt du bêlement – mais elle exécutait le geste susmentionné sans sauvagerie ni conviction, tel un tennisman amateur répétant son coup droit dans le vide. Ou une vieille balayant son pas de porte. Pour ne pas le froisser, Carole ne mentionna aucune de ces ressemblances à Doug Fern, lequel paraissait content des progrès de son élève et récompensait chaque gifle imaginaire d'un bretzel au chocolat. Camille, qui les adorait, avait à peine reposé le pied par terre qu'elle tendait les lèvres pour accueillir la sucrerie. Sa seconde posture menaçante consistait à se dresser sur les pattes postérieures et à agiter la tête de gauche et de droite, comme si elle secouait une proie prisonnière de sa mâchoire. Là encore, l'effet terrifiant était fortement amoindri par le dévoilement des trois paires de mamelles qui pendaient du torse et du bas-ventre de l'Ourse. Celle-ci, qui bavait abondamment par anticipation de la récompense, projetait en outre des pintes de salive au visage des spectateurs. Mais Doug Fern demeurait confiant et proposa à Carole de visiter l'île Minett le dimanche suivant. On remettrait en état le canot à moteur qu'elle avait aperçu dans le cabanon de Lily.

Carole se réjouissait d'une escapade qui l'obligerait à quitter, pour prendre l'air et se dégourdir les jambes, l'écran de son ordinateur et les piles de papier réparties sur le bureau de Lily. Le travail allait bon train : elle avançait assez rapidement dans la rédaction d'un article, « Le journal d'une infirmière », qui explorait cet intertexte inédit de la *Trilogie*. Cédant à la pression de Pro Romanica et de Gérard Bonvin, elle avait également entamé la rédaction d'une étude biographique centrée sur l'exil américain et ses pans les plus sombres. *Camille*, comme elle songeait à intituler cette analyse intimiste, reconstruirait la vie du grand écrivain à partir des moments – l'accident de voiture, l'internement à Bellevue, la longue nuit alaskaine –

qui représentaient à ses yeux le creuset du renouveau stylistique. Gérard Bonvin, que cette référence à l'alchimie exaspérait, souhaitait quant à lui voir son ancienne étudiante remuer un peu la vase du côté de la fille de l'écrivain, laquelle était allée jusqu'à comparer l'ensemble des études duvaliennes à une entreprise d'onanisme intellectuel. Que cette bégueule ait fricoté avec l'infirmière du père, voilà qui l'amusait beaucoup. L'attitude extrêmement défensive récemment adoptée par Sylvie Duval mettait cependant Carole dans une posture très inconfortable. Elle seule pouvait en effet la renseigner sur les photos laissées par Lily, et en particulier sur leurs dates.

Durant la semaine qui avait succédé à son retour du Kentucky, le sens de l'album lui était enfin apparu. Ce château de Tournon, qui ornait la carte postale de Lily, ce n'était pas derrière ses créneaux ou ses fenêtres trapues et encore moins dans son nom qu'en résidait l'énigme. Non, c'était au pied de l'édifice qu'il fallait regarder, dans le segment bleuâtre formé par le fleuve qui baignait la petite ville de Tournon-sur-Rhône. Carole l'avait identifiée grâce à un Guide vert retrouvé dans la bibliothèque de Lily. Le livre lui avait aussi appris que la fameuse Maison des Têtes, devant laquelle grimaçait Sylvie, se trouvait à Valence. Enfin, en examinant à la loupe la photo noir et blanc de Lily et Sylvie, elle avait reconnu la silhouette massive du château de Chillon, assise dans les eaux du Léman. À voir la distance qui séparait l'édifice du banc où les deux femmes étaient installées, la photo devait avoir été prise à l'extrémité orientale du lac, probablement de sa rive française, ce que pouvait confirmer la carte du grand hôtel d'Évian retrouvée dans un livre. Une chose était évidente : tous ces lieux avaient pour point commun le Rhône, dont le flot nourrissait le grand lac, coupait Genève en deux et bien d'autres villes encore dans sa descente sinueuse entre les Alpes et le Massif central : Annecy et Lyon, dont Lily avait conservé de minces reliques, Valence. Le fleuve circulait pour ainsi dire entre les pages de l'album laissé par l'ancienne infirmière de Duval. Tel devait être le sens de l'image de Sylvie en randonneuse de Zermatt, village situé à une soixantaine de kilomètres à vol d'oiseau de la source rhodanienne et, surtout, de la cavalière juchée sur ce que Carole avait pris à tort pour un poney beige. Lorsqu'elle comprit qu'il s'agissait en réalité d'un camarguais, fier habitant du delta du Rhône, la lumière se fit aussi sur l'apparente intruse de l'album, cette Vierge à l'Enfant viennoise, mais non autrichienne. Comment Carole avait-elle pu oublier cette petite commune grise de l'Isère, traversée chaque été par la famille Courvoisier rejoignant l'Autoroute du Soleil !

Un problème de taille subsistait cependant. La date manuscrite au dos de ce dernier tirage excluait la possibilité d'avoir affaire au souvenir d'une tournée officielle de la représentante de l'auteur malade, sa fille, dans les villes (Genève, Lyon, Avignon) célébrées par le chef-d'œuvre, où la Société des amis de Duval organisait régulièrement des rencontres, des lectures, des tables rondes et tout ce petit potin propre au succès littéraire. Car, en mai 1964, *L'Attente* n'avait pas encore vu le jour et *Palliante*, sorti des presses l'année précédente, ne comportait aucune allusion à cette région et, à vrai dire, aucun décor localisable.

« Et si c'était Camille Duval qui avait pris ces photos au cours d'une sorte de pèlerinage avec sa fille et son amie ? Après tout, on se précipite bien à Illiers-Combray, ajouta Gérard Bonvin.

– Nous n'avons aucune trace d'un séjour en Europe en 1964, répondit sèchement Carole.

– Pourquoi en aurions-nous ? L'homme était libre de ses mouvements et les biographes n'ont pas compulsé les registres des douanes de l'époque...

– C'est très improbable : il enseignait encore dans le Vermont durant ce printemps et son équilibre était des plus fragiles. Lily Moore me l'a confirmé.

– Qui vous dit que les autres photos ne sont pas antérieures ou ultérieures ?

– Sylvie porte les mêmes Ray-Ban et le même pantalon sur la plupart d'entre elles. Non, elles font partie du même voyage. Et puis elles n'ont aucun rapport direct avec les lieux explorés par la *Trilogie*, ce qui contredit l'idée d'un travail préliminaire...

– Elles ont pu servir de déclencheur du souvenir ou de la fiction... Duval n'était pas un de ces peintres du dimanche qui vous pondent des Sainte-Victoire d'après carte postale... Vraiment, je ne vois pas où vous voulez en venir.

– C'est simple : sa fille et sa secrétaire ont parcouru ensemble le trajet exact du livre qu'il allait écrire...

– Ou qu'il était en train d'écrire, corrigea Bonvin.

– L'un ou l'autre, j'ai du mal à y voir une coïncidence. »

Carole raccrocha, contrariée. Bien sûr, il n'y avait aucun moyen d'établir que ces photos étaient contemporaines les unes des autres, ou de savoir qui les avait prises, ou encore réunies dans cet album. Ce qui était certain, c'est qu'elles avaient possédé suffisamment de valeur ou de sens pour qu'on s'assure de leur survie. Mais justement, quel pouvait bien être le sens d'un portrait si médiocre de Camille Duval avec ses yeux fermés et des traits indécis ombragés en partie par le torse du photographe. Pensant cela, Carole sentit passer sur elle quelque chose qui ressemblait aussi à une ombre, un pressentiment sourd, accompagné d'une crispation des épaules et des bras, une angoisse diffuse et sans nom. Était-ce là que se terrait la raison d'être de l'image, dans cette silhouette qui enveloppait de sa grisaille son prétendu sujet ?

Il n'était plus la peine d'espérer des éclaircissements de Sylvie Duval, qui filtrait tous ses appels téléphoniques et ne répondait désormais que par l'intermédiaire de Me Matthey. Le 11 juillet, celui-ci fit savoir par fax à Garrett Siminski que, à moins d'un arrangement immédiat, des huissiers viendraient saisir les documents incriminés sous soixante-douze heures. Garrett Siminski, que rien n'affolait, proposa de les mettre en sûreté dans son garage, mais Doug Fern eut une meilleure idée. Navigateurs chevronnés, les deux hommes eurent vite fait de nouer des sangles d'arrimage en un harnais semblable à ceux dont sont équipés les chiens de traîneau, et l'avocat dénicha une chaîne de cinq mètres sur un chantier proche de sa maison. Il restait à trouver où l'attacher. Les bouleaux qui bordaient le chemin d'accès à la propriété de l'écrivain étaient trop frêles pour supporter une éventuelle traction de cinq cents kilos et l'on risquait d'endommager la maison elle-même en enroulant la chaîne autour d'un des piliers qui soutenaient l'avant-toit. C'est Carole qui eut l'idée de l'atteler au crochet de remorque de la Honda Passport, laquelle frisait les deux tonnes. Si elle se laissa harnacher de bon gré, l'Ourse se montra comme toujours réticente à abandonner la sécurité de son enclos. Trois fois, sur le chemin qui descendait au rivage, elle se carra sur son postérieur et refusa d'avancer, dardant ses petits yeux angoissés de tous les côtés. On poussa, tira, supplia, on fit semblant de partir, jusqu'à ce que Carole se rappelle un commentaire du grand spécialiste Charlie Russell sur les ours et la file indienne. Habitués à surveiller leurs arrières, les plantigrades du Kamtchatka se déplacent en rang d'oignons, la mère se positionnant de préférence derrière ses petits, de façon à pouvoir garder un œil sur eux et sur l'horizon. Camille se remit donc en marche dès l'instant où les deux humains se placèrent devant et derrière elle, tout cela cependant pour refaire halte cinquante mètres plus bas face à un arbuste chargé de busseroles, ou « raisin d'ours », qu'elle cueillit du bout des lèvres. Il était près de 22 heures quand on attacha le harnais de fortune à l'arrière de la voiture. Doug engagea la première vitesse et tira le frein à main jusqu'à son dernier cran tandis que Carole rapportait de la cuisine une cuvette pleine d'eau pour l'Ourse qui haletait. De son côté, Garrett Siminski avait sorti des bières fraîches et une bouteille de scotch de son coffre et les deux hommes enseignèrent à la Suissesse l'art de « chasser » le premier breuvage avec le second. Le reste de la soirée ne devait pas perdurer dans la mémoire embrumée de Carole Courvoisier, qui se rappelait vaguement avoir déplié une couverture de laine sur Doug Fern assoupi dans un fauteuil, mais n'aurait pu dire comment l'avocat ou elle-même avaient regagné leur lit.

À 8 heures le vendredi matin, elle fut tirée de son sommeil par un fracas mêlant cris d'homme et grands coups métalliques. Parvenue sur la véranda, elle eut juste le temps d'apercevoir un type vêtu d'un pantalon beige et d'un polo se jeter sur le siège passager d'un coupé Ford. La complainte du moteur poussé en marche arrière déchira le calme des bois et l'on put entendre, à travers une portière ouverte puis reclaquée, les jurons conjugués des visiteurs. Camille se tenait debout, retenue par le harnais, véritable tour de Pise dans le jardin dévasté : la voiture, traînée sur quinze mètres, avait laissé de profondes ornières boueuses, et tout le périmètre de l'Ourse enchaînée était jonché de lourdes mottes décrochées du sol par ses griffes, de touffes de poil et d'excréments. Doug et Carole observaient le spectacle en silence, deux mètres soixante de colère, soufflant, feulant, gargouillant, bref, tonnant d'indignation face à cette incursion dans son jardin. La Suissesse voulut réconforter l'animal, mais Doug la retint par le bras : il valait peut-être mieux attendre qu'elle se calme. Son cerveau de grizzly, court-circuité par la confusion, ne lui permettrait peut-être plus de distinguer les amis des huissiers.

Vu de haut, le petit archipel de Kadin faisait penser à un point d'interrogation inversé, ou à ce fameux point d'ironie que le poète Alcanter de Brahm échoua à imposer. L'île de Minett, à peine plus grande qu'un terrain de football, en constituait la partie inférieure, à savoir le point lui-même. Contrairement aux autres, elle n'avait jamais été habitée par l'homme, notamment à cause des marées qui affectaient davantage sa surface plus plane que celle de ses voisines. L'insularité du nouveau refuge ne semblait pas poser problème à Doug Fern, qui envisageait d'acquérir une barque plate afin d'y transporter ses visiteurs. Cette petite croisière d'un quart de mille dans la baie de Jamestown ne ferait qu'ajouter à leur expérience.

Le cabanon rudimentaire situé au bout du jardin de la dernière résidence de Camille Duval reposait sur un mur de brique à trois côtés d'environ un mètre de haut qui épousait un renfoncement de la crique. La face tournée vers l'océan était fermée par deux portes qu'on avait sciées de façon à les préserver des vagues, du moins par temps clément. On pénétrait dans ce hangar par une petite porte à laquelle menait un chemin de gravier. Une famille de sarcelles avait élu domicile sous la bâche qui recouvrait le canot de bois et Doug Fern transféra délicatement leur nid sur une des étagères qui bordaient les parois de la cabane. Il avait apporté un jerrycan d'essence deux temps qu'il déversa dans le moteur de l'embarcation, mais, comme Carole le redoutait, ses tractions répétées du cordon de démarrage ne produisirent que des borborygmes. L'homme dévissa les bougies et les décrassa une à une, ce qui ne changea rien. Ayant décrété que le carburateur avait besoin d'être purgé, il repartit chez lui chercher les outils nécessaires à l'opération. Pendant ce temps, Carole passerait en revue le contenu des étagères en quête du mode d'emploi du moteur. Elle déplaça des caisses pleines de bocaux de verre qui s'entrechoquaient, des sacs de toile moisie d'où dépassaient bottes de caoutchouc et truelles rouillées. Une autre nichée de canards apparut au milieu de pneus empilés. Plus haut encore, sur le dernier rayon, elle repéra deux sacs de paquetage en PVC jaune semblables à ceux dont les alpinistes et les marins se servent pour transporter leur cordage. Carole leva le bras pour en tâter les flancs : des livres ou des brochures, ce qu'elle recherchait peut-être. Elle tira par une anse l'un des sacs qui s'abattit lourdement sur le sol de la cabane.

Aucune trace de manuel, mais des chemises à rabat en carton aux couleurs passées. Elle en prit une, vert pâle, et parcourut des yeux sa première page, une lettre à l'en-tête d'un éditeur parisien connu. « Chère Mademoiselle ». Venaient ensuite les formules habituelles dans lesquelles les gens du métier expriment habilement et tout ensemble l'accusé de réception, le regret et le refus. L'auteur de la lettre, un certain Louis Michel, ne cachait pas son irritation. « Il est une chose de susciter l'attente du lecteur, une autre de la frustrer. » La confusion était totale : la missive, datée du 25 janvier 1961, était adressée à Mlle D. Moore, 12, Lakeview Terrace, Burlington, Vermont, mais le récit – sans titre – sur lequel elle portait n'était pas étranger à Carole. Ce tressage d'histoires apparemment sans rapport, prêtées à plusieurs narrateurs… c'était *Palliante* ! « Palliante », dont on pouvait croire durant le premier tiers du livre qu'il s'agissait d'une personne, puis d'un animal, et qui se révélait enfin, encore que tous ne s'accordaient pas à ce propos, être un nom de lieu. La collision de ces deux messages était telle dans l'esprit de Carole Courvoisier qu'elle y suscita la plus illogique des explications. Tout comme le rêveur oppose instantanément à l'irruption de l'incongru (un crocodile dans mon appartement) une raison qui ne l'est pas moins (j'ai laissé la fenêtre ouverte), elle se dit que Duval s'était débarrassé sur sa secrétaire de l'ennui paperassier qui entoure la publication d'un roman. Seulement, en janvier 1961, Duval ignorait jusqu'à l'existence de Delilah Moore. La résolution de ce paradoxe émergeait lentement en elle, comme soufflée par une voix très lointaine que la chercheuse étouffait encore en se concentrant sur les autres lettres de refus conservées dans la même chemise. « Obscur ! » tonnait un lecteur de Fayard. Un autre, d'une grande maison du VIe arrondissement, y ajoutait une touche de cruauté. « On apprend la grammaire avant d'écrire un roman. » Carole saisit un deuxième dossier et en retira une pile de papier fin : des copies carbone de textes dactylographiés chargés de biffures rouges et de reprises manuscrites étalées le long des marges ou entre les lignes. La spécialiste de Duval reconnut immédiatement les personnages de *Midi revient* et l'écriture de l'infirmière. Avait-elle effectué des retouches dictées par le grand homme alité, trop diminué pour tenir la plume ? Elle rejeta les pages en vrac sur l'étagère et entreprit de vider le sac aussi fébrilement qu'un voyageur sommé par le douanier de présenter un passeport qu'il n'est plus sûr d'avoir emporté. Elle dégagea avec peine d'une poche intérieure une liasse d'enveloppes adressées à Lily d'une main qui lui était familière. Finalement, dans sa hâte à ouvrir une chemise sur laquelle on avait tracé les majuscules « IV », elle la déchira et une rafale de vent balaya une vingtaine de feuilles dont certaines finirent dans le canot et d'autres à la surface de l'eau.

Un coup d'œil sur la page de garde confirma ses craintes, mais il était trop tard pour repêcher les feuillets que le flot avait enroulés sur eux-mêmes ou absorbés dans ses replis, trop tard pour prétendre que le 20 juillet 2003 serait un jour comme les autres. Sans réfléchir, Carole Courvoisier pressa contre elle le dernier volume, inédit, de l'épopée rhodanienne, attrapa la liasse de lettres et s'élança hors de la cabane. Couleurs, formes et odeurs, tout alentour avait changé. Le sang battait à ses oreilles, bouillonnant sous les saccades de son cœur affolé. Y aurait-il autre chose, désormais, que cette hideuse vérité ? Faudrait-il revivre en boucle, comme les rescapés des grands désastres, le choc de la découverte ?

« Ma chérie, ce n'est pas la fin du monde.

– Mais si, sanglotait Carole, recroquevillée sur le combiné.

– Mais non », murmurait tante Lise.

Elle avait décroché à la première sonnerie. Des années passées à danser entre les fuseaux avaient saboté son horloge interne qui ne marquait plus ou alors très approximativement le moment du coucher, du lever, des repas. Lise avait posé son polar à plat sur la table du salon et écouté, un pli de compassion au front, la complainte de la fille de son frère, une histoire d'écrivain qui n'avait pas écrit ses romans, enfin pas tous. Elle disait mon trésor, mon petit chat, mouche-toi, calme-toi, mais au bout du fil les soupirs et les gémissements reprenaient de plus belle, suivis de longues inspirations entrecoupées de hoquets mouillés. Sa nièce n'avait pas été dans cet état depuis que, fillette de cinq ans à peine, elle avait perdu son phoque en peluche à l'épicerie du quartier. Et ses phrases de réconfort paraissaient aussi impuissantes aujourd'hui que jadis.

« Il n'y a pas mort d'homme.

– C'est bien pire, s'emporta Carole. C'est la mort de l'auteur !

– Mais enfin, il était déjà mort, non ? fit l'ancienne hôtesse de l'air, qui commençait à s'y perdre.

– La mort d'une génération… d'une culture, poursuivait l'autre.

– Qu'est-ce que tu racontes, mon tout petit, je ne te suis plus…

– C'est la mort du roman. »

Gérard Bonvin arpentait sa cuisine, carré de lumière sur la grande façade noire de la tour de Champel. Il avait eu, depuis vingt-cinq ans, son lot de doctorants difficiles voire dérangés, bipolaires ou schizophrènes, mais Carole Courvoisier n'en avait jamais fait partie. Elle n'appartenait pas non plus à cette frange d'étudiants inspirés chez qui le sens de la littérature l'emporte sur celui de la réalité. Certes, s'étant lui-même toujours tenu à l'écart du pseudo-débat sur la dualité duvalienne, il n'avait jamais approuvé la nature spéculative des recherches de son étudiante, mais il ne croyait pas ce questionnement capable d'engendrer de tels troubles de la perception. Or Carole Courvoisier, qui l'avait appelé dans un état d'agitation extrême aux alentours de minuit, jurait avoir vu, de ses yeux vu, et tenu entre ses mains la preuve de l'immense imposture qui réduisait à néant l'œuvre duvalienne. *Palliante*, la *Trilogie*... l'œuvre d'un autre ? Les conséquences d'un tel état de fait, s'il était avéré, dépassaient l'entendement. Sans Duval, la littérature romande du vingtième siècle s'effondrait. Ne restaient que Frisch et Dürrenmatt, auxquels quatre Romands sur cinq n'entendaient rien, pour représenter la Suisse à l'étranger.

Gérard Bonvin avala la seconde moitié d'un Valium. Les ennuis ne s'arrêtaient pas là. S'il n'avait aucune raison de mettre en doute la parole de son ancienne étudiante, il n'en allait pas de même de son silence. Après tout, c'était une femme. Il lui avait fait promettre de ne rien dire, pas même à son avocat. De son côté, il appellerait le directeur de Pro Romanica dès l'ouverture de son bureau et la présidente de la commission des Arts et de la Culture, qui était une amie de collège.

Carole composa encore le numéro de ses parents, mais raccrocha à la voix de son père. Si c'était pour s'entendre dire qu'il aurait mieux valu étudier les sciences… Elle songea à appeler Michel Lannezan et décida qu'il avait assez de soucis comme ça avec les mesures antifrançaises. Après en avoir parcouru une, elle jeta dans un sac à dos la pile de lettres, vingt-deux en tout, espacées sur les quatorze années de la relation de Sylvie Duval avec l'infirmière de son père qui était aussi, fait impossible à nier, l'auteur de ses derniers livres.

Lorsqu'elle arriva à l'orée du bois, la petite bruine du matin avait fait place à une averse. Mais Carole Courvoisier était trop absorbée pour s'inquiéter de la boue projetée sur ses vêtements et son visage par les pneus de la bicyclette. Tout portait à croire que le fameux retrait du monde de Camille Duval, inséparable de sa réputation d'auteur, n'ait pas été délibéré. Mais qui en avait décidé ? À qui profitait ce sinistre remplacement du romancier ? Les bénéfices financiers ne pouvaient être ignorés : outre les droits d'auteur, Sylvie Duval avait dû toucher de copieuses pensions de Pro Romanica, une institution connue pour ses largesses à l'égard des grands promoteurs de la culture suisse romande. Son empressement à vouloir remettre la main sur les documents susceptibles de conduire à la vérité ne faisait que corroborer cette hypothèse. Une telle froideur calculatrice confirmait en outre le portrait que Gérard Bonvin avait toujours brossé de la fille unique de l'écrivain, tout autant que la bassesse humaine à laquelle, au dire de sa mère en tout cas, Carole Courvoisier serait chroniquement aveugle. Cette dernière se rebellait pourtant contre l'idée que Lily Moore ait pu s'adonner à une telle imposture. Pensant ceci, elle sourit de sa propre naïveté : Lily n'avait-elle pas essayé de la tromper en lui remettant ces manuscrits apocryphes ? Était-ce pour cela qu'elle demandait « pardon » sur cette petite carte du château de Tournon ? Certes, il y avait eu l'album de photos dans lequel elle avait peut-être espéré que Carole sache reconnaître son rôle et celui de Sylvie dans la *Trilogie*, mais, quitte à avouer, pourquoi ne pas lui avoir légué ce sac retrouvé dans la cabane ?

Doug Fern avait dû prendre le chemin côtier tandis qu'elle traversait la forêt et n'était plus au refuge quand elle y parvint. La famine planait sur les lieux. Redoutant un accès de cannibalisme, l'homme s'était résolu la veille à séparer les chiens adultes de race dominante de leurs compères plus jeunes ou plus frêles. Pour économiser les forces qui leur restaient, tous somnolaient sur le flanc. Et les deux rennes, couchés sur le ventre, se contentèrent de suivre la visiteuse de leurs grands yeux aux sourcils blancs. Seule Camille, qui avait perçu l'odeur de son amie, intensifiée par la pluie et la sueur, se tenait près de la grille, la mâchoire allongée en une expression dans laquelle même les plus fervents adversaires de l'anthropomorphisme auraient reconnu un sourire. Voyant l'humaine lever la patte dans sa direction, elle fit de même. Elle n'avait pas mangé depuis trois jours et espérait que le sac à dos de Carole renfermât un petit quelque chose. Elle se montra déçue de l'en voir sortir des bouts de papier, mais alla poliment s'asseoir dans un coin de son enclos pour son heure de lecture. Carole dénoua le ruban qui réunissait les lettres de Sylvie Duval, en tira une au hasard et commença d'une voix encore assourdie par les larmes et l'accablement.

La rumeur de Lancaster Street montait jusqu'à leur fenêtre : cageots de bouteilles de lait empilés par le livreur devant la porte de la cuisine, autos passant la deuxième vitesse au bout de la rue escarpée, cris perçants des écoliers déversés par un bus jaune à la piscine municipale. Le cliquetis des assiettes et des verres ballottés sur le chariot du petit déjeuner, de l'autre côté de la paroi, rappela à Sylvie Garman-Duval qu'elle se trouvait à l'hôtel. Elle s'assit sur le lit et alluma la dernière Winston du paquet posé à côté d'un téléphone blanc, sur la table de nuit. Un soleil d'août se faufilait entre les rideaux jusqu'à leurs pieds entremêlés dans le drap torsadé. Deux des quatre oreillers gisaient sur la moquette. L'autre femme dormait encore, sur le flanc, un bras remonté par-dessus la tête, lèvres entrouvertes et visage lisse, à l'exception du bas du front que barrait une profonde ride verticale.

Elle était arrivée la veille avec trois heures de retard. Il avait fallu trouver une autre infirmière de garde après que le vieux eut arrosé la première, qui était noire, de quolibets racistes. Ce changement si radical dans le comportement d'un homme d'ordinaire flegmatique était d'autant plus alarmant qu'il correspondait à une pathologie plus sévère que celle envisagée jusqu'ici. Les tests effectués par John au mois de mai indiquaient une progression si rapide de la maladie que l'on penchait désormais pour le syndrome de Pick. Camille Duval en avait récemment développé les manies : il ne voulait plus manger que des fruits, mettait à la poubelle tout ce qu'il trouvait dans la maison. La veille, Lily avait retrouvé éparpillée sur le trottoir la lessive qu'elle venait de suspendre dans le jardin. Et puis l'homme n'oubliait plus seulement où il avait laissé ses lunettes, un livre, ses pilules. Il oubliait les mots « lunettes », « livre », « pilules », qu'il parviendrait encore pendant un temps à désigner par des périphrases avant que les mots « voir », « histoire » ou « guérir » ne s'abîment avec eux dans les ventricules béants de son cerveau. Lily était tantôt Sylvie et tantôt Lily. Mardi dernier, il s'était mis à pleurer. « Germaine, c'est toi ? » Toute la tristesse du monde défilait dans ses yeux, puis toute la colère. Certaines de ses phrases n'avaient plus aucun sens. Bref, la semaine avait été affreuse. Et, pour couronner le tout, Lily venait de recevoir coup sur coup deux refus plutôt brusques d'éditeurs parisiens auxquels elle avait soumis le récit qui l'occupait depuis son retour du nord de l'Inde. Certes, il s'agissait d'un texte difficile, largement inspiré du silence des lieux traversés pendant ce périple d'un an et demi. À son insu, la fascinante désintégration de Camille Duval avait également guidé sa plume aux confins de la subjectivité. Le résultat, innommable, ne portait donc pas de titre, ce qui avait grandement irrité ses lecteurs. Or pour ne pas trahir ces pages, seul conviendrait un mot totalement nouveau, un néologisme, un signe dépourvu de sens.

« Tu n'as qu'à l'appeler "Palliante", fit Sylvie en tirant la serviette brodée au nom de l'hôtel dont sa compagne s'était enveloppée au sortir de la douche. La jeune Américaine sourit et s'assit sur l'oreiller, les bras en croix contre le dossier du lit. Avec ses longs cheveux aux reflets roux, Lily ressemblait à cette indolente de la *Toilette* de Bazille que rhabillent deux servantes, dont une Noire. Celle-ci, également dénudée jusqu'à la taille, nous présente un dos musclé sur lequel le peintre a fait reposer la petite main blanche de la maîtresse, légèrement crispée par le désir que confirme son regard plongé dans le décolleté de l'autre femme de chambre. La serviette de l'hôtel était placée exactement de la même manière le long de l'aine droite de Lily, à la lisière du sexe dont elle épousait le renflement.

Depuis un an, l'une descendait le long de l'Hudson, l'autre en remontait le cours pour se retrouver à mi-chemin entre Manhattan et Burlington dans ce petit hôtel tenu par la famille de Giuseppe Palliante au cœur de la ville d'Albany. La première fois, Sylvie avait prétexté un papier à refaire d'urgence dans la capitale de l'État de New York. Elle avait parcouru deux cents kilomètres en autocar sans remarquer ses voisins ou le relief des monts Catskills, toute son attention concentrée sur une seule pensée, floue et cependant inéluctable. À deux ou trois reprises, la crainte de s'être trompée l'avait tirée de sa rêverie. Elle se répétait alors qu'on n'endurait pas quatre heures de route pour aller prendre le thé avec la fille d'un patient rencontrée une fois. Mais pour quoi faire ? Elle n'en était pas sûre. Ou plutôt, cette idée la rassurait, toute mensongère qu'elle était. Depuis le 18 juin, elle n'avait pas eu une seule pensée dont cette femme fût absente, avec ses mains anguleuses et la pointe que lui dessinait au front l'implantation de ses cheveux. Autant de détails qu'elle n'avait jamais remarqués chez John, ou même songé qu'on pût les remarquer, et qu'elle voulait revoir aujourd'hui comme la lumière au sortir du cachot.

Et pourtant, une fois dans la chambre aux murs à bandes roses et blanches, lorsque Lily lui avait saisi la main, elle s'était entendue murmurer : « Je ne saurais pas quoi faire » et l'autre avait eu cette réponse géniale : « Vous pourriez commencer par mettre le signe “Ne pas déranger” sur la porte. »

La voilà qui ouvrait un œil. Elle passa un bras encore lourd de sommeil sur le ventre de sa compagne.

« J’ai une autre idée », fit cette dernière en écrasant sa première cigarette.

Lily se blottit contre son flanc en émettant un geignement qui voulait dire : « Explique-toi. »

« Et si tu soumettais ton manuscrit sous le nom de mon père ? »

Aucune réponse.

« Je ne plaisante pas… Tu connais le milieu de l’édition. Tu serais lue et appréciée et il y en aurait certainement un pour se jeter sur le grand retour de Camille Duval. »

L’Américaine leva un visage où perçait un peu d’indignation.

« Suis-je censée rire ?

– Non, pas du tout. Tu leur révéleras la vérité s’ils veulent te publier.

– C’est de la fraude.

– Tant que tu n’as rien signé, cela n’est qu’une farce, répondit Sylvie, qui était après tout diplômée en droit. Et je suis sûre que l’éditeur de mon père serait heureux d’avoir découvert un talent comme le tien.

– Ce que je fais n’a aucun intérêt pour lui ou sa maison…

– Donne-le-moi. Je le vois le mois prochain à Paris. »

Lily émit un soupir exagéré, se remit à plat ventre et ne bougea plus. Au bout de quelques secondes, un frémissement traversa le haut de son corps. Sylvie, qui regrettait sa proposition, tendit une main vers elle, mais à peine eut-elle effleuré le creux de ses reins que l'autre femme relâcha le rire retenu dans sa gorge et fit volte-face. Par un enchaînement que toutes deux connaissaient, l'hilarité partagée un instant fit place à un embrassement jovial d'abord, puis sérieux et enfin, s'il fallait qualifier une étreinte où s'abolissaient les limites de soi, dément. Dans ces moments-là, Sylvie n'aurait pu dire où cette femme commençait et où elle-même se terminait. Combien de temps allait-elle encore pouvoir vivre cette vie à l'envers où quinze minutes comptaient plus que quinze jours, où les soi-disant grands actes de l'existence – les fiançailles, le mariage – avaient été effectués plus distraitement que le moindre des actes qui concernait Lily. Le choix d'un chemisier pour son anniversaire lui avait valu infiniment plus d'hésitations que l'achat d'un appartement à Manhattan avec son nouvel époux. Quant aux lettres, la plus courte même nécessitait une journée entière.

Presque deux ans avaient passé depuis cette matinée. Le métier de John facilitait les choses. Plus encore que la possibilité de rendez-vous en ville, ses absences fréquentes laissaient à Sylvie un espace de rêverie intact. Mais surtout, John Garman n'avait pas les demandes d'un jeune marié de trente ans. Il rentrait exténué de l'hôpital ou de ses visites, souvent après 21 heures, et paraissait satisfait d'entendre sa femme se plaindre de sa propre fatigue. Comme elle, il était grand amateur de littérature et le couple passait ses samedis soir au lit, dans un bain d'oreillers, à dévorer les derniers romans de John Dos Passos ou de Françoise Sagan. Enfin, trouvant qu'elle rendait sa femme radieuse, il aimait Lily Moore et ne se doutait de rien. John Garman n'était pourtant pas idiot. Il faisait simplement partie de ces gens qui ne prêtent pas d'intentions aux autres. La duplicité, le complot ne possédaient aucun référent dans son lexique intime. Et s'il avait froncé les sourcils en voyant le nom de son beau-père malade sur la couverture d'un livre en français, il s'était contenté de la réponse de sa femme : Lily Moore l'avait aidé à mettre au net un roman écrit à la fin des années cinquante.

Cela avait été l'idée de John d'inviter cette dernière à son séminaire de Zermatt au printemps 64. L'infirmière peinait de plus en plus avec le vieil homme, qui avait cessé non seulement de reconnaître les autres mais, comme le disent les anglophones, de « faire sens ». Une semaine de montagne la requinquerait. On avait besoin d'elle. Lily avait donc emmené Camille Duval dans un hospice de

Burlington avant de se rendre en voiture à l'aéroport de Montréal. John et Sylvie l'attendaient à Genève, où l'on sauta dans une 404 de location.

Les deux premiers jours se déroulèrent sans accroc. John eut droit aux regards admiratifs ou réprobateurs de confrères qui le soupçonnaient de voyager avec sa femme et sa maîtresse. Sylvie, à qui l'altitude donnait la nausée, reçut quant à elle son lot de coups d'œil complices de la part d'épouses enceintes ou tyrannisées par de petits Donald et Melvin Jr. Les plus nantis des oncologues avaient emmené leurs nourrices et jeunes filles au pair de façon à permettre à leurs femmes de profiter du séjour, c'est-à-dire de changer de tenue entre le déjeuner et le dîner. Ces bourgeoises arboraient fuseaux ou knickers et chandails norvégiens comme une petite robe de printemps. Enfoncés dans les sofas de cuir de l'hôtel Post, les mâles suçaient des cigares tard dans la nuit en énumérant plus ou moins élégamment leurs biens et leurs succès.

Le 15 mai, n'y tenant plus, Sylvie annonça qu'elle voulait passer un après-midi en plaine. John accompagna les deux femmes au tortillard qui descendait vers le village où était garée la voiture. Lily réussit à ouvrir la porte du fond d'un wagon et l'on s'installa sur la plateforme pour regarder le Cervin rapetisser. Les commerces de Täsch étant fermés pour le congé de l'Ascension, Sylvie suggéra de continuer jusqu'à Viège et d'en profiter pour acheter une cartouche de cigarettes. Elle sortit de son sac les clés de la Peugeot et les lança à Lily. Et c'est là, sur la petite route sinueuse de la vallée de Zermatt, le coude sur le cadre de la vitre baissée, qu'elle déclara ne plus vouloir rentrer. C'était fini, ce mariage, cette mascarade. Un panneau annonçait en deux langues la petite ville de Viège. Ne t'arrête pas. Sierre vint ensuite, mais, d'un index pointé sur le pare-brise, Sylvie indiquait qu'il fallait continuer. La voiture blanche longea Sion et Martigny sans ralentir et quitta la nationale aux alentours de Monthey pour rejoindre la rive sud du Léman. Sylvie avait chaussé ses Ray-Ban, autant pour masquer ses larmes que pour se protéger du couchant qui cuivrait la surface du grand lac.

À Saint-Gingolph, un douanier engoncé dans son uniforme leur avait accordé le passage d'une main amorphe et l'aiguille du réservoir était dans le rouge lorsqu'on arriva à Évian. À l'insistance de sa compagne, Sylvie s'enferma dans une cabine pour appeler son mari. Une fine averse obligea Lily à regagner la voiture, d'où elle regarda les aveux silencieux de cette femme. Immobile depuis un instant, la voilà qui frappait la vitre d'une main qu'elle repassait ensuite rageusement dans sa frange. Avec son pantalon beige et son polo blanc, elle formait la seule touche de lumière de la rue assombrie. Au bout d'une tirade qui avait duré une minute, elle écrasa violemment le combiné sur son crochet d'acier et s'élança sur le trottoir, à travers la chaussée criblée de grosses gouttes, dans l'entrée de l'hôtel Splendid où deux grooms désœuvrés vinrent à sa rencontre. Parvenue à la réception, elle tira de son sac un des dix billets de cent nouveaux francs versés en acompte par Minuit et reçut, entre vœux de bienvenue et remerciements obséquieux, une clé attachée à une lourde plaque de cuivre.

John Garman ne pouvait tout simplement pas se figurer qu'une femme, *a fortiori* la sienne, puisse s'en aller avec une autre femme. Ayant remarqué qu'un autre médecin avait quitté le séminaire en catimini, il s'était convaincu que Sylvie convolait présentement avec ce bellâtre méridional et promit de mettre les gendarmeries suisse et française à leurs trousses. Interpol, même.

Comme ces criminels recherchés qui offrent la tournée à leurs voisins de table ou s'accordent un détour par le Mont-Saint-Michel ou la promenade des Anglais, Sylvie Duval et Lily Moore reprirent une vie presque normale. La monnaie de la chambre fut dépensée au restaurant deux étoiles de l'établissement et l'on traîna longuement, le lendemain matin, dans les onctueux peignoirs blancs aux revers monogrammés. À Genève, Sylvie prit le volant pour montrer à sa passagère la rue où elle avait grandi et son école primaire avec son clocher de brique rouge et son préau que protégeaient les mêmes vieux marronniers. Sur une terrasse du Bourg-de-Four, elles passèrent en revue les villes où elles pourraient s'installer en se faisant goûter des cuillerées de sorbet. Sylvie penchait pour Paris, Lily pour Montréal, où l'on aurait plus de place pour Camille. Il y avait aussi l'Alaska, récemment annexé et qui subventionnait ses nouveaux résidents. On acheta une boîte de truffes chez Martel que l'on dégusta plus tard dans l'après-midi, au bord du lac d'Annecy, tout en continuant à profiler l'avenir. Sylvie passerait l'examen du barreau. Lily trouverait sans peine un emploi dans un hôpital. Et puis elle connaissait, en Asie, des coins où l'on vivait une année sur un mois de salaire. Sylvie, qui venait d'avoir vingt-six ans, buvait ces récits comme autant de prophéties.

Après qu'une hôtelière revêche de Chambéry eut refusé de louer une chambre à deux femmes voyageant sans leurs époux, on reprit la route pour Lyon, où l'on trouva un gîte non loin du site de l'amphithéâtre des Trois Gaules que Lily voulut visiter le lendemain. Sur la place Bellecour, dans la vitrine de la Librairie des Nouveautés, sa gorge se noua à la vue d'un exemplaire de *Palliante*, avec son bandeau bleu, entre deux volumes de Robbe-Grillet et *Les Mots* de Sartre. Sylvie trouva drôle d'interroger le libraire à propos du dernier livre de l'écrivain suisse. « Difficile, mais pas dénué de beauté », fit l'homme en hochant gravement la tête avant d'ajouter : « Très différent de ce qu'il a fait jusqu'ici. » Pendant qu'il s'entretenait sans le savoir avec la fille de l'auteur, Lily parcourait les rayons de l'histoire de la ville et en tira un petit volume sur sainte Blandine qu'elle paya avec quelques pièces retrouvées dans son sac.

Palliante était sorti en septembre dernier. Par le truchement de Sylvie, l'auteur avait fait savoir aux journalistes qu'il n'accorderait aucun entretien. À l'exception de quelques-uns, que ce mystère agaçait, les critiques s'étaient montrés élogieux. Cet audacieux récit, en revanche, était loin d'avoir conquis le grand public. Mais Lily possédait désormais une idée assez claire de sa prochaine œuvre, qui comporterait plusieurs volumes. Elle prenait des notes au réveil et après les repas, lorsque la conversation retombait. À Tournon, elle acheta un guide de la région ainsi qu'une carte postale du château pour l'envoyer à Camille, qui ne lisait plus, mais adorait les images et feuilletait avec le même contentement visible des études sérieuses sur la peinture et les catalogues de vente par correspondance que le postier déposait sur le seuil de la maison. Elle se ravisa cependant : peut-être valait-il mieux ne pas laisser de traces. Sylvie et elle avaient arpenté les rues de Valence bras dessus, bras dessous, se prenant mutuellement en photo et se laissant aller à des gestes d'affection qui firent sourire un vieux monsieur installé sur un banc mais effarouchèrent une mère qui ramena sa fillette contre elle.

Le soleil venait de plonger derrière le fleuve lorsque la Peugeot arriva aux abords d'Avignon.

Au détour d'une rue flanquée d'un long mur de pierre, Sylvie reconnut l'enseigne verticale d'un hôtel. Un silence funéraire régnait sur cette fin de dimanche. Le tenancier s'apprêtait à fermer, mais fit une exception pour deux jolies demoiselles et s'étonna de la petitesse de leur bagage, un sac de toile qu'il insista pour porter dans leur chambre. Un broc et une vasque décoraient une commode de noyer fendue et les ressorts du sommier émirent un profond grincement lorsqu'on s'assit sur le couvre-lit à carreaux. Le lendemain matin à 8 heures, trois petits coups frappés tirèrent les deux amantes de leur sommeil. Le visage dans sa nuque, un bras passé autour de son corps, Lily sentit sa compagne retenir son souffle. Dans le couloir, une voix de femme annonça qu'elle repasserait dix minutes plus tard. Lily bondit vers la porte pour s'assurer qu'elle était fermée, puis s'avança vers la fenêtre et entrouvrit le rideau : aucune voiture de police, même banalisée, n'attendait les fuyardes dans l'avenue de la Pinède. Fallait-il s'en aller avant le retour de cette visiteuse dont les pas retentissaient déjà en bas de l'escalier ?

C'était l'épouse du patron qui montait, sur un plateau, une assiette de tartines beurrées, une cafetière et un pot de confiture de melon qu'elle faisait elle-même. Tout était bon, et la cuisine et les nouveaux clients, pour la distraire de l'ennui de cette petite ville. Elle était née dans le

XXe arrondissement et l'idée de vivre ailleurs qu'à Paris ne lui avait jamais traversé l'esprit. C'est Marcel qui avait hérité cette affaire d'un oncle et s'était dit pourquoi pas. Lily avait tiré les rideaux mais le jour, bloqué par le haut mur d'en face, éclairait à peine le visage de l'hôtelière qui se tenait près de la porte.

« Oui je sais, fit-elle en tordant la bouche, la vue n'est pas notre point fort. »

Par politesse, Sylvie lui demanda ce que pouvait bien protéger cette imposante enceinte. Ravie de cette occasion de s'épancher, la Parisienne expliqua qu'il s'agissait de l'asile de Montdevergues où la région envoyait ses fous. Un triste endroit où la pauvre Camille Claudel avait crevé de faim vingt ans plus tôt. La tenancière s'excusa de son langage, mais cette histoire lui fendait le cœur.

« Quand on sait que son collabo de frère, M. le grand diplomate, ne lui a rendu visite que dix ou douze fois en trente ans et que les bonnes sœurs ont laissé mourir cinquante mille pauvres hères comme elle pendant la guerre… »

Il était près de 10 heures lorsque Sylvie Duval et Lily Moore se remirent en route. Cette dernière, qui conduisait, paraissait tendue et ne dit presque rien jusqu'à Arles. Sylvie suggéra de pousser jusqu'à la côte et de trouver une plage pour se baigner mais, aux alentours du Grau-du-Roi, la vue d'une manade les fit changer d'avis. Lily, qui n'était pas remontée sur un cheval depuis son terrible accident de l'été 58, se montra cependant tellement à l'aise que le gardian finit par lui confier la jument la plus allègre de son troupeau. On parcourut le delta jusque tard dans l'après-midi sous un ciel de cobalt où flottaient des nuages pareils à des balles de coton. Comme la ligne de vie au creux du poignet, le Rhône s'effilochait en une dizaine de sillons microscopiques avant de disparaître dans la mer.

« Après cela, nous sommes remontées à Genève où des cousins nous ont hébergées. J'ai commencé à avoir des nausées. Je me souviens bien du matin où j'ai compris ce qui se passait : j'étais enceinte. J'ai envoyé un télégramme à John, qui était rentré à New York. Sa réponse ne comportait que ces mots. "*I forgive you. Come back.*" Je suis rentrée. Lily, qui avait toujours voulu y vivre, est partie peu après pour l'Alaska avec mon père. Ces six mille kilomètres entre nous ont été la condition du pardon de John. Ils étaient aussi, comme vous l'imaginez, un excellent rempart contre la curiosité des journalistes. »

Sylvie Duval se tut un moment, puis reprit :

« Et voilà, vous savez tout. »

Avant de refermer l'album de photos, la fille de Camille Duval accorda un dernier regard à la cavalière un peu crispée. Si elle se rappelait encore ces lunettes de soleil, leur poids sur son visage, le magasin où elle les avait achetées, en revanche les sensations et les images de cet après-midi camarguais avaient disparu de sa mémoire. D'autres photographies, au contraire, comme celle où elle riait dans le grand lit de l'hôtel Palliante, défiaient les quarante années qui la séparaient de l'objectif. Était-ce parce qu'elle avait été prise le jour où tout s'était décidé ?

Sylvie Duval tenait à cette formule impersonnelle. Il n'y avait pas eu de préméditation, de calcul. Personne ne le comprendrait ou ne le croirait jamais : cela avait commencé comme une blague, le badinage d'amoureux au réveil. Lily Moore n'avait pas cru que Sylvie Duval remettrait son texte à un éditeur. Quant à Sylvie, elle ne pensait pas que celui-ci l'accepterait. Certes, elle aurait pu tout avouer par retour du courrier et s'était souvent demandé, d'ailleurs, pourquoi elle ne l'avait pas fait. Sans doute prenait-elle ainsi sa revanche contre une clandestinité haïe. Faute de ne pouvoir présenter cette femme à son entourage, elle la présenterait au monde entier. Elle ne soupçonnait pas que le nom de son père apposé au bas d'un contrat serait le premier élément d'une inexorable machination.

Son hôte entama une phrase de protestation, que Sylvie Duval écarta d'un geste impatient.

« Vous ne vous rendez pas compte. Une fois *Palliante* publié, Lily et moi aurions été traînées au tribunal pour imposture. Mon père avait besoin d'elle et je venais d'avoir Mia. On nous aurait accusées d'extorsion, quand bien même ce texte n'a presque rien rapporté avant ses rééditions des années septante.

– Il y a eu trois autres livres après celui-ci !

– Le contrat en prévoyait un second. Quand Lily l'a terminé, je l'ai remis à l'éditeur en pensant clore toute l'affaire, étant donné le succès confidentiel de *Palliante*. Ni elle ni moi n'avions anticipé la réception dont bénéficierait *L'Attente* et encore moins le prix qui lui a été décerné. Oui, c'est moi qui ai touché la somme qui s'y rattachait – j'étais alors devenue tutrice de mon père –, mais je puis vous assurer qu'elle a été intégralement dépensée pour l'achat de la maison de Sitka et une retraite décente pour un homme extrêmement malade.

– Il n'était donc pas atteint du syndrome de Capgras ? Pourquoi m'avez-vous raconté ça ? »

La fille de Camille Duval ne put s'empêcher de sourire.

« Que voulez-vous... Il est dans la nature du mensonge de se démultiplier ainsi. Mais avouez que je vous tendais une perche : cette pathologie était celle de Camille Claudel, l'héroïne de *Midi revient*. Les quelques journalistes auxquels j'ai accepté de répondre à propos de mon père n'ont jamais remarqué que je lui attribuais les maux et les tics de ses personnages. Cela m'évitait de me contredire. La vérité de Camille Duval était moins romanesque. On parlerait aujourd'hui de la maladie d'Alzheimer. »

Le soleil descendait lentement sur le Jura et les accords lointains d'une fanfare parvenaient aux fenêtres de l'appartement. Des filins où pendaient de petits drapeaux rouge et blanc décoraient les façades des maisons de la rue des Eaux-Vives ; toute la ville de Genève se préparait à cette soirée de Premier Août. Carole Courvoisier était arrivée le 30 juillet pour le mariage de son frère qui se tiendrait le lendemain, samedi. À vrai dire, seule la perspective d'une rencontre avec Sylvie Duval lui avait donné la force d'enchaîner un voyage de vingt-sept heures après une semaine d'insomnie. Depuis la découverte des lettres et des manuscrits, le 20 juillet, elle n'avait pratiquement pas éteint son téléphone. Gérard Bonvin l'appelait plusieurs fois par jour, voire par nuit, ayant du mal à calculer correctement une différence horaire de dix heures. En vérité, la situation était si grave à ses yeux qu'elle justifiait la levée de telles convenances. Lui-même était en contact quasiment continu avec les membres des plus hautes sphères helvétiques, notamment trois conseillers fédéraux et le vice-président de la Banque nationale. Car l'un des problèmes soulevés par la terrible supercherie touchait à ce fameux billet de cinq francs, dont certains exigeaient le retrait immédiat de la circulation. D'autres s'opposaient à une manœuvre qui allait coûter trois millions aux contribuables suisses. Les universitaires consultés dans le plus grand secret ne s'accordaient pas non plus sur la nature du crime, qui n'était pas à proprement parler une imposture de la part de Camille Duval, lequel ne méritait donc pas une telle censure. Mais, à ce compte-là, rétorquait un professeur de Lausanne, que l'œuvre du premier (et seul) Duval laissait froid, pourquoi ne pas faire imprimer des billets à l'effigie de Frédéric Dard, décédé à Fribourg, ou d'un quelconque peintre du dimanche ? Enfin, l'ébruitement de l'affaire, insistait Gérard Bonvin, aurait encore d'autres conséquences désastreuses qu'il n'était pas prudent de décrire au téléphone.

À peine raccrochait-il que le portable de Carole se remettait à vibrer dans la poche de son pantalon. C'était Marie-Claude Courvoisier, dont la nervosité croissait d'heure en heure à une semaine du mariage de son cadet. Redoutant l'accusation de radinerie qui se murmurerait peut-être autour du cochon embroché, à l'ombre des ormes, elle avait réussi à transformer un événement qui se voulait « simple » en une mascarade digne d'une union princière. *Exit* le pique-nique champêtre. Les quatre-vingt-cinq invités étaient attendus sur le yacht en bois moulé d'un ami de son mari. Un autre ami navigateur installé sur une péniche amarrée à deux cents mètres lancerait les feux d'artifice sur le coup de minuit. Carole s'était surtout récriée à propos de la longue robe blanche de Claire commandée chez un tailleur de Carouge.

« Avec le gros ventre devant et ses deux adolescents derrière pour tenir la traîne ?

– Ça suffit ! Ce n'est pas parce que tu ne trouves personne qu'il faut persifler », rétorqua la mère.

En temps normal, Carole Courvoisier aurait simplement replié le téléphone d'un pouce. Elle n'était pas sans apprécier le « clac » émis par la petite coquille de plastique se refermant sur elle-même. L'épuisement des derniers jours et l'insignifiance à laquelle le cataclysme duvalien réduisait tout ce qui n'était pas lui suscitèrent cependant une réaction inattendue. Elle commença par s'excuser de s'en être prise à cette robe, qui n'était pas le problème, pas plus que la mariée elle-même d'ailleurs, dont l'unique défaut n'était ni l'âge ni la descendance et encore moins les origines, mais bel et bien le futur époux, lequel se lasserait du mariage aussi vite que de la paternité, du yoga, de la randonnée, du chinois, du qi gong et du travail en général. Bref, Xiao Jen aurait pu avoir trente ans de plus, dix gosses et des oreilles de lapin, elle aurait toujours mérité amplement mieux que ce loser intégral d'Yves. Carole se tut et fronça les sourcils dans l'attente de la clameur qui allait jaillir de l'écouteur. Mais rien ne vint.

« Allô ?

– Et tu penses m'apprendre quelque chose ? » répondit finalement la mère d'une voix que saccadait l'émotion.

Carole s'excusa. Elle-même traversait une période difficile. Marie-Claude Courvoisier se moucha, inspira une grande bouffée d'air et reprit :

« J'aimerais au moins que le mariage de mon fils soit réussi. »

Une heure avant de se rendre à l'aérodrome, Carole mit tous les pots de confiture confectionnée par Lily Moore dans un grand sac et pédala jusqu'au refuge. Doug Fern parlait maintenant de piquer ses animaux et de s'administrer ensuite le fond de la seringue. Il buvait trop et ne parvenait plus à obtenir un seul dollar des résidents de Sitka qu'il démarchait pour son arche. Sans l'aide d'un patrouilleur de la route, qui s'arrangeait pour que les cadavres des bêtes écrasées ou percutées par des véhicules soient déposés au seuil du refuge, Camille et les chiens seraient peut-être morts de faim. Depuis qu'elle l'avait vue démembrer une biche, Carole s'était abstenue de lui rendre visite. L'Ourse, d'ailleurs, avait un peu honte et fit tout pour s'approcher aussi doucement que possible du treillis de l'enclos, les pattes tournées vers l'intérieur de façon à ne pas trop exposer ses griffes de quinze centimètres. Bref, ce n'était pas le moment d'avoir l'air sauvage. Carole ouvrit quelques pots de gelée de myrtille, les renversa dans un bac et regarda la grande femelle se délecter en lui massant le haut de l'échine, plus particulièrement cette bosse de muscles qui confère la puissance d'une pelle hydraulique à l'ours brun excavateur de larves et de spermophiles. Sentant qu'elle se préparait à partir, l'Ourse se redressa sur son séant et leva la patte droite. Carole apposa sa paume sur les énormes coussinets chauds et râpeux, puis se pencha pour murmurer une promesse à l'oreille du plantigrade.

Le bus la déposa à quelques mètres de l'immeuble dont l'adresse figurait dans l'annuaire genevois. Comme Sylvie Duval n'avait répondu à aucun des messages laissés sur sa boîte vocale ces deux dernières semaines, Carole ne s'attendait pas à trouver son nom affiché sur la plaque du digicode. Un « oui » interrogateur sortit de l'orifice métallique. La chercheuse se présenta et se hâta d'ajouter qu'elle rapportait les documents réclamés par Me Sabot. Le grésillement de l'ouverture électrique du loquet se fit entendre. Parvenue au cinquième étage, Carole poussa le pommeau de la porte entrouverte et pénétra dans un long couloir. Le martèlement d'une canne sur le parquet précéda l'apparition de la fille de Camille Duval dans l'encadrement de la double porte du salon.

C'était la première fois que Carole la rencontrait. Avec les années, sa ressemblance avec son père s'était accentuée. Sa voussure était plus prononcée que sur la photo où elle recevait le symbolique chèque de cinquante francs des mains d'Hervé Bazin, et on aurait dit que son nez avait forci, à moins que l'émaciation de son visage n'en donnât l'impression. À ses yeux, Carole reconnut pourtant la petite qui siégeait sur les genoux de son père et la jeune femme riant dans le lit double de l'hôtel Palliante. Mais la harpie de Gérard Bonvin et, surtout, l'auteur des missives brûlantes contenues dans la serviette de Carole disparaissaient complètement derrière le corps endolori de la sexagénaire qui invita son hôte à s'asseoir avant de repartir à petits pas chercher des jus de fruits à la cuisine.

Ses lunettes de lecture sur l'arête du nez, elle parcourait le manuscrit que la chercheuse venait de lui tendre.

« Je vois, nous aurions donc une "Tétralogie rhodanienne", déclara-t-elle non sans amusement.

– Je comprends que le personnage appelé F. ait pu être inspiré par vous, mais pourquoi l'avoir nommé ainsi ?

– C'est un surnom que me donnait Lily. Le sien signifie "Lys" en anglais et mon prénom, je ne vous l'apprendrai pas, est dérivé du mot latin pour "forêt". Cette coïncidence végétale l'amusait.

– Étiez-vous au courant de l'existence de ce roman ?

– Non, Lily et moi avons cessé de nous parler en 1976. Après la mort de mon père et mon divorce, nous n'avons pas pu nous mettre d'accord sur un lieu de vie commune. Je n'ai pas eu le courage de quitter New York pour Sitka. Je craignais aussi que notre relation ne survive pas au grand air après quinze années de clandestinité. Et puis ma fille était une enfant fragile. Je ne voulais pas l'arracher à ses amis, à son école...

– Je lui ai parlé...

– Je le sais... Mia ne vous a pas menti. Elle n'a jamais rien su. Elle était trop petite pour se rendre compte de l'état de son grand-père, qu'elle n'a vu que trois étés.

– Et qu'en pensait votre ex-mari ?

– Il a longtemps cru que Lily n'avait fait que mettre au net des pages rédigées ou esquissées par mon père. Quand il a compris, notre couple était déjà très mal en point. John était tombé sur une lettre de Lily, à laquelle j'avais juré de renoncer pour toujours après cette fameuse escapade en Camargue. Pour lui, cette substitution d'auteurs n'était qu'un mensonge qui venait s'ajouter à la longue liste des preuves de ma déloyauté. »

Sylvie Duval referma le dossier de carton qui contenait les pages du manuscrit et ôta ses lunettes.

« Vous vous dites sans doute que nous avons profité de l'état de mon père, abusé de sa renommée... Si cela peut vous consoler, vous et vos collègues, Camille Duval n'en a pas souffert. Il ne s'en est pas même aperçu. L'ermite de Sitka, laissez-moi rire... À la fin des années cinquante, déjà, sa confusion l'empêchait de travailler. Pourquoi pensez-vous que Cornell ait révoqué son contrat ?

– C'était quand même lui voler sa voix, fit sèchement Carole.

– Vous êtes bien placée pour savoir, vous dont le métier consiste à ratiociner, qu'on pourrait défendre le contraire. Rappelez-vous que Lily a vécu treize ans avec cet homme, qu'elle s'est toujours opposée à un internement définitif. Elle était très attachée à lui, plus qu'à un père qui avait cherché à la faire enfermer parce qu'elle préférait les filles de son lycée aux garçons. Bref, bien loin de la lui voler, Lily lui rendait la voix. »

Sylvie Duval se leva pour aller baisser les stores en cette fin de journée caniculaire. Elle semblait soulagée de pouvoir évoquer librement une alliance cachée de tous. Cela avait été terrible d'apprendre la mort de Lily par la télévision. Pire : d'avoir à inférer cette disparition de la découverte des manuscrits du grand écrivain suisse. Seule la réconfortait l'idée que Lily Moore avait toujours recherché cet anonymat. Elle ne pouvait inventer, disait-elle, que de cette ombre. Elle voulait écrire, pas être celle qui écrit. C'était un souffle qui la traversait et ne pouvait s'approprier.

« Paradoxalement, reprit Sylvie Duval en ramassant la pile des documents que lui avait rapportés

Carole Courvoisier, c'est en révélant la vérité que nous aurions sali la mémoire de mon père, bousillé une carrière d'écrivain liée pour toujours et dans l'esprit de tous à une histoire d'imposture. N'allez pas croire que nous n'avons pas voulu tout arrêter. Mais la machine était comme un wagon sans freins, un monstre d'acier lancé sur des rails. »

À ces mots, elle déposa les manuscrits et les lettres sur une table basse couverte de papiers et de magazines.

« Qu'allez-vous en faire ? demanda Carole.

– Rien. »

Avant de refermer la porte sur elle, la fille de Camille Duval ajouta :

« Donnez le bonjour à Gérard Bonvin de ma part. C'est un homme sympathique. J'espère que votre découverte ne l'afflige pas trop. »

« Tu es sûre que tu n'as pas autre chose à mettre ? »

La mère faisait la moue : c'était un tailleur d'automne.

« Sur le bateau, à la lumière des lanternes, les invités ne remarqueront rien, je te promets.

– Il est encore temps de passer au Bon Génie, dit Marie-Claude Courvoisier en jetant un œil sur son Ebel.

– Il n'en est pas question, s'écria son aînée. J'ai un rendez-vous important et tu veux en plus que je passe chercher tes fariboles marines...

– Tes “farandoles océanes” », corrigea l'ancienne Miss Vevey.

Le traiteur de Versoix avait annoncé la veille que ses plateaux de fruits de mer ne seraient pas prêts à temps pour être livrés avec les autres plats. Carole embrassa sa mère sur la joue et repartit à grands pas vers le garage souterrain où elle avait parqué une voiture louée pour la journée. Le propriétaire en tablier blanc l'aida à empiler les bacs de polystyrène dans le coffre et elle reprit la route de Genève encombrée par les touristes et les habitants des villes voisines qui venaient y faire leurs courses du samedi. Il était 14 heures pile lorsqu'elle se gara derrière le salon de thé où l'attendait Gérard Bonvin. Elle ne l'avait jamais vu dans un pareil état d'agitation. Il écouta le récit de la genèse de la *Trilogie* en réduisant en boulettes les sachets de sucre vides et les additions déposées par la serveuse. Il se prenait la tête dans les mains, ne pouvait croire que des circonstances si triviales fussent à l'origine de portraits de femmes qui bouleversaient les consciences tout autant que les conventions romanesques. Une visite touristique d'arènes, des racontars d'aubergiste, et, plus dérisoire encore, une tradition aussi ridicule que la marmite de l'Escalade des confiseurs genevois !

« Je pense que Lily Moore voyait aussi en Catherine Cheynel une survivante d'un massacre qui avait poussé ses propres ancêtres à s'exiler en Nouvelle-France… »

Le professeur fit un geste de la main qui voulait dire : « Qu'est-ce que ça change ? »

« La trajectoire intime d'un des plus grands romans du XXe siècle, soupira-t-il, une escapade extraconjugale… Et saphique de surcroît ! »

À ce moment, un homme qui venait d'entrer dans le salon de thé s'approcha de leur table et s'excusa d'interrompre leur conversation. Carole ne l'avait jamais rencontré, et pourtant sa voix ne lui était pas inconnue.

« Je vous présente Urs Otto Schlaepfer, fit son directeur de thèse.

– Bonchour, docteur », enchaîna le président de Pro Romanica en inclinant la tête sur une cravate de soie rose qui saillait de sa personne entièrement revêtue de blanc.

Il prit place sur une banquette de velours, en face de Carole qui étouffait dans son tailleur de laine.

« La sitvation est très délicate, continua le Bernois.

– J'en suis consciente. Je suis prête à restituer l'intégralité de votre subvention, mais... »

Les deux messieurs hochèrent vigoureusement la tête.

« Ce n'est pas une question d'archent, fit dédaigneusement Urs Otto Schlaepfer, qui perdait deux fois plus à la roulette chaque année.

– Il ne s'agit pas de cela, dit Gérard Bonvin à voix basse. Écoutez, les lettres du XXe siècle ont déjà perdu Émile Ajar et vous n'êtes pas sans savoir qu'un professeur de la Sorbonne vient de démontrer que Louise Labé n'a pas existé. »

Carole haussa les sourcils. Où voulait-il en venir ?

« Nous ne poufons pas perdre Camille Dufal, assura Urs Otto Schlaepfer en posant sa main ornée d'une grosse chevalière sur celle de Carole.

– “Perdre” à tous les sens du terme, renchérit le professeur. Non seulement les lettres suisses romandes ne s’en remettraient pas, mais nous salirions à jamais la mémoire d’un de ses plus illustres porte-parole. Et, qui plus est, d’un innocent.

– Que voulez-vous que je fasse alors ?

– C’est simple. Fous finissez le lifre que fous afez commencé. »

Gérard Bonvin acquiesçait gravement.

« Mais comment ? L’objet de mon étude s’est évaporé. Il n’y a pas eu plus de “rupture duvalienne” que de cyclope ou de licorne !

– Fous fous trompez. La fiction s’est inspirée d’anomalies chénétiques. Nous disposons de photographies de chatons à un œil.

– Pardonnez-moi, monsieur Schlaepfer, je ne fais justement pas de fiction.

– Mais si ! s’exclama Gérard Bonvin. Vous minimisez la part d’invention qui entre dans tout bon travail critique. Seuls les petits s’en tiennent au ras des faits. Vous êtes une essayiste de talent, pas une secrétaire attelée à un procès-verbal, que diable ! »

Un sourire approbateur était venu aux lèvres du président de la prestigieuse fondation helvétique. Bonvin s’en trouvait comme galvanisé.

« Inventez ! C’est le plus bel hommage que vous puissiez rendre à Camille. Il n’est pas l’auteur de la *Trilogie* ? Qu’à cela ne tienne : c’est un titre que vous allez lui décerner. Vous seule êtes en mesure de l'"autoriser" pleinement. »

Carole Courvoisier se défendit tant qu'elle put. On débattit déontologie, honnêteté intellectuelle, secret d'État. Ce fut, près d'une heure plus tard, le Suisse allemand qui trancha :

« De combien afez-fous besoin ? Che comprends que la fie en Alaska est onéreuse. Fotre chiffre sera le mien. »

Urs Otto Schlaepfer saisit son portefeuille pour régler les consommations et en tira trois billets turquoise à l'effigie de Camille Duval.

Lorsqu'elle ouvrit la Polo noire stationnée en plein soleil sur la rue de la Madeleine, Carole fit un pas en arrière et manqua être heurtée par un motard qui l'invectiva. La température de l'habitacle avoisinait les 45 °C et la puanteur des farandoles océanes avait imprégné durablement les sièges du véhicule. L'assortiment de brochettes de Saint-Jacques, de crevettes géantes, d'amandes de mer et de poucepieds fumés flottait dans le jus tiède laissé par la fonte de la glace pilée et une mouche s'affairait déjà à pondre sa descendance au creux d'une pince de crabe. Les bacs blancs étant trop volumineux pour les paniers à ordures dont la municipalité genevoise décore tous les coins de rue, Carole abaissa les quatre vitres et se mit en route. Aux feux de la place du Port, de grands panneaux orange indiquaient la fermeture du pont du Mont-Blanc pour le cortège de 18 heures. Quand elle parvint aux Pâquis après un immense détour à pas de tortue par les quartiers embouteillés de la Jonction et des Délices, l'éminent pasteur Desbaillets entamait la seconde partie de son discours de mariage et Marie-Claude Courvoisier laissait un huitième message sur sa boîte vocale. Au bout de la rue de Lausanne, Carole mit son clignotant à droite pour descendre sur l'avenue de France, mais la Polo se rabattit à la dernière seconde sur la gauche et prit la direction de l'aéroport. De toutes les raisons de ne pas assister à cette union, la possibilité d'éviter le spectacle de ces humains se goinfrant sur un lac l'avait emporté. Il faut dire que sa cargaison pestilentielle ne l'avait pas mise en appétit.

Après avoir tourné dans le parking de l'aéroport pendant dix minutes, elle finit par trouver un conteneur où se débarrasser de ces maudites farigoules. Elle jeta ensuite la clé de la voiture dans la boîte jaune du loueur et se rendit au guichet d'enregistrement de la compagnie aérienne suisse. L'hôtesse, qui prenait le café avec un bagagiste, accueillit d'un petit rire sa demande de changement de billet. Elle lui rappela qu'on était en pleines vacances d'été et, tout en consultant ses registres d'une main molle, annonça que la première place disponible pour Juneau (via New York, Detroit, Edmonton et Anchorage) était le 21 août, soit *grosso modo* dans trois semaines. Elle s'était déjà retournée pour raconter la suite de son histoire à son collègue quand Carole Courvoisier déposa son sac à dos sur le comptoir et en retira sa carte de crédit.

« J'aimerais réserver un siège en première dans un vol partant le plus rapidement possible.

– Mais très certainement, madame », fit l'employée en dévoilant des incisives aussi luisantes que bien alignées.

Ses deux mains couraient à présent sur le clavier en quête de la place souhaitée.

« J'ai le siège 2A dans le vol de 20 heures. Vous serez sur la gauche de l'appareil et pourrez profiter d'une vue panoramique du couchant sur les Alpes. »

Tout en préparant les documents, la collaboratrice de Swissair louait les beautés authentiques de l'État d'Alaska et recommandait une croisière dans le détroit du Prince William avec ses quarante icebergs et ses loutres friponnes. Elle remit enfin à Carole une enveloppe de carton blanc recelant la carte d'embarquement et un certificat pour un massage aux pierres chaudes de soixante minutes. Cela lui rendrait certainement plus agréable une attente de deux heures pour laquelle la compagnie tout entière lui présentait ses plus sincères excuses. Enfin, l'agente demanda à Hector, qui s'était mis au garde-à-vous, de bien vouloir escorter Mme Courvoisier au spa.

Une flûte de champagne à la main, Carole savourait la langueur qui accompagne la pression du décollage. L'avion encore incliné entamait un long virage qui le remettrait sur sa route occidentale. Deux ans et neuf mois venaient de s'écouler depuis sa première grande traversée. Elle regarda le croissant du Léman pivoter sous ses pieds avant de disparaître sous un tapis de ouate que transperçaient ici et là d'anguleux pics de roche. L'hôtesse repassa dans le couloir, les bras chargés de la dernière édition du *Monde* ou du *Wall Street Journal* que la plupart des passagers concentrés sur leurs écrans déclinèrent d'un petit geste de la main. Comme eux, Carole avait ouvert son ordinateur portable sur sa tablette et contemplait une page vierge où elle finit par écrire son nom. Elle n'aimait guère son patronyme, qui s'emmêlait avec son prénom à la faveur d'une allitération malheureuse et proche de celle dont l'écrivain Lee Earle Ellroy s'était débarrassé en se faisant appeler « James ». Elle tenta de s'imaginer en Natacha, Lorraine ou Nathalie, mais tout comme le chien reconnaît immanquablement les sons qui le désignent dans l'interminable chapelet de vocalises humaines, elle ne pouvait se penser hors de la bascule de ces deux syllabes. Outre qu'il était préférable qu'elle se distingue de l'auteur d'une thèse sur Camille Duval dûment enregistrée auprès de l'Université, le remplacement de son nom de famille protégerait également la sienne des curieux. Quant au titre de l'aveu qu'elle s'apprêtait à écrire, il s'imposait, lui, comme une évidence. Elle en tapa les sept lettres qu'elle sélectionna d'un double clic pour les agrandir et les centrer sur la page.

Une brume matinale, annonciatrice de l'automne, recouvrait la petite île de Cannon. Carole Courvoisier allait et venait entre la maison et la Honda. Dans un cercle de pierres aménagé par Lily Moore sur un replat du jardin, le contenu des sacs retrouvés dans le cabanon achevait de se consumer et une légère brise en dispersait les particules noires. L'ancienne chercheuse n'avait gardé qu'une cinquantaine de pages qu'elle confierait à Garrett Siminski tout à l'heure en compagnie d'une lettre spécifiant les conditions de leur révélation. Il est une chose de vivre avec un secret, une autre de l'emporter dans sa tombe. Une demi-heure lui suffit à rassembler ses affaires et les quelques livres que Susan Moore l'avait encouragée à sauver de la vente prochaine de la maison. Avant de refermer le coffre, elle plaça le gros volume consacré à l'ours dans un coin du sac de PVC hissé à l'arrière du 4 × 4, cédé lui aussi de bon cœur par les survivants de sa propriétaire.

L'haleine encore chargée de café, un employé de la succursale de l'Alaska Pacific Bank assura à Carole que les fonds du chèque qu'il venait de lui remettre contre plusieurs signatures seraient disponibles dans cinq jours ouvrables. Normalement, s'excusait l'homme, trois jours suffisent, mais l'importance de la somme nécessitait une approbation d'un fondé de pouvoir, lequel ne rentrerait que vendredi d'une expédition de pêche.

La banque était juste en face d'un restaurant italien où Carole s'arrêta ensuite pour commander vingt pizzas à faire livrer au 10, Cannon Island Drive. Elle cocha méticuleusement les ingrédients sur des fiches remises avec enthousiasme par un lycéen qui étrennait son premier travail d'été. Celui-ci n'avait encore jamais empilé ananas, lardons, poulet, brocolis, poivrons, provolone, olives, steak, féta et crevettes sur une seule pizza, même extra-large, mais il ferait de son mieux. Carole lui laissa vingt dollars de pourboire et ressortit.

Une lourde chaîne barrait le chemin du refuge. Alertés par le moteur de la Honda, les chiens s'étaient mis à japper. Alors qu'elle se préparait à dévisser le mousqueton qui accrochait la chaîne à l'un des poteaux, Carole remarqua la boîte qu'on y avait fixée. Il s'agissait plus exactement d'une mangeoire à oiseaux dont le couvercle, fermé par un petit cadenas, était percé d'une fente allongée. La gorge nouée, Carole se pencha pour scruter l'intérieur de cette tirelire de fortune et devina quelques billets d'un dollar et des pièces. Elle réfléchit un moment et alla chercher, dans le vide-poche du véhicule, un stylo et l'enveloppe contenant un chèque de 107 440 dollars libellé au nom de Douglas B. Fern. Sur la ligne réservée aux indications du signataire, elle inscrivit « Arche de Minett », puis griffonna quelques phrases sur l'enveloppe avant de la glisser dans la boîte où le gardien des lieux avait peint avec application les mots suivants :

FOR THE ANIMALS

Je tiens à rendre hommage aux amis des ours, historiens, écrivains, naturalistes ou militants dont les ouvrages et les actions m'ont inspirée : Rick Bass, Stéphan Carbonnaux, Armand Farrachi, Jean-Dominique Lajoux, Chris Morgan, Jean-Noël Passal, Michel Pastoureau, Doug Peacock, Jill Robinson, Lynn Rogers, Charlie Russell, Doug et Lynne Seus, Charlie Vandergaw, ainsi que Angi Metler et Doris Lin de l'association N.J. B.E.A.R.

Enfin, ce livre ne serait pas ce qu'il est aujourd'hui sans la confiance de Brigitte Giraud et la sagacité d'Émilie Pointereau.

DANS LA MÊME COLLECTION

Dominique ANÉ
Y revenir

Julien DUFRESNE-LAMY
Dans ma tête, je m'appelle Alice

Yves HUGHES
En chantier

Anne SAVELLI
Franck

Mona THOMAS
La bibliothèque du docteur Lise
Tanger 54

Lionel TRAN
No présent

Fabio VISCOGLIOSI
Je suis pour tout ce qui aide à traverser la nuit
Mont Blanc

Pour l'éditeur, le principe est d'utiliser des papiers composés de fibres naturelles, renouvelables, recyclables et fabriquées à partir de bois issus de forêts qui adoptent un système d'aménagement durable.

En outre, l'éditeur attend de ses fournisseurs de papier qu'ils s'inscrivent dans une démarche de certification environnementale reconnue.

Cet ouvrage a été composé
par PCA à Rezé (Loire-Atlantique)
et achevé d'imprimer en février 2013
sur Roto-Page
par l'Imprimerie Floch
à Mayenne
pour le compte des Éditions Stock
31, rue de Fleurus, 75006 Paris

Imprimé en France

Dépôt légal : février 2013
N° d'édition : 02 – N° d'impression : 84181
54-02-0399/3